리퍼
:죽음의 사신:

마법을 쓰는 자들
2

Fairest: An Unfortunate Fairy Tale
by Chanda Hahn

Originally published in 2012 by CreateSpace Independent Publishing, USA.
Korean translation rights arranged with Chanda Hahn, USA
and Pyongdan Munhwasa, Korea through PLS Agency, Korea.
Korean edition published in 2015 by Pyongdan Munhwasa, Korea.

리퍼
:죽음의 사신:

마법을 쓰는 자들
2

찬다 한 지음
조한나 옮김

평 단

"이 고통을 멈춰줘
더 이상 아프고 싶지 않아.
이 고통을 멈추게 해줘!"

목차

리퍼: 죽음의 사신

제 1 장

또 다른 모험이 시작되다

페이(Fae)들의 손에 갈가리 찢겨죽는 것은 미나가 상상했던 죽음이 아니었다. 미나는 그들보다 더 빨리 달려야만 했다. 산소 부족으로 폐는 타들어가는 것 같았고, 격렬한 통증이 옆구리를 찔렀다. 미나는 숨을 헐떡이며 이를 악문 채 다리를 더 힘껏 굴리며 자신을 쫓는 페이들과 사이를 더 벌리려고 애썼다. 미나는 코너를 돌면서 그녀를 압박해오는 거대한 페이 세 명을 어깨너머로 흘낏 보았다. 그들은 생각했던 것보다 빨랐고, 거리는 빠른 속도로 좁혀지고 있었다.

미나는 동네의 이 부근을 잘 알고 있었다. 미나는 툴리웨이 다리(Tulleyway Bridge)에 거의 다다랐다는 것을 알았다. 미나는 곧 번쩍거리는 '출입금지' 표지판이 달린 철제 담장에 이르렀다. 미나는 담장에 난 틈 사이로 무릎을 꿇고 미끄러지며 간신히 몸을 통과하다 두 팔에 상처가 났다. 미나는 어깨너머로 뒤를 보았고, 자신을 쫓는 페이들이 담장에 이른 것을 보았다. 그들은 통과하는 게 불가능해 보이는 작은 틈을 비집고 들어오는 대신 담장을 오르려고 하고 있었다.

"이런, 젠장." 미나는 굴다리로 향하는 계단을 달려 내려갔다. 다리 아래에는 쓰레기들, 망가진 상자들, 몹시 추운 밤 부랑자들이 사용했던 낡은 기름통들이 어지럽게 널브러져 있었다. 미나는 자신이 무엇에 홀려 여기로 달려왔는지 알 수 없었다. 미나는 어쩌면 운명인지도 모른다고 생각했다.

며칠 전부터 미나는 어떤 초자연적인 힘이 '엔드 존(End Zone: 미식축구에서 경기장 양 끝의 골라인 뒤에 있는 구역)'으로 자신을 떠미는 것을 느꼈다. 그곳은 보통 미나가 가는 장소들과는 전혀 다른 곳이었기 때문이다. 미나는 이 유명한 식당에 대해 들어본 적이 있었다. 그곳은 세 명의 전직 시카고베어스 미식축구 선수들이 운영하는 곳이었다. 처음에 미나는 식당 안으로 들어가려는 충동에 저항했다. 하지만 3일 동안 심각한 두통, 찌릿찌릿한 느낌, 그곳을 향해 미나를 떠미는 힘을 경험한 뒤 결국 그 충동에 굴복했다. 미나는 이 식당 안에서 자신의 다음번 그림 과제와 대면하게 될 것을 직감적으로 알았다.

미나는 벽 쪽의 작은 테이블에 앉았고, 콜라와 감자튀김을 주문했다가 곧장 그것들을 돌려보냈다. 감자튀김은 속이 여전

11

히 얼어 있었고, 음료는 김이 빠져 있었기 때문이다. 미나는 10분 동안 짜증나게 흔들리는 의자에 앉아 있다가 자리에서 일어나 자리를 두 번이나 바꾸었다. 은퇴한 미식축구 선수 세 명은 식당 안의 다른 위치에서 미나의 행동을 지켜보고 있었다. 그들은 약간 역겨워하는 것에서부터 강렬한 혐오감에 이르기까지 다양한 반응을 보였다.

마지막 손님이 자리를 떴을 때 그들 중 한 명이 식당 입구로 가서 표지판을 '문 닫음'으로 돌려놓았다. 결국 미나와 세 명의 시카고베어스 전직 선수들, 네 명만이 식당에 남아 있게 되었다. 그들은 미나를 쳐다보지도 않았다. 미나는 잡담을 나누려고 베어스 팀의 최근 승패에 대해 말을 걸어보았지만, 그들이 전혀 토론을 할 기분이 아니며 앞으로도 절대 그럴 일은 없을 거란 점을 깨달았다.

가장 덩치가 큰 브라운이 미나가 있는 테이블로 와서 몸을 숙이고는 미나의 머리 냄새를 쿵쿵 맡았다. 미나는 몸이 얼어붙은 채 마지막 감자튀김 조각을 꿀떡 삼켰다. 미나는 겁에 질렸다.

브라운은 큰 소리를 내며 숨을 내쉬었고, 자신의 동료들을 향해 쿵쾅대며 가더니 으르렁거리며 한 마디를 내뱉었다. "그림이야."

증오로 가득 찬 세 쌍의 눈이 미나를 쳐다봤다.

순간 미나는 자리에서 벌떡 일어나 간발의 차로 가장 작은 베어스 선수를 겨우 피해 입구로 달려갔다. 미나는 어깨너머로 그가 자신을 쫓아오면서 다른 모습으로 변하는 것을 보았다. 그가 닫힌 유리문에 충돌하자 반짝이는 수천 개의 조각들로 문이 산산조각 나버렸다. 유리문을 박살내면서 그가 지체하는 틈에 미나는 도망칠 수 있었다. 이제 미나는 자신이 품었던 의심을 확신했다. 그들은 페이였던 것이다.

베어스들은 다시 모여 미나를 추적할지 말지를 논의했고, 덕분에 미나는 30초 정도 빨리 출발할 수 있었다. 미나는 그들이 자신을 살려주고 쫓지 않기로 결정하길 빌었다.

미나는 지하도에 널려 있는 쓰레기들 사이를 팔짝팔짝 뛰면서 자신의 청재킷 안에서 그리모어를 꺼내려고 했다. 미나는 시카고베어스 출신의 페이 세 명을 무찌를 방법을 혼자 힘으로 생각해내야 했다. 정신없이 생각을 떠올리는 와중에 미나는 그들이 프로선수로 있을 때 자신의 팀이 승리하도록 도왔는지 방해했는지가 궁금했다.

페이들을 안에 가둘 수 있고, 형태가 변하는 마법의 공책만이 미나가 가진 전부였다. 미나는 주위를 둘러보았고 적들을 생각하며 다소 황당한 계획을 떠올렸다.

지난*한 달간 미나는 그리모어와 더 강한 유대감을 형성했고 그것의 잠재력을 확신하게 되었다. 또한 그것이 미나를 도와줄 거라는 신뢰를 갖게 되었다. 그래서 작은 그림 과제 세 개를 완수해낼 수 있었다. 물론 그것만으로 미나가 아버지만

큼 뛰어나게 될 수는 없었지만, 적어도 미나에게 자신감을 심어주었다. 하지만 사악한 갈가마귀들이나 골칫거리 여우들 같은 작은 동물들과 싸우는 일은 미나의 머리를 몸에서 잡아떼어낼 정도로 힘이 센 거대한 곰들과 싸우는 일과는 비교도 할 수 없었다.

등 뒤의 포효 소리에 놀라 미나는 뒤를 돌아보았다. 그들 중 두 명은 더 이상 페이의 모습을 숨기지 않고 완전히 변해 있었다. 그들의 우두머리는 가장 나이가 많았고, 어깨 죽지를 따라 흰색 털이 돋아나 초현실적인 모습을 하고 있었다. 그들이 더 이상 그들의 진짜 모습인 육중한 페이 형태를 숨기지 못하자 입고 있던 미식축구 유니폼이 찢어졌다.

미나는 그들이 순식간에 변하는 모습에 놀라 옆으로 누운 양철통에 부딪쳐 넘어졌다. 미나는 다시 벌떡 일어났을 때 반대편에서 세 번째 곰이 배수로를 타고 내려오는 것을 보았다. 그들은 미나를 둘러쌌다.

"자. 음, 내가 놓은 덫이 마음에 드나?" 미나는 불안하고 수줍은 목소리로 이렇게 말했다.

"덫이라고? 내가 보기에는 네가 덫에 걸린 것 같은데, 이 그림 꼬마야." 제일 작은 곰이 미나에게 가까이 다가오며 으르렁거리며 말했다. 그의 금빛 갈색 털에는 식당 유리문의 박살난 유리조각들이 붙어 있었다.

"누가 너를 보내 우리를 찾게 한 거냐?" 마지막으로 도착한 우두머리 곰이 미나의 뒤에서 소리를 쳤다. 그는 다른 곰들보다 더 나이가 많고 더 거대하고 더 느렸다. "페이트(Fate)들이 우리가 어디에 있는지 말한 거야? 그들이 좋아하지 않을 정도로 우리가 강력해지고 있었던 거지, 안 그래? 그들은 우리가 여기서 우리 사업을 하는 방식을 싫어하지. 하지만 바로 그거라고. 이건 우리 사업이야. 그들이 상관할 바가 아니야."

"가끔 인간 몇 명 잡아먹는 게 무슨 대수라고 그래? 우리는 여전히 왕실에 세금도 내고 있고 그들이 부르면 복종하여 그들 앞에 나타난다고. 우리가 누굴 화나게 했길래 네가 우리 식당 문을 두드리게 한 거야?" 가장 덩치가 큰 브라운이 다그쳤다.

미나는 방금 자신이 들은 내용에 혐오감을 느꼈고 구역질이 났다. 미나는 '방금 그들이 인간을 잡아먹는다고 고백한 건가?'라고 생각했다. 미나는 굴다리 주변을 둘러보았고 커다란 빈 상자들과 침낭들을 보고 그들이 먹잇감을 어디서 찾았는지를 깨달았다. 미나는 이 추격전에서 자신이 그들을 유인했다고 생각했지만, 실은 그들이 그들의 사냥터로 자신을 몰아온 것이라는 사실을 알게 되었다. 미나는 침을 꿀꺽 삼켰고 가슴이 철렁 내려앉았다.

"스토리(Story)야." 미나가 대답했다. 사실 이 말 말고는 뭐라고 해야 할지 미나는 생각이 나지 않았다. "스토리가 너희를 찾아가도록 했어. 아니, 스토리가 너희를 내게 보냈다고 해야 하나?"

"스토리라고? 우리는 그것에는 전혀 관여하고 싶지 않아."
브라운이 미나에게 더 가까이 다가왔다. 브라운은 어깨를 풀
었고 두 손을 펼쳐서 거대한 검은 앞발을 미나에게 보였다.
"우린 그저 우리 사업을 우리 방식대로 하고 싶을 뿐이야. 너
를 살려줄 테니 너는 그 저주받은 책을 갖고 다신 돌아오지 않
는 게 어때?"

"미안하게 됐어." 미나는 공포에 질려 두 손을 떨면서도 목
소리만은 당당하게 대답했다. "그렇게는 되지 않을 거야. 나는
너희가 하는 일을 계속하게 둘 수 없어. 스토리가 관여하든 안
하든 간에 너희를 멈추게 할 거야."

제일 작은 곰이 몸을 구부정하게 한 채 미나를 향해 어슬렁
거리며 다가왔다. 그는 침을 흘리며 입맛을 다시고 있었다. 그
의 말은 불분명한 발음에 소리가 낮게 나왔다. 곰 주둥이 때문
에 정확한 단어를 분명히 발음하지 못했다. 이 막내 곰이 인간
의 모습으로 더 많은 시간을 보내고 있다는 증거였다. "그렇다
면 너는 우리 손으로 직접 처리해야만 하겠군."

미나가 고개를 들자 곰 세 마리가 모두 미나를 향해 달려들
었다. 미나는 그리모어를 꺼내 활짝 펼쳤고, 황금색 곰 덫 세
개가 땅에서 솟아나는 것을 상상했다. 곰들은 모두 그 자리에
멈추었고 하나하나 마법의 황금 덫에 잡혀 고통으로 비명을
지르기 시작했다. 덫들은 그들의 발목을 감쌌고 그들을 땅에

고정시켜 움직이지 못하게 했다.

이 작전이 성공하자 미나는 안도하며 미소를 지었다. 하지만 잠시뿐이었다. 가장 가까이 있던 곰의 길고 힘 센 앞발이 미나에게 닿을 수 있는 위치에 있었기 때문이다. 미나는 그 놈이 미나의 머리로 발을 휘두르려는 것을 제때 발견했고 비명을 지르며 그리모어를 펼쳤다. 순수한 밝은 빛이 책에서 쏟아져 나왔고, 곰들은 공포로 몸을 움츠렸다. 그리모어는 점점 뜨거워졌고, 페이 곰들이 마법의 덫과 싸우며 책에서 쏟아져 나오는 빛을 피하려고 휙휙 움직이는 동안 미나는 필사적으로 그리모어를 붙잡고 있었다.

저번처럼 강한 바람이 불기 시작했고 곰들을 공중으로 들어올려 책 안으로 끌어당겼다.

그들은 점점 가까이 끌려왔고 미나는 자신도 책 안으로 빨려들까 두려워 책을 바닥에 떨어뜨리고 뒤로 물러났다. 미나는 눈부신 빛으로부터 눈을 가리고는 격렬한 바람이 멈출 때까지 기다렸다. 사방이 조용해지자 미나는 주위를 둘러보았고 책이 닫힌 것을 보았다. 미나는 천천히 자리에서 일어나 더러워지고 찢어진 청바지를 털어내고 책을 바닥에서 집어 들어 안을 살폈다.

빈 페이지였던 곳에 아름다운 삽화가 가득 차 있었다. 미나를 공격했던 놈들이 드러낸 진짜 페이 모습과 완벽히 닮은 모습이었다. 세 마리의 곰 옆에는 미나처럼 보이는 어린 소녀의

실루엣이 있었다. 미나는 책장을 첫 장으로 넘겼고, 목차에 새
로운 글자가 휘갈겨진 것을 보았다. 미나는 혼자 힘으로 또 다
른 그림 과제를 완수한 것이었다.

제 2 장

아픈 추억

"정신 차려 미나! 야호!"

"으응?" 미나는 책상 위에 쌓은 책 더미에 괴었던 고개를 들고는 낸을 멍하니 바라봤다.

미나는 지난 몇 분 동안 자신의 제일 친한 친구가 한 말을 한 마디도 듣지 못했다. 내내 창밖을 바라보며 수영장 건물을 쳐다보고 있었기 때문이다. 이제 곧 그 아이가 바로 저 회색 건물에서 수구팀 동료들과 함께 걸어나올 것이었다. 미나는 잠깐이라도 그 아이를 볼 수 있으면 좋겠다고 생각했고 그러길 기대하면서 간절히 기도하고 있었다.

미나는 방과 후 남기를 할 때마다 이 자리에서 기다리며 창밖을 응시했고, 그가 걸어가는 모습을 보았다. 속 좁고 용서라곤 모르는 포터 선생님 덕분에 미나는 오늘도 방과 후 남기를 해야 했다.

낸이 또 뭐라 말했다.

"미안해. 뭐라고 했어?" 미나는 한 손으로 고개를 받치며 자신 없는 투로 물었다. 미나는 최근에 그림 과제를 완수하는 일과 브로디를 향한 절망적인 짝사랑 때문에 진이 빠져버려 세심한 친구가 되지 못했다.

"지난 몇 주 동안 너한테 무슨 일이 생긴 건지 이해할 수가 없어. 늘 정신이 딴 데 팔려 있는데다 집에는 있지도 않고 정말 비밀스러웠어. 내가 널 잘 몰랐다면 네게 남자친구가 생겼다고 생각했을 거야. 아니, 이제 보니 네가 그 새로 전학온 애, 제라드를 계속 피해왔잖아." 낸이 기쁨에 까악 소리를 질렀다. 낸의 금발 머리가 고개를 끄덕일 때마다 찰랑거렸다. "그 애 때문이야, 그렇지?" 낸은 손톱에 반짝거리는 파란색 매니큐어가 칠해진 손가락으로 미나를 가리켰다.

낸은 오늘 눈부시게 예뻤다. 예쁜 스키니 진에 최신 유행의 보트슈즈(고무 밑창에 캔버스천이나 가죽으로 만든 모카신 모양의 캐주얼화), 연한 하늘색의 유명 밴드 티셔츠를 입고 페도라를 쓰고 있었다. 낸은 학교에서 그야말로 제일 사랑스러운 소녀였고, 단지 수업 중에 끊임없이 핸드폰을 사용하는 비정상적인 행동 때문에 방과 후 남기를 하는 것일 뿐이었다. 낸은 통로를 사이에 두고 미나 건너편 책상에 앉았고, 앞으로 몸을 숙이며 미나의 시야를 가렸다.

미나는 얼굴을 찡그리며 더 앞으로 몸을 내밀었다. 낸은 미나의 행동을 그대로 따라하며 미나처럼 앞으로 몸을 기울였다. 미나가 반응하지 않자 낸은 미나의 갈색머리를 장난스럽게 잡아당겼다.

"아야, 낸!" 미나는 투덜거리며 친구의 손을 찰싹 때렸다.

"네 네모난 머릿속에서 무슨 일이 일어나고 있는지 어서 말해."

"내 머리는 네모가 아니야."

"그래, 아니야. 하지만 분명 넌 네모처럼 재미없어지고 있어. 예전에는 넌 훨씬 더 재미있었어. 말해 봐. 찰리 문제야?" 낸은 다리를 꼬고 팔짱을 낀 채 걱정하는 마음을 숨기고 있었다. 발 하나가 불안해하며 까딱거리고 있었다.

"찰리 일은 아니야. 걔는 괜찮아."

낸이 안도의 한숨을 쉬었다. 하지만 곧 다시 물었다. "엄마 일이야?"

"아냐, 낸. 엄마 일도 아니야!" 미나는 좌절하며 의자에 뒤로 몸을 기대었다.

"음, 그럼, 뭐 때문이야? 난 정말 모르겠다. 말해줘. 내가 제일 아끼는 CD를 줄게. 아니, 그거 말고. 네가 원한다면 내가 제일 아끼는 신발을 줄게. 아니, 잠깐만. 내가 제일 아끼는 신발을 빌려줄게." 낸은 미나에게 설득력 없는 미소를 지어보였다.

미나는 물물교환을 하려는 낸의 나머지 말은 듣지 못했다. 미나가 기다리고 있던 사람이 나타났기 때문이다. 브로디 카마이클은 짐백을 어깨에 멘 채 코너를 돌아 나왔다. 미나는 숨이 막혔고 다른 모든 것들은 잊어버렸다.

그가 거기에 있었다. 완벽한 남자. 햇볕에 탄 갈색 피부, 강인한 턱선, 반짝이는 푸른 눈, 수영장에서 방금 나와 아직 젖어 살짝 곱슬곱슬한 금발 머리. 브로디는 친구 T. J.가 한 말에 고개를 뒤로 젖히며 웃었다.

미나의 마음이 다시 아파왔다. 누군가 소년들을 불렀고 그들은 소리가 난 쪽을 향해 몸을 돌리고 기다렸다.

똑같이 완벽한 모습의 소녀가 치어리더 복장을 한 채 달려왔고 그들에게 인사를 했다. 자연스럽게 말린 포니테일이 살랑살랑 흔들렸고, 미나는 그 거슬리는 금발머리에 가위를 갖다 대고 싶은 강한 충동을 느꼈다. 하지만 미나는 그들이 대화를 나누는 모습을 눈살을 찌푸리며 바라보는 수밖에 없었다. 브로디의 입이 못마땅하게 삐죽거리는 모습을 보건대 브로디는 이 여자애에게 점점 참을성을 잃어가고 있었다.

미나는 창문 너머로 중정 건너편의 브로디에게 응원의 말을 외치고 싶었다. 대화가 끝난 모양이었다. 사반나 화이트가 그들에게서 멀어졌고 입이 찢어질듯 미소를 띤 얼굴로 보란 듯이 몸을 흔들며 걸어갔다. 브로디는 어깨가 굳은 채 T. J.에게 뭐라고 말을 했다.

브로디와 사반나가 대화를 나누던 도중에 미나는 자기도 모르게 자리에서 일어나 창가로 갔고, 창문에 두 손을 대고 가능한 브로디에게 가까이 다가가려 애쓰고 있었다. 사랑을 경험한 뒤에 다시 그 사랑을 잃는 고통은 미나가 감당하기엔 너무 컸다. 미나는 조그만 목소리로 브로디의 이름을 속삭였다. 그 순간 중정 너머에 있던 브로디가 미나를 똑바로 바라보았고 미나는 깜짝 놀랐다.

미나가 브로디의 이름을 속삭인 것을 브로디가 들었을 리는 없었다. 미나는 몸이 얼어붙었고, 반쯤 창문에 기대 상사병에 걸린 강아지마냥 그를 쳐다보고 있는 자신이 얼마나 바보처럼 보일지 깨달았다. 미나는 꺅 소리를 내며 양손을 내렸다. 브로디는 미나를 바라봤고, 그런 다음 퇴장하는 사반나의 뒷모습을 보았다. 브로디는 갑자기 몸을 돌렸고 수영장 건물의 문을 열고 안으로 쿵쾅대며 들어갔다. 브로디의 갑작스런 기분 변화에 T. J.는 황당하다는 듯 두 손을 들고는 재빨리 뒤따라갔다.

미나는 당황해서 볼이 빨개졌고, 브로디가 막 들어간 문을 쳐다보았다. 브로디의 반응은 미나가 예상한 것이 아니었다. 목에 구슬이 박힌 것처럼 고통스러웠고, 먼 옛날의 남자친구에 대한 그리움으로 가슴이 찢어질 듯 아팠다.

미나는 자신의 이름이 미나 그라임(Mina Grime)이 아니라 미나 그림(Mina Grimm)이고, 자신이 그림 형제의 후손이라는 것을 알게 된 지 얼마 되지 않았다. 미나의 어머니는 가족의 성을 바꾸고 스토리로부터 숨으려고 이사를 계속해왔었다. 하지만 결국 스토리는 그들을 찾아냈다. 미나는 이제 자신의 가문에 대대로 내려온 저주를 풀기 위해 수백 개의 그림동화 과제를 완수해야만 했다.

미나가 처음 완수해야 했던 과제들은 정말로 힘든 것들이었다. 미나는 클레어라는 이름의 영원히 늙지 않는 페이를 책 속에 잡아넣었고, 늑대 무리를 물리쳤으며, 가장 친한 친구의 목숨을 구했다. 그리고 이 모든 일은 학교에서 가장 인기 있고 멋있는 남자애와 몰래 데이트를 하면서 일어났다.

하지만 이제는 그들 둘이 함께했던 시간들과 그 모든 경험이 전부 사라지고 완전히 잊혀져버렸다. 그것은 미나에게 내린 그림 저주의 끔찍한 부작용이었다. 분명, 스토리는 인간들로부터 스스로와 페이들을 보호하기 위해 기억들을 지우고 일어난 사건들을 바꿀 수 있었다. 그리고 실제로 그렇게 하여 미나를 경악하게 했다. 미나는 남자친구는 물론 그들이 함께했던 몇 주간의 꿈같던 시간들도 모두 잃어버렸다.

미나의 엄마, 사라는 미나에게 그것을 설명해주려고 애썼다. "얘야, 그건 말이야. 마치 어딘가를 걸어가는 도중에 생각에 잠겨버려서 가는 도중에 어떤 기억도 없이 문득 목적지에 도착하는 일과 비슷하단다. 네 마음이 빈 기억을 채워버리는 거지. 마음은 가장 그럴듯한 시나리오로 빈 기억을 채우게 될 거야."

"그 애는 무슨 일이 일어났었다고 생각하게 되는 거죠?" 미나가 절박한 목소리로 물었다.

"스토리가 조종하는 대로 생각하게 될 거야. 만약 그 아이가 보통 방과 후에 집으로 갔다면 그게 그 아이가 한 일이 될 거야. 얘야. 네 나이 때에는 많은 일이 너무 비슷하고 반복적이어서 스토리가 우리가 같은 패턴의 생활을 반복했다고 믿게 만드는 일은 어렵지 않단다."

"그건 불공평해요!" 미나는 입술을 떨며 이렇게 속삭였다.

미나의 엄마는 두 팔을 뻗어 딸을 품에 안았다.

"페이나 그들의 동화와 관련된 일에 있어서는 공평함이란 건 없단다."

"엄마, 브로디가 다시 기억할 수 있을까요? 댄스파티에 갔던 일과 등굣길에 차를 태워줬던 일을 다시 기억할 수 있을까요? 내게 키스했던 것을 다시 기억할 수 있을까요?" 모든 것이 미나가 이해하기에는 너무 벅찼다.

"아가야, 페이들은 강력하단다. 그림들의 미래를 조종하는 스토리 역시 강력해. 하지만 내 말을 들어보렴. 어떤 것도 진정한 사랑보다 더 강력할 순 없단다. 내 경험에서 말할 수 있는 건…… 그 아이가 네 진정한 사랑인지 알게 될 때까지는 스토리의 거미줄에 갇힌 사람들은 강렬한 데자뷰의 순간들을 맞게 된다는 거야. 그러니 포기하지 마렴."

그것은 정확히 미나가 바라왔던 바로 그것이었다. 순간의 깨달음을 일으켜줄 무엇, 한 번의 기회, 한 번의 섬광이었다. 그러면 브로디는 미나에게로 몸을 돌려 미나를 껴안고 이렇게 말할 것이다. "기억 나!" 하지만 현실에서 브로디는 며칠 동안 어색하고 혼란스러운 눈빛만을 보냈고, 미나는 그런 일은 일어나지 않을 거라는 것을 깨닫기 시작했다.

"내가 무슨 스토커인줄 알 거야." 미나는 작은 목소리로 중얼거렸다.

"음, 맞아. 아마 그러겠지." 낸이 대답했다.

미나는 친구의 목소리에 깜짝 놀랐다. 미나는 낸을 완전히 잊고 있었다. 낸은 미나 옆에 있는 책상으로 와서 자리에 앉아서는 창밖으로 브로디를 쳐다보고 있었다.

낸은 입에 물고 있던 막대사탕을 꺼내 찐득거리는 사탕을 미나의 얼굴 앞에 내밀었다. "불쌍한 미나, 너는 제대로 된 삶을 살아야 해."

미나는 눈앞에 있는 막대 끝에 달린 축축한 빨간 사탕을 쳐다보느라 눈이 사팔뜨기가 됐다. "그건 어디서 났어?"

낸은 눈알을 굴리며 핸드백에서 세 개를 더 꺼냈다. "컵케이크를 끊으려고. 색소가 너무 많거든. 그래서 다른 불량식품으로 바꿨어. 하나 줄까?" 낸은 막대사탕들을 부채처럼 펼쳐 미나 앞에서 유혹적으로 흔들었다.

"아니, 괜찮아."

"그래, 이걸로 네 문제가 해결되지는 않을 테니까!" 낸이 막대사탕을 여전히 입에 문 채 말했다.

"무슨 문제?" 미나는 살짝 혼란스러워서 물었다.

"네가 지루한 네모처럼 변해가는 문제 말이야." 낸은 양 손의 엄지와 검지로 네모를 만들어 지그시 한쪽 눈을 감고 그것을 통해 미나를 바라봤다.

"언제는 안 그랬나? 내가 예전에는 지루하지 않았단 거야?"

낸은 고개를 갸우뚱하며 말했다. "너는 늘 삼각형에 더 가까웠어. 하지만 댄스파티 날 이후로 너는 달라졌어." 낸은 엄지손가락을 뒤로 넘기며 수영장 건물을 가리켰다. "바로 브로디 때문에 그렇게 부루퉁한 거지? 하! 운율을 맞춘 거야. 어때?"

미나는 자리로 돌아와 책을 새 백팩에 넣으려고 했다. 그러다 잠시 손을 멈추고 예전 백팩을 떠올렸다. 찢어진 부분을 옷핀으로 고정시켰던 비슷한 모양의 백팩이었다. 브로디가 난간에서 떨어지던 모습, 미나가 손을 뻗어 그의 백팩을 붙잡았던 순간, 브로디의 생명을 구했던 일, 그리고 그 일 이후의 나날들에 대한 이미지들이 미나의 머릿속에 넘쳐흘렀다. 기억들의 맹습에 미나는 책들을 가방 안에 거칠게 쑤셔 넣었다.

미나는 과거 속에 사는 것을 멈춰야만 했다. 이젠 미래를 걱정해야 했다. 스토리가 마법의 힘을 모아서 미나 앞에 또 다른 동화 과제를 풀어놓기까지 시간이 얼마나 걸릴지는 누구도 알 수 없었다.

"그래 맞아. 나는 네모처럼 지루해. 제대로 된 삶을 살아야 하고. 그럼 현자께서는 무엇을 제안하시나요?" 미나는 미소를 지으며 낸의 장난에 장단을 맞추려고 애썼다.

낸은 아이폰을 꺼내 타이핑을 하기 시작했다. "다음 주에 가장 핫한 밴드가 콘서트를 하거든. 나는 콘서트 표를 반드시 구해낼 작정이야."

미나는 크게 신음 소리를 냈다. "제발 그 밴드가 고양이 비명 소리를 내는 밴드라고는 하지 말아줘. 걔들 이름이 뭐더라? 음, 로열 플러시(Royal Flush)? 아님 킹스 클럽(King's Council)?"

낸이 입을 삐죽거렸다. "그들의 음악은 고양이 비명 소리 같지 않아. 그리고 밴드 이름은 데드 프린스(Dead Prince Society)라고. 필요하다면 나는 밤새도록 줄도 설 거야. 어쨌든 우린 꼭 가야 해. 또 너한테 반드시 다른 옷도 찾아줘야 하고."

"내 옷이 뭐가 어때서?" 미나는 자신의 줄무늬 빈티지 셔츠를 내려다보았고, 전 미술 시간에 묻힌 게 분명한 유화 물감자국을 보고 얼굴을 찡그렸다. 사람들이 중고가게라 부르는 곳을 미나의 엄마는 빈티지숍이라고 불렀다. 미나는 속으로 '어떻게 이 얼룩을 보지 못했지?'라고 생각했다. 미나는 거슬리는 물감자국을 맹렬히 문질렀고, 그것은 천천히 떨어져나갔다. 하지만 전부 없애려면 정말 많이 문질러야 했다.

미나는 자신이 예전보다는 옷을 잘 입고 있다고 생각했다.

적어도 더 이상은 후드점퍼를 입지 않았다. 미나가 스토리와 마지막으로 맞섰을 때 스토리가 미나의 모든 옷을 빨간색으로 변하게 하고 미나를 '빨간 모자'로 만들려고 하는 바람에 미나의 후드점퍼들은 그녀에게 골칫거리였기 때문이다. 하지만 미나의 엄마는 가정집들을 청소하며 미나와 남동생을 부양하는 형편이었기에 유행하는 스타일을 따라하거나 비싼 옷을 사 입는 것은 힘들었다. 그래서 미나는 벼룩시장의 헌옷이나 중고 할인점의 옷들을 입기로 했는데 그 옷들은 그렇게 나쁘지만은 않았다.

"잊어버려, 미나. 그 셔츠는 가망 없어. 구할 가치가 없다고. 그리고 이제 집에 갈 시간이야." 낸은 미나의 손을 잡고 의자에서 일으켜 세웠다. 미나는 한숨을 쉬고 백팩을 집어 들었고 친구를 따라 케네디 고등학교의 로비로 나갔다.

대부분의 학생은 그날 일과를 마치고 학교를 떠난 뒤였고, 오직 방과 후 남기 벌을 서는 아이들이나 방과 후 클럽활동 또는 스포츠 활동을 하는 아이들만이 교내에 남아 있었다. 미나는 학교에 늦게 남아 있는 것이 전혀 싫지 않았다. 학교에 남으면 브로디를 볼 수 있었고, 비열한 제라드를 마주치는 일도 피할 수 있었기 때문이다.

한때 미나는 제라드가 죽었다고 생각했고, 그의 죽음을 자신의 탓이라 여겼다. 밴에 타고 있던 페이 늑대가 뒤에서 쫓아오던 제라드의 오토바이로 뛰어들었고, 밴과 오토바이 둘 다고속도로에서 질주하는 중이었다. 미나는 그들이 충돌하는 것을 보았고, 그런 잔해 속에서 그들이 살아남았을 가능성은 절대 없다고 생각했다. 미나는 큰 충격을 받았고, 제라드 생각에 오랫동안 비탄에 잠겨 있었다. 하지만 제라드는 살아 있었고, 제라드가 멀쩡히 돌아온 지금 미나는 그가 죽었기를 바랐다. 미나는 제라드가 무례하고 역겹고 재수 없는 얼간이라고 생각했다.

제라드가 기적적으로 살아나 학교 식당에 모습을 드러냈던 날은 미나의 기억 속에 영원히 각인될 것이다. 제라드는 갑자기 모습을 드러냈고, 열정이 가득한 강렬한 눈빛으로 미나를 쳐다보았다. 마치 죽었다 살아 돌아온 사람이 미나처럼 보일 정도였다. 미나는 테이블을 꽉 잡고 손톱으로 테이블 위를 긁으며 제라드에게 달려가 엉엉 울지 않으려고 애썼다. 제라드는 미나의 몸짓을 보고 '안 돼'라고 고개를 살짝 저었다. 그는 미나의 영혼을 꿰뚫듯 노려보며 식당의 다른 자리로 가서 앉았다. 제라드는 새로 온 전학생 역할을 계속하면서 미나를 모른 척했다.

미나의 심장이 쿵쾅거렸다. 미나는 제라드의 모습을 발견했을 때 자신을 압도했던 강렬한 감정들과 방금 전 제라드가 미나에게 보였던 반응을 이해하려 애썼다. 미나는 피가 얼굴로 솟구치는 듯한 느낌을 받았다. 흥분, 기쁨, 혼란, 상처, 배반감, 슬픔, 이 모든 감정이 한순간에 얼굴로 쏟아져 들었지만 미나는 자리에 단단히 앉아 있었다.

낸은 미나가 새로 온 아이에 대해 계속 웅얼대는 것을 알아채지 못했다. 미나는 자신의 진짜 모습을 알고 있는 단 한 사람으로부터 거절당한 것을 받아들이기 힘들었다. 제라드는 이전에 일어났던 일들을 모두 기억하고 있는 게 분명했다. 미나 건너편에는 미나에 대해 잘 알지만 모른 척하는 제라드와, 미나를 기억하지 못하지만 기억해주었으면 하는 브로디가 있었다. 미나는 그들이 보이는 자리에서 멍하게 앉아 있었다.

미나는 '왜 브로디가 기억을 잃어버리고 제라드는 기억을 잃어버리지 않은 거지? 왜 그 반대일 수는 없었을까?'라고 생각했다. 그리고 페이트들을 원망했다.

미나는 머릿속이 갑자기 혼란스러워져서 두 손으로 얼굴을 감쌌다. 그녀는 이 모든 것이 감당하기에 벅차게 느껴졌다. 사반나 화이트의 웃음소리가 식당에 울리는 것을 듣고서야 미나는 생각 속에서 깨어났다. 미나는 식판을 테이블 위로 밀어내면서 자리에서 일어났고, 그 순간 의자가 홱 넘어지면서 큰 소리를 냈다. 모든 아이가 미나 쪽으로 고개를 돌렸다. 그러나 제라드는 아니었다.

미나는 몸을 돌렸고, 이번에는 다른 의자를 밀어버렸다. 의자는 쉽게 움직였고, 마법에 걸린 것처럼 방향을 바꾸었다. 의자는 옆을 지나던 불쌍한 스티븐을 향해 미끄러져갔다. 스티븐은 의자에 걸려 넘어지면서 음식이 든 급식 쟁반을 놓쳤고,

그것은 그 유명한 사반나 화이트의 무릎 위로 떨어졌다. 사반나는 스티븐을 향해 비명을 질렀고, 스티븐의 쌓아올린 스파게티가 사반나의 새것 같은 치어리더 유니폼으로 쏟아졌다.

식당 여기저기서 웃음이 터져 나왔다.

미나는 자리에 서서 자신이 일으킨 연쇄반응을 바라보았고, 자신의 불운을 믿을 수가 없었다. 미나는 아이들을 쳐다봤다. 누구도 미나를 보지도 않았고, 미나의 행동을 알아차리지도 못했다. 화가 난 사반나의 장황한 비난 소리가 더 커졌고 발작에 가까워졌다. 미나는 제라드 쪽을 흘깃 보았다. 제라드는 일부러 고개를 숙인 채 우쭐한 표정으로 싱글거리고 있었다. 그의 눈은 장난기를 숨기지 못하고 있었다.

순간 미나는 어떻게 해선지는 모르지만 이 신비롭게 움직이는 의자와, 스티븐과 사반나가 만들어 낸 구경거리의 배후에 제라드가 있다는 것을 알아챘다. 미나는 자신에게 아는 체를 하지 않은 것에 대한 일종의 사과인지 의문이 들었다. 하지만 미나는 그것을 받아들일 수 없었다. 미나는 뒤를 돌아 아수라장이 된 식당을 뒤로 하고 학생식당의 양문을 열고 밖으로 걸어 나왔다.

이것이 한 달 전의 일이었다.

여전히 제라드는 미나에게 말을 걸지 않았고, 브로디는 미나를 이상한 눈으로 쳐다보기만 했다. 남자문제 말고도 다음에 올 그림 과제를 기다리며 경계해야 하는 일의 엄청난 부담감에 미나는 정신이 병들고 있었다. 미나는 자신의 천진한 자아가 사라지고 그 자리에 버림받고 상사병에 걸린, 피해망상에 시달리는 미치광이가 들어오는 것을 느낄 수 있었다. 미나는 마치 위에서 자신을 내려다보면서 자신의 삶에 정말로 참여하고 있지 않는 것처럼 느껴졌다.

"조심해!" 낸이 소리쳤다.

미나의 녹색 코듀로이 재킷을 누군가 강하게 잡아당겼다. 미나의 몸이 홱 잡아당겨져 보도 위로, 그리고 현재로 돌아왔다. 비명을 지르는 십 대 소녀들이 빨간 컨버터블을 타고 쌩 지나가면서 미나를 칠 뻔했다. 미나는 혼란스러워서 주위를 둘러보았다. 미나와 낸은 케네디 고등학교 밖, 학교 주차장 건너편의 보도 옆에 서 있었다. 미나는 자신이 언제 밖으로 나온 것인지 알지 못했다. 미나는 심지어 교정을 걷던 것조차 기억나지 않았다.

낸은 미나의 재킷을 꽉 쥐었던 손을 놓았다. "미나, 정말이야. 네게 무슨 일이 있는 건지 말해 줘."

차에 치일 뻔했던 것 때문에 아드레날린이 솟구쳤다. '만약 낸이 옆에 없었더라면 나는 새까맣게 타버려 구할 가치도 없는 토스트가 되었겠지? 그랬다면 엄마와 찰리는 어떻게 되는 것일까?' 그것은 곧 미나의 벙어리 남동생, 찰리가 스토리와 맞서 싸울 다음 번 그림이 된다는 것을 의미했다.

미나는 '달려오는 자동차를 향해 스스로 걸어 들어가는 것 같이 간단한 사고로 퇴장할 수는 없어. 그런데 내 몸도 안전하게 지키지 못하는데 어떻게 다른 위험한 모험과 맞닥뜨릴 수 있을까?'라는 생각이 들며 어지럽고 구역질이 났다. 미나는 갑자기 다리가 젤리처럼 구부러지더니 숨을 헐떡이며 보도 위에 주저앉았다.

낸이 미나의 이름을 외쳤고, 미나의 귀에 윙윙거리는 소리가 울렸다. 분명 클레어의 사악한 웃음소리가 주변에서 울렸고, 로운트리가 자신에게 으르렁거리는 소리가 난 것 같았다.

또 다른 자동차가 낸과 미나 옆에 섰고 창문이 열렸다. "무슨 일이야? 무슨 일이 있었어?"

강인한 목소리가 클레어의 미친 듯한 웃음소리를 뚫고 들렸다. 하지만 미나는 여전히 숨을 헐떡였고, 놀란 가슴을 진정시키지 못했다.

낸이 대답했다. "차에 치일 뻔했어. 내 생각에 쇼크 상태인 것 같아."

"움직이지 마." 차 문이 열렸고 발자국 소리가 들렸다. 그러고는 다른 쪽 차 문이 열렸다. 미나는 너무 얼이 빠져서 저항하지 않고 낸의 부축을 받아 자동차 뒷좌석으로 들어갔다.

차가운 가죽 시트의 감촉이 미나의 얼굴에 닿았다. 잘은 모르지만 이상하게 익숙한 냄새가 났다. 차 문 세 개가 차례로 닫혔고 차에 시동이 걸렸다.

"어디로 갈까?" 운전석에 앉은 남자가 물었다.

미나는 자동차 뒷좌석을 둘러보았다. 교과서 몇 권, 흰색으로 학교 문장과 수구 로고가 그려진 검은색 짐백만이 바닥에 널려 있었다. 미나는 고개를 들어 백미러를 보았고, 걱정스러워하는 푸른색 눈과 마주쳤다. 운전자의 얼굴을 볼 필요도 없이 미나는 자신이 브로디 카마이클의 차 뒷좌석에 있다는 것을 알았다.

"……972번지……" 낸이 줄줄 말했다.

"안 돼!" 미나가 소리를 질렀다. 다소 큰 소리였다. 낸은 브로디에게 미나네 집 주소를 알려주고 있었다.

앞좌석에 있던 낸이 눈이 휘둥그레져 뒤로 몸을 획 돌렸고 미나를 쳐다보았다. "집에 가기 싫어? 나는 네가 쇼크 상태에 빠진 줄 알았어."

미나는 입술을 깨물고 창피함에 고개를 숙였다. "이젠 괜찮아. 차에 치일 뻔한 충격으로 잠시 멍했던 거야. 이젠 괜찮아…… 정말이야." 미나는 자신 없는 목소리로 덧붙였다.

낸은 오른쪽 눈썹을 치켜세우며 미나의 말을 믿을 수 없다는 표정을 지었다. "뭐 그렇다면." 낸은 차 문을 열고 보도로 나갔다. "그럼 우리 안 태워줘도 되겠다."

그러자 브로디가 말했다. "괜찮아. 너희가 원하는 곳 어디라도 태워다 줄게." 브로디의 젖은 머리가 햇볕에 거의 다 말라 있었다.

미나는 손을 뻗어 반쯤 젖은 브로디의 머리를 만지고 싶었지만 참았다. 순간 미나는 최근에 브로디도 자신처럼 내면의 갈등을 느끼고 혼란스러웠는지 궁금했다.

미나는 차 문 손잡이를 당겨 열려고 했지만, 손잡이가 움직이지 않았다. 잠겨 있었다. 놀랍게도 어린이용 안전 잠금장치였다.

브로디는 고개를 돌려 미나를 쳐다보았다. 미나는 문손잡이에 달라붙어 브로디가 잠금장치를 풀자마자 차 밖으로 뛰쳐나갈 준비를 하고 있었다. 하지만 브로디는 잠금장치를 풀지 않았다. 그는 영원처럼 느껴지는 시간 동안 미나를 바라보았고 그런 다음 입을 열었다. "이번 주말에 뭐 할 거야?" 그 질문은 미나에게 한 게 분명했지만, 보도에 있던 낸이 대답했다. "우린 '데드 프린스 콘서트'를 보러 갈 거야. 넌 그들이 누구인지 모르지?"

브로디는 미나에게로 시선을 옮기며 대답했다. "아니 나도 알아. 리드 싱어가 내 사촌이거든."

"뭐라고! 믿을 수 없어! 발데마르가 네 사촌이라고? 완전 짱인데. 사인 좀 받아줄 수 있어?" 낸은 이미 록의 천국에 있었다.

브로디는 낸이 신나서 두 손을 흔들며 팔짝팔짝 춤을 추는 모습을 보았다. 브로디는 미소를 지으며 다시 뒷좌석에 있는 미나를 보았다. "더 좋은 걸 해줄게. 내일 토요일에 너희를 콘서트 장에 태워다 줄게. 그리고 백스테이지 출입증을 얻어줄게."

낸이 더 심하게 비명을 질렀다. 근처에 있던 한 무리의 새들이 후드득 날아올랐다. 미나는 깜짝 놀라 귀를 막았고, 브로디는 괴로워하며 몸을 움찔했다.

"좋아, 좋아, 세상에. 좋고말고." 낸은 그 밴드의 최신 히트곡 '공주는 죽었다(The Beauty is dead)'의 후렴구를 크게 부르기 시작했다. 낸은 너무 좋아 차 안에 갇힌 미나의 곤경을 금세 잊어버렸다.

"미나, 너는 어때?" 브로디가 더 상냥한 목소리로 물었다.

미나는 마지못해 문손잡이를 잡은 손가락을 풀었다. 하지만 차마 브로디의 눈을 쳐다볼 수는 없었다.

"좋아." 미나가 속삭였다.

그것은 미나가 기다려왔던 브로디와 재회할 기회였다. 둘이 함께했던 시간들이 진짜였었는지, 아니면 스토리가 조종해서 만들어 낸 것이었는지 알아볼 절호의 기회였다. 미나는 브로디를 몹시 그리워했지만, 스토리의 간섭 없는 브로디가 자신을 그렇게 좋아하지 않을 가능성도 있다고 생각했다. 그러나 브로디를 다시 잃을 위험을 무릅쓰더라도 한 번 더 시도해 볼 준비가 되어 있었다.

브로디가 깜짝 놀라 눈을 깜박였다. 미나가 방금 소리 내어 강조하면서 말한 게 분명했다.

"좋아. 그럼, 약속한 거다." 브로디는 자동잠금장치에 손을 뻗어 버튼을 눌렀고, 미나를 차 뒷좌석에서 풀어주었다.

미나는 차에서 내리기 전에 브로디에게 물었다. "내가 싫다고 했어도 문을 열어주었을 거야?"

"아마도. 하지만 이젠 내가 어떻게 했을지 알 수 없잖아? 네가 싫다고 하지 않았으니까 말이야." 브로디는 입술을 깨물며 심술궂은 미소를 지었다. 그러다 갑자기 이마에 손을 대며 눈을 찡그렸다. 미나가 뒷좌석에서 나가는 사이 브로디는 머리를 살짝 흔들며 차에 시동을 걸고 기다렸다.

미나는 브로디가 내면의 무언가, 어떤 기억들과 싸우고 있다는 것을 알 수 있었다. 그것은 브로디를 향한 미나의 마음을 더 아프게 할 뿐이었다.

"그럼 우리 어디서 볼까?" 낸이 미소를 지었고 열린 자동차 창문에 기대며 말했다.

브로디는 미나를 보며 이렇게 말했다. "내가 너희를 데리러 갈게…… 그러니까……."

"낸의 아파트로!" 미나가 끼어들었다. 브로디가 어디를 제안할지 정확히 알았기 때문이다. 미나는 이전의 경험을 통해 교훈을 얻었다. 미나는 브로디가 자신의 엄마와 만나는 일이 없도록 하고 싶었다. 더 논쟁하고 싶지 않았고, 이번에도 일이 잘 안 풀렸을 때 엄마한테 "내가 뭐랬니"라는 잔소리를 듣고 싶지도 않았다.

브로디는 얼굴을 찡그렸지만 어쨌든 낸의 주소를 핸드폰에

입력했다. "그럼 여섯 시에 데리러 갈게."

오토바이의 부르릉 거리는 소리가 났고, 미나는 고개를 획 들었다. 미나는 믿을 수가 없었다. 이번에도 제라드가 길 건너 편에서 그의 검은색 오토바이 위에 앉아 있었다. 제라드는 시선을 끌려고 의도적으로 엔진을 다시 한 번 부르릉거렸다. 미나는 그를 노려보았고, 제라드는 안 된다는 의미로 천천히 고개를 저었다.

미나는 믿을 수 없어 눈을 동그랗게 떴다. 미나가 무엇을 하려고 하는지 제라드가 절대 알 리가 없었다. 제라드가 콘서트에 가는 것에 대한 대화를 엿들었을 리는 없었다.

미나는 좌절감과 분노를 느꼈다. 미나는 일부러 가장 애교스러운 미소를 지었지만, 겉으로는 어색하고 괴로운 표정이 드러났다. 하지만 미나는 사반나를 흉내 내는 데 최선을 다했다. "와, 정말 기대돼. 정말 재미있을 거야." 미나는 미소를 지으며 턱을 위로 쳐들었다. 제라드를 향해 어디 한 번 막아보라는 무언의 표시였다.

제라드는 불쾌함을 표현하듯 오토바이의 엑셀을 밟았다가 브레이크를 밟으며 끼익 미끄러졌고 넓게 원을 그리며 유턴을 하고는 그 자리를 떠났다.

낸은 타는 고무 냄새에 코를 찡그렸다. 브로디는 손을 흔들고는 차를 출발시켜 떠났다.

"방금 뭐야?" 낸이 추궁하듯 물었다.

"뭐가 뭐야?" 미나는 순진한 목소리로 대답했다.

"야. 넌 날 못 속여. 와, 어머나 브로디." 낸은 고음의 목소리를 내며 말했다. "너무 재미있을 거야. 기대 돼." 낸은 머리를 좌우로 흔들며 정확히 사반나가 하는 것처럼 금발머리를 찰랑거리게 만들었다. 미나는 낸이 흉내 낸 모습이 사반나와 너무 비슷한 것을 보고 순간 깜짝 놀랐다.

"세상에, 미나." 낸이 야단을 쳤다. "브로디를 빨리 도망치게 만들고 싶어서 그래? 걔 전 여자친구처럼 말하고 있잖아."

"일부러 그런 건 아니야." 미나는 기가 죽어 어깨를 축 늘어뜨렸다. "나는 재미있고 애교 많은 사람을 흉내 내려고 했는데 내 머릿속에 처음 떠오른 사람이 걔였다고."

"뭐라고! 네가 처음으로 떠올린 사람이 내가 아니란 말이야? 기분 상했어. 내가 사반나보다 더 재미있고 애교가 많다고."

낸 말이 맞았다. 낸은 학교에서 제일 예쁜 여자애들 중 한 명이었고, 재미있는 데다 애교가 넘쳤다. 낸 테일러를 모르는 사람은 없었다. 낸의 이혼한 부모님은 두 분 모두 변호사였고 그것도 부자였다.

낸을 개인적으로 알지 못하는 아이들이라도 아마 낸을 트위터나 다른 최신 유행의 소셜미디어에서 따르고 있을 것이었다. 낸은 본인이 하려고만 한다면 분명 학교에서 가장 인기 있는 여자애가 될 수도 있었다. 하지만 낸은 그럴 생각이 없었고 인기를 얻으려 하거나 자신이 아닌 다른 모습이 되려고 하지 않았다. 미나는 그 점을 늘 고맙게 생각했다.

익숙한 찌릿찌릿한 느낌이 미나의 등골을 타고 올라왔다. 페이나 마법과 관련된 무언가가 근처에 있다는 경고였다. 미나는 몸을 돌려 이 불편한 느낌의 근원을 찾아보았다.

미나가 걱정을 하며 입술을 깨무는 동안 낸은 여전히 재잘대고 있었다. 미나는 주위에 서성이고 있는 학생들을 살펴보았다. 저학년들 몇 명이 스케이트보드로 묘기를 부리고 있었고, 헤임 교장선생님이 거들먹거리며 걸어와 그들을 향해 소리를 질렀다. 사반나와 프리는 한 여학생들 무리 앞에서 새로운 응원동작을 뽐내고 있었다.

모든 게 평범해 보였다. 심지어 철제 담장 옆에서 MP3플레이어를 듣고 있는 왜소한 몸집에 창백한 피부의 여자아이까지도 그러했다. 그녀는 새로 전학 온 아이였다. 적어도 미나는 그 아이를 전에 본 적이 없었다. 그 아이는 예뻤고 개성이 강해 보였다. 머리는 짧았고 멋을 내어 흐트러뜨린 모양이었다. 그녀가 입은 주름치마와 조끼는 사립학교 교복과 비슷했지만, 신발은 아주 시끄러운 소리를 냈다. 틀림없이 의도적으로 선택한 패션스타일일 것이었다.

그 소녀는 MP3플레이어에서 고개를 들었고 미나와 눈이 마주쳤다. 소녀의 얼굴에 숨기지 못한 증오의 표정이 살짝 드러났다. 그 순간 미나는 이상한 힘과 공포를 느꼈지만 무시하려

고 했다. 미나는 낸을 불러 그 새로 온 학생에 대해 물어보려
고 했다. 하지만 두 사람이 그쪽을 돌아보았을 때 그 소녀는
사라지고 없었다.

제 3 장

행운이 다시 오다

저녁 5시가 다 됐지만 미나는 여전히 낸의 옷장에서 입을 옷을 고르지 못했다. 낸이 미나를 인형처럼 입히려고 하는 게 주된 이유였다. 또 다른 이유는 낸의 방이 미나의 방보다 더 재앙에 가까웠기 때문이다. 미나의 방은 지저분해 보이는 정도였지만 낸의 방은 안에서 폭탄이 터진 것처럼 보였다.

"와우. 이거 괜찮다." 낸이 흰색과 하늘색이 섞인 긴 셔츠를 꺼냈고 미나가 확인하도록 들어보였다. "여기다 금색 벨트를 매고 내 갈색 부츠를 신는 거야. 그럼 끝장나게 예쁠 거야."

미나가 고개를 끄덕였다. "그래, 거기다 저 청바지를 입으면 되겠다." 미나가 말했다.

낸은 믿을 수 없다는 듯 미나를 쳐다봤다. "이 옷에 바지를 입을 수는 없어! 이건 원피스라고." 낸은 원피스 셔츠를 자신의 몸에 대고 모델을 해 보였다. "알겠어? 원피스야."

미나는 얼굴을 찡그렸다. "아니 그건 반쪽짜리 원피스지!"

낸은 방 안을 팔랑팔랑 뛰어다니더니 비슷한 스타일의 원피스 셔츠를 세 벌 꺼냈다. "이것 봐. 이것들은 셔츠면서 원피스야. 최신유행 패션이라고." 낸은 미나를 향해 입을 삐죽였고, 셔츠들을 미나 앞에 내밀며 하나를 고르게 했다.

"바비 인형 패션? 나는 절대 그런 건 입을 수 없어."

"직접 입어볼 때까지는 절대 알 수 없는 거야." 낸은 눈알을 굴렸다.

"아니, 나는 내가 그걸 절대로 입지 않을 거란 것을 알아." 미나는 농담을 하며 킥킥거렸다.

"빌헬미나 그라임, 저 안에 들어가서 이걸 입어 봐…… 당장!" 낸이 원피스를 미나에게 던졌고, 미나를 방에 딸려 있는 화장실 안으로 힘껏 밀어 넣었다.

"싫어, 악! 싫어…… 그만해!" 미나는 비명을 질렀고 반항하려고 했지만 그럴 수 없었다. 낸이 액세서리들과 다른 셔츠 원피스들로 미나를 공격하기 시작했기 때문이다. 낸의 화장실은 미나의 작은 침실보다도 더 컸고, 크고 넓은 욕조에 나란히 늘어선 두 개의 세면대, 천장에서 폭포수처럼 물이 떨어지는 샤워기가 있었다.

미나는 한숨을 내쉬고는 어수선한 세면대 선반 위, 덜 지저

분한 곳에 원피스들을 올려놓았다. 미나는 옷을 벗고 에메랄드 색의 긴 셔츠를 입어보았고 감동받았다. 무릎 약간 위로 떨어지는 기장이었지만 미나가 가진 옷들 중 어떤 것보다도 짧았다. 하지만 이상해 보이지는 않았다. 미나는 키가 조금만 더 컸더라도 다리가 너무 많이 보였을 거란 사실을 알고 있었다. 미나는 금색 벨트와 여러 개의 뱅글 팔찌, 목걸이를 했고 스티브 메이든 부츠에 발을 넣었다.

낸이 욕실 안으로 빼꼼히 들여다보았다. "와! 너 꼭 그걸 입어야 해." 낸은 브러시를 들고 미나의 머리를 하나로 땋아 한쪽 어깨로 내려오게 했다.

머리를 살짝 부풀리자 미나는 훨씬 더 성숙한 여자처럼 보였다. 볼터치를 살짝 하고 립글로스를 바르고 아이라이너를 그리자 미나는 젊은 여성으로 변했다.

미나는 거울에 비친 자신의 모습을 보았고 아름다운 소녀가 자신을 쳐다보고 있는 것을 보았다. 미나는 더 성숙하고 부티 나고 자신감 있어 보였다. 하지만 그건 다 낸의 옷 덕분이었다. 낸의 화장품, 낸의 액세서리 때문이었다. 이번만은 미나도 낸에게 약간 질투가 났다. 사실 미나는 항상 낸을 경외의 눈으로 바라봤지만 낸은 아주 싹싹하고 겸손하고 잘 베푸는 아이였기 때문에 질투를 할 여지가 전혀 없었다.

하지만 낸에게는 부유한 것 이상의 뭔가가 더 있다는 것을 미나는 깨달았다. 미나는 낸의 안전한 삶이 부러웠다. 낸에게는 그녀의 목숨을 위협하는 가문의 저주도 없었다. 미나는 손을 뻗어 금으로 도금된 수도꼭지를 틀었고, 떨리는 두 손을 흐르는 찬물에 갖다 댔다. 미나는 손에 물을 받아 마셨고 얼굴에 찬물을 살짝 끼얹었다.

"자, 미나. 정신 차려." 미나는 스스로에게 반복해서 말했다. 미나는 자신이 오늘 콘서트에 가는 일과 브로디 카마이클이 곧 여기로 온다는 사실에 신경이 곤두선 것일 뿐인지도 모른다고 생각했다.

낸은 검은 스키니 진에, 레이어드 된 레이스 탱크톱을 입고 한쪽 팔에 분명 열 개는 될 팔찌를 했다. 낸은 자기 머리와 화장을 하는 데에는 시간을 더 적게 들였다. 둘이 나란히 거울 앞에 섰을 때, 눈에 띄고 스타처럼 빛나는 미인은 분명 미나였다. 미나는 그날 밤 나중에서야 자신의 가장 친한 친구가 일부러 덜 꾸몄다는 사실을 깨달았다.

그들은 오픈키친 형태의 부엌으로 가서 스테인리스 냉장고를 습격했고, 시간을 때우면서 먹을 간식을 찾았다. 냉장고는 사실상 비어 있었다. 몇 병의 생수와 케첩, 그리스 요거트, 오렌지들이 투명한 선반 위에 덩그러니 있었다. 보통이라면 이런 것들이 미나를 걱정하게 했을 테지만 미나는 테일러네 가족이 집에서 거의 식사를 하지 않는다는 것과 한다 해도 보통 시켜먹는다는 것을 알고 있었다. 낸은 미나에게 요거트와 생수병을 건넸고, 그 순간 엘리베이터의 땡 하는 소리가 나면서 두 사람이 거실로 들어왔다. 테일러 부인이 우아하게 걸어 들어오면서 고음의 낭랑한 웃음소리가 실내에 울려 퍼졌다. 그녀의 머리는 인위적인 밝은 금발로 탈색되어 있었고 비싼 정장 재킷을 핸드백 위에 걸치고, 그녀가 즐겨 입는 실크 블라우스 대신 딸의 옷장에서 꺼낸 게 분명한 레이스가 달린 셔츠를 입고 있었다. 이 모든 특징은 자신의 나이보다 더 젊어 보이려고 애쓰는 여성임을 알려주고 있었다. 그 이유는 그녀 옆에서 홀딱 반한 얼굴로 그녀의 말 한 마디 한 마디에 귀를 기울이고 있는 키가 크고 가무잡잡한 잘생긴 남자가 설명해 주고 있었다. 그들은 포옹을 하고 키스를 했다.

우웩 하는 소리가 낸이 있는 쪽에서 났고, 미나는 몸을 돌려 낸을 바라봤다. 낸은 미래의 새아버지가 될 잘생긴 남자, 로버트 마틴과 엄마를 향해 우스꽝스러운 표정을 지었다. 미나는 이 커플의 사연을 전부 들었었다.

낸의 엄마 베로니카는 두 사람이 우연히 같은 택시에 뛰어들었을 때 그를 처음 만났다. 처음에 마틴은 택시에서 내려 베로니카에게 택시를 양보하려고 했었지만, 곧 마틴은 자신이 택시비를 모두 내겠다고 하며 베로니카에게 함께 택시를 타고 동행해도 되겠냐고 물었다. 오랫동안 연인이 없었고, 싱글에, 일을 열심히 하는 여성이라면 그런 제안을 거절할 이유는 없었다.

2주 뒤부터 그들은 공식적으로 사귀었고, 2개월 후에 그들은 약혼을 했다.

이제 두 사람은 베로니카의 첫 번째 결혼식을 볼품없게 보이게 만들 정도의 아주 성대한 결혼식을 계획 중이었다.

미나는 낸에게 물었다. "네 미래의 새아빠에 대해 어떻게 생각해?"

낸이 어깨를 으쓱했다. "괜찮은 것 같아. 그러니까, 키 크고 가무잡잡하면서 지루한 사람이 좋다면 말이지."

"아저씨가 무슨 일을 한다고 그랬었지?" 미나는 생수병에 든 물을 마셨고 옆방에서 사랑에 빠진 어른 둘이 속삭이고 있는 모습을 흘끔거리며 물었다.

"그 새로 생긴 병원의 의사야. 있잖아. 건물이 완전히 유리로 만들어진 그 병원."

미나는 낸이 말하는 병원이 어디인지 알았다. 몇 달 전에 막 완공된 곳으로 건물 디자인이나 시설 면에서 모두 최첨단인 병원이었다.

"멋지네." 미나는 무슨 말을 해야 할지 몰라 이렇게 대답했다. 낸이 엄마의 새 애인에게 갖는 유일한 불만은 주로 '지루한 사람'이라거나 '너무 완벽'하거나 또는 당연하게도 '우리 아빠가 아니니까'였다.

로버트 마틴은 거실로 가려는 베로니카의 볼에 살짝 키스를 했고 자신은 부엌으로 향했다.

"별일 없니, 낸?" 마틴이 물었다.

"무슨 일이 있으려나?" 낸이 퉁명스럽게 대꾸했다.

미나는 웃음을 터뜨렸다.

마틴은 낸의 심술궂은 대답을 아예 못들은 척했다. "그런데 네 엄마가 하버드 대학에 대해 얘기한 것에 대해 생각해 봤니?"

낸은 요거트 통에 스푼을 푹 찔러 넣고 안을 휘저었다. "엄마는 내가 줄리아드 음대에 대해 말한 것을 생각해보셨대요?"

"요 전날 밤에 엄마랑 다퉜던 일에 대해선 걱정하지 마. 아직 시간이 있잖니. 네가 졸업하고서 가고 싶은 곳이 거기라면 내가 그렇게 되도록 해줄게." 마틴은 찬장을 열고 견과류 믹스 봉지를 찾았다. 마틴은 땅콩을 입 안에 던져 넣으며 아그작아그작 시끄럽게 먹었다.

낸은 약간 시무룩해졌다. "네, 알았어요." 마틴이 낸에게 견과류를 권했는데도 낸은 고개를 들고 쳐다보지도 않았다. 마틴은 굴하지 않고 입구가 열린 견과류 봉지를 미나 앞으로 가져갔고 미나는 한 줌을 꺼냈다.

"내가 생각해봤는데, 임페리얼 호수 근처에 내 오두막이 하나 있거든. 네 엄마랑 나는 거기로 내가 새로 산 보트를 가져가서 타려고 하는데 너도 네 친구들 몇 명을 호수 파티에 데려와도 돼. 어때?"

낸의 얼굴이 순식간에 밝아졌다. "내가 원하는 사람 누구나 초대해도 되요?" 마틴이 어깨를 으쓱했다. "그럼 당연하지."

낸은 태연한 척하려고 했지만 얼굴에 드러나는 열정을 숨길 수는 없었다. "멋진 생각이에요! 언제요?"

"2주 뒤는 어떠니?" 마틴이 항복한다는 듯 두 손을 들며 킥킥 웃었다. 마틴은 낸의 기분이 갑자기 좋아지자 기쁜 모양이었다.

낸은 앉아 있던 등받이 없는 의자에서 뛰어내렸고, 빈 요거트 용기를 쓰레기통으로 던져 넣고는 살짝 빙글 돌아 마틴을 향해 새끼손가락을 내밀었다. "손가락 걸고 약속해요."

이 짙은 갈색머리의 키 큰 의사는 낸의 활기에 항복했다. 마틴은 새끼손가락을 내밀었고 그들은 손가락을 걸고 흔들었다.

"이건 약속이에요, 나랑 내 친구들과 하는. 절대 번복하면 안돼요." 낸은 얼굴을 일그러뜨리며 마틴이 다른 말을 못하도록 위협했다.

"번복하지 않을게. 약속해." 마틴이 미소를 지었다.

엘리베이터에서 또 땡 소리가 났고, 모두 엘리베이터 쪽으로 고개를 돌렸다. 문이 열리자 브로디가 나왔다. 모든 집 안의 공기가 다 빠져나가버린 것 같았다. 적어도 미나에게는 그렇게 느껴졌다. 숨 쉬는 것을 잊어버렸기 때문이다. 심플하게 청바지와 흰색 셔츠를 입었을 뿐이었지만 브로디는 눈이 부시게 멋졌다. 브로디는 럭셔리한 거실을 둘러보았고, 고개를 한 번 쓱 돌리고는 집 안의 모든 사람을 파악했다. 브로디는 부엌에 미나와 낸이 있는 것을 보고 얼굴이 밝아졌다.

"준비 됐어?" 브로디가 두 손을 청바지 주머니에 꽂은 채 그들을 향해 우아하게 걸어왔다.

마틴은 브로디를 보고 얼굴을 찌푸렸다. "무슨 준비를 말하는 거지?"

브로디는 마틴의 공격에 약간 당황한 듯했지만 사람들을 반하게 하는 환한 미소를 지으며 가볍게 대응했다. "오늘 밤 콘서트요. 제가 백스테이지 출입권을 구했거든요." 브로디는 마틴에게 손을 내밀며 자신을 소개했다.

마틴은 브로디를 노려보다가 결국은 항복하고 악수를 했다. 마틴은 낸에게로 몸을 돌렸고, 조금 전까지의 태평한 태도를 잃기 시작했다. "콘서트라니. 오늘밤 콘서트에 간다는 말은 없었잖니. 남자애들이랑 간다는 말도." 마틴은 감정을 자제하려고 노력했지만 그의 말은 과잉보호하는 것처럼 들렸다.

"그만해요, 마틴 아저씨." 낸이 쏘아붙였다. "이미 엄마한테 허락 받았다고요." 낸의 태도는 논쟁의 여지를 남기지 않았다. 마틴은 아직은 낸의 아빠가 아니었다.

마틴은 물고기처럼 입을 뻐끔거렸다. 낸은 누구도 반박할 여지를 주지 않고 핸드백을 들고 엘리베이터로 향했다. 미나는 재빨리 뒤를 따랐고 브로디도 고개를 끄덕여 인사를 하고는 미나와 낸의 뒤를 따랐다.

엘리베이터 문이 닫히고 엘리베이터가 23층에서 아래로 내려가기 시작했다. 미나는 브로디와 너무 가까이 있자 숨이 막혀왔다. 낸은 엘리베이터 스피커에서 흘러나오는 현악 사중주 음악에 한 발로 박자를 맞추면서 핸드폰을 꺼내 누군가에게 문자를 보내고 있었다. 브로디는 벽에 기대 두 사람을 내려다보고 있었다. "너희 둘 다 되게 예쁘다." 브로디가 조용히 말했다. 브로디는 낸과 미나를 차례로 쳐다보았다.

미나는 살짝 고개를 들었고 브로디의 눈과 마주쳤다. 미나의 볼이 발갛게 달아올랐고 미나는 "고마워"라고만 속삭였다.

매력적이고 자신감 넘치는 여자가 되기로 한 결심은 어느새 사라져버리고 미나는 브로디의 향수 냄새를 맡았고 숨을 쉬는 것을 잊지 않도록 집중해야 했다.

낸은 몸을 돌려 양 눈썹을 치켜 올린 채 브로디를 쳐다보았다. 그러고는 브로디가 안 보는 사이 미나를 향해 다 안다는 듯한 미소를 지었다. 그들은 아파트 로비 밖으로 나갔고, 브로디의 SUV 자동차로 걸어갔다. 낸은 즉시 뒷좌석으로 들어가 미나가 앞좌석에 앉도록 했다. 차를 타고 콘서트 장까지 가는 20분 동안 낸은 데드 프린스에 대해 끊임없이 재잘댔다. 그들이 일 년에 투어를 몇 번이나 하는지, 낸이 제일 좋아하는 노래가 무엇인지 등등. 브로디는 잘 알려지지 않은 일화들을 말하며 대화에 끼어들었다.

낸은 앞의 두 좌석 사이로 몸을 기울여 카오디오에 밴드의 CD를 넣으려고 하면서 발데마르가 얼마나 멋있는지 신나게 떠들었다. 브로디와 낸은 '공주는 죽었다'가 흘러나오자 따라 부르기 시작했다. 둘의 목소리가 완벽하게 조화를 이루자 서로 깔깔댔고 낸은 브로디의 어깨를 때렸다.

미나는 뭐라고 말해야 할 것 같은 부담감에 자신이 생각해 낼 수 있는 유일한 이야기를 내뱉었다. "발데마르가 그의 진짜 이름이 아니라는 걸 아니?"

브로디가 크게 웃었다. "그럼. 나는 어렸을 때부터 걔를 피터라고 불렀는걸."

"아, 맞다. 사촌이라고 했었지." 미나는 가죽 시트의 갈라진 틈 사이로 들어가 숨고 싶었다. 고맙게도 낸이 다시 끼어들었고 미나에게서 관심을 돌렸다.

"얼마나 다행이야! 피터라는 이름은 리드 싱어로는 좋은 이름이 아닌 것 같아. 발데마르가 훨씬 더 미스터리하잖아."

미나는 대화에서 물러났고 낸과 브로디가 남은 시간 동안 농담을 주고받게 내버려 두었다. 다행히도 차는 곧 도착했다. 그들은 콘서트 장소에서 몇 블록 안 떨어진 곳에 주차를 할 수 있었다. 브로디는 티켓을 수령하는 부스로 가서 자신의 이름을 댔다.

검은색 민소매 티셔츠에 한쪽 팔에 용 문신을 한, 과하게 통통한 남자가 자신의 전화로 즉시 전화를 했다. 그는 고개를 끄덕이고는 그들에게 줄이 달린, 비닐로 된 통행증 세 개를 건넸다. "잃어버리거나 팔아서도 안 돼." 그가 으름장을 놓았다.

브로디는 백스테이지 통행증을 나누어주었다. 작은 부스 안에 있던 그 남자는 앉아 있던 등받이 없는 낡은 의자에서 일어나 건물 측면 출입구로 그들을 데려갔고, 낸은 흥분을 참지 못했다. 그가 문을 두드리자 보디가드로 보이는 한 남자가 문을 열었다. 그 보디가드와 티켓 점검원이 낮은 목소리로 대화를 나누더니 그들에게 들어오라고 손짓했다.

미나는 무슨 일이 일어날지 정말 몰랐기 때문에 낸의 옆에 껌처럼 붙어 있었다. 그들은 건물 뒤쪽에 있는 복도를 걸어갔고 엘리베이터로 안내되었다. 엘리베이터를 타고 올라가자 소파, 음식, 메이크업 아티스트, 사진사, 팬들로 가득 찬 넓은 공간이 나왔다.

"여기가 어디야?" 미나가 숨죽인 목소리로 물었다.

"그린룸(green room: 공연장이나 TV스튜디오의 배우 휴게실을 뜻하는 말)이야." 낸이 경외감에 휩싸여 말했다.

미나는 방의 바닥과 벽을 확인했다. "하지만 초록색 방이 아닌데."

낸은 주위를 살피며 메트로놈처럼 고개를 좌우로 왔다 갔다 했다. "그냥 그렇게 불리는 거야. 특별 손님이나 뮤지션들이 공연전이나 후에 시간을 보내는 곳이야. 정말 믿을 수가 없어." 낸은 흥분해서 미나의 손을 꽉 쥐었고 밴드 멤버 중 한 명을 발견하고는 손가락으로 가리켰다.

나가(Naga)는 일본인이었고 머리부터 발끝까지 검은 가죽의

상을 입고 그에 어울리는 부츠를 신고 있었다. 게다가 나가는 머리끝이 흰색인 삐죽삐죽 세운 모호크 머리를 하고 있었다. 그는 무언가에 대해 눈에 띄게 화난 모습이었고, 헤어스타일 리스트와 다투고 있었다. 미나는 그 이유가 스컹크와 몹시 흡사하게 변한 머리와 관련이 있을 거라고만 추측할 뿐이었다.

브로디는 밝은 금발머리를 말총머리로 묶은 젊은 남자와 이야기를 했다. 펑크록 버전의 레골라스(Legolas: 반지의 제왕에 나오는 잘생긴 엘프 왕자)의 화신 같았다. 낸은 경이로워하며 미나에게 콘스탄틴의 이름을 속삭였다. "발데마르 다음으로 밴드에서 두 번째로 인기 있는 사람이야. 내가 말했던 거 기억나지? 그들은 각자 자신의 무대 이름을 실제로 죽은 왕자의 이름을 따서 지었다는 것을."

세 번째 멤버는 제일 덩치가 컸고 자리에 앉아 테이블 위의 다양한 샌드위치, 스낵, 과일들을 입으로 쑤셔 넣고 있었다. 몸에 좋은 음식들은 하나도 손대지 않은 채였고, 바닥에는 빈 사탕봉지들이 널브러져 있었다. 미나는 '밴드 멤버들의 이름을 열심히 외워둘 걸, 아니 그들의 무대 이름이라도' 하고 내심 후회했다. 어떤 이유에선지 미나는 그의 이름을 계속 매그파이(Magpie: 까치라는 뜻)라고 생각했다가 마틴인지 무언지 혼동했다. 미나는 아주 위협적으로 보이는 그 남자를 오래 바라보는 게 불안해서 눈을 돌렸고, 방 안에 있는 다른 사람들을 보며 누가 또 다른 멤버인지 추측해 보려고 했다.

제3장 *행운이 다시 오다*

"아. 이게 꿈이 아니라는 게 믿을 수가 없어! 세상에 누구도 믿지 않을 거야! 여기 내 핸드폰을 받아. 발데마르 옆에 있는 날 사진으로 찍어줘." 낸이 쉿 하고 말했다.

스키니 진에 검은색 조끼를 입은 금발머리의 진지한 표정의 젊은 남자가 빨간 비닐 소파에 앉아 고개를 숙인 채 기타 줄을 갈고 있었다. 그는 밝은 분홍색 머리를 한 지나치게 열광적인 여성을 무시하려고 애쓰는 듯했다.

"저 사람이 누구라고?" 미나는 낸이 좀 전에 알려줬던 이름들을 벌써 잊어버리고 다시 물었다.

낸은 핸드폰을 던져주고는 조심스럽게 빨간 비닐 소파의 가장자리로 가서 앉았다. 데드 프린스의 리드 싱어로부터 몇 발짝 안 되는 위치였다. 낸은 긴장한 얼굴로 미소를 지었고 포즈를 잡았다.

처음에 미나는 무엇을 해야 할지 몰랐고 낸이 원하는 게 뭔지 알아차리는데 시간이 좀 걸렸다. 미나는 핸드폰 카메라를 잘 겨냥했지만 낸과 그 록스타를 한 화면에 잡을 수는 없었다. 미나는 낸에게 더 좁혀 앉으라고 양손으로 손짓했다.

낸의 자신감이 흔들렸다. 낸이 조심스럽게 그 가수를 향해 살짝 다가갔고 낸의 얼굴에서 미소가 조금 사라졌다. 아직도 충분히 가깝지 않았다. 미나는 입모양으로 "더 가까이"라고 말했고, 낸은 발데마르에게 더 가까이 다가갔다. 그는 낸이 다가오는 것을 전혀 모르는 것 같았다. 풍선껌 같은 핑크색 머리를 한 소녀가 험악한 눈빛을 보냈지만, 낸과 미나는 무시했다.

　낸이 용기를 내어 갈 수 있는 최대한 가까이 간 순간 발데마르는 한쪽 팔을 뻗어 낸을 재빨리 자신의 무릎 위에 앉혔다. 낸은 놀라서 소리를 꽥 질렀지만 발데마르가 양팔로 낸을 감싸 안자 조용해졌다. 발데마르는 몸을 숙여 낸에게 키스를 했고 낸은 더 깜짝 놀랐다.

　미나는 찰칵하고 사진을 찍었다.

제 4 장

데자뷰

낸은 너무 놀라서 그를 밀어내거나 몸을 빼내지 못했고 발데마르가 계속 키스를 하게 했다. 핑크색 머리의 소녀는 몹시 화가 나 보였고, 키스를 하는 이 커플을 향해 횡설수설 소리를 지르더니 의자와 조명들을 쓰러뜨리며 방을 뛰쳐나갔다. 출구의 문이 쾅 하고 닫히자 발데마르는 키스를 멈추고 부드럽게 몸을 떼어냈다. 강렬한 키스에 빠져들었던 자신에 놀란 듯했다. 발데마르는 잠시 멍해 있다 정신을 차렸고, 낸을 필요 이상으로 가까운 곳의 쿠션 위에 내려놓았다.

"방금 전은 미안했어. 저 여자애를 보내버리고 싶었는데 어떻게 해야 할지 몰랐거든. 협조해줘서 고마워." 그는 문 쪽을 흘깃 보고는 능글맞게 웃었다. 그러고는 다시 몸을 돌려 낸을 보았다. "적어도 효과는 있었네." 그의 눈에 여전히 욕망이 어려 있었고 그는 초조하게 침을 삼켰다.

낸은 발데마르 바로 옆의 쿠션 위에 어색하게 앉아 있었고, 방금 전 그의 입술과 맞닿았던 자신의 입술을 조심스럽게 만지고 있었다. 낸의 볼이 새빨개졌다. 낸은 뭐라고 말해야 할지 모르는 듯했다. 낸은 도망치려고 급히 소파에서 벌떡 일어났고 그러다 커피 테이블에 무릎이 부딪쳤다.

발데마르가 손을 뻗어 낸의 손목을 잡았다. "아, 미안해. 제발 도망가지 마. 나는 너를 더―" 그는 문장을 끝내지 못했다. 정장 차림의 키 작고 성격이 불같은 빨간머리 여자가 안에 들어와 사람들을 콘서트 장으로 몰아갔기 때문이다. 그곳은 갑자기 서둘러 나가려는 사람들의 무리, 카메라 플래시, 헤어와 메이크업 담당자들의 마지막 수정작업으로 북적거렸다. 미나는 발데마르가 낸에게 다시 말을 걸려했지만 무대로 가는 문으로 끌려가는 것을 보았다. 발데마르는 분명히 낸에게 남아 있으라는 손짓을 했다.

낸의 금발머리가 격렬하게 좌우로 흔들렸고, 발데마르는 고개를 떨구었다. 하지만 미나가 잘못 본 것일 수도 있었다. 발데마르는 즉시 얼굴에 미소를 띠고 무대로 향했기 때문이다. 낸과 미나는 뒤따라갔다. 밴드 멤버 세 명은 무대 아래쪽으로 향했다. 그곳은 어두웠지만 희미한 조명에 승강기와 유압식 기계가 보였다.

발데마르는 다른 멤버들과 떨어져 다른 이상한 기계장치들과 한 무리의 기술팀이 있는 곳으로 갔다.

미나는 무대 옆쪽에 서서 무대와 꽉 찬 관객석의 경이로운 광경을 볼 수 있었다. 갑자기 전 구역에 불이 꺼졌다. 감춰진 연무기에서 무대 앞을 따라 연기가 자욱하게 피어올랐고, 낮은 음으로 우르릉 거리는 음악이 시작되었다. 어딘가에서 장례식에서나 연주될 만한 침울한 멜로디의 오르간 연주가 들리기 시작했다. 으스스한 음향효과와 발자국 소리들이 콘서트장 벽에 울렸다. 승강기가 무대 위로 오르기 시작했다. 유압장치가 작동하는 소리는 백스테이지에 있는 사람들에게만 들렸다.

무대세트와 함께 밴드가 서서히 무대 위로 모습을 드러냈고, 미나는 흥분되어 뒷목의 털이 곤두섰다. 밴드의 무대는 어둡고 뒤틀린 왕실처럼 장식되어 있었다. 커다란 황금색 거울이 뒷벽에 걸려 있었고, 무대 중앙에는 울퉁불퉁 뒤틀린 검은색 나무로 만든 왕좌가 높은 곳에 자리 잡고 있었다. 세 명의 밴드 멤버는 무대 위에서 그들의 최신 히트곡인 '공주는 죽었다'를 연주하고 있었다. 나가는 기타를, 매그너스는 드럼을, 콘스탄틴은 베이스를 연주했다. 하지만 발데마르는 보이지 않았다.

미나는 목을 길게 빼고 무대 주위를 둘러보았다. 양손에서 섬뜩한 마법의 기운이 따끔거리기 시작했고, 공포가 미나를 엄습했다. 그것은 스토리가 이 상황에 흥미를 느끼고 있고 심지어 끼어들 방법을 찾아낼지 모른다는 신호였다.

돌연 음악이 멈추었고, 낸은 기쁨에 비명을 지르며 커다란 황금빛 거울 쪽을 손으로 가리켰다. 거울 안은 연기로 가득했다. 음울한 멜로디가 멈추었던 지점부터 기타 솔로연주가 시작됐고, 거울을 채웠던 연기가 걷히기 시작했다. 발데마르는 거대한 거울 안에서 금빛의 기타를 연주하고 있었다.

발데마르가 연주를 멈추자 군중은 그의 이름을 연호했고, 그는 들고 있던 아주 값비싼 기타로 거울을 때려 부쉈다. 발데마르가 거울 밖으로 나왔고, 그 순간 미나는 무대에서 떨어져 뒤로 물러났다. 그들의 움직임은 오싹할 정도로 비슷했지만 완전 정반대였다. 발데마르가 무대로 더 가까이 올수록 미나는 뒤로 물러났고, 브로디와 낸과도 멀어졌다.

미나는 느낄 수 있었다. 영혼 깊은 곳에서 직감적으로, 스토리의 마법이 윙윙거리는 것을 느낄 수 있었다. 방금 미나가 보고 듣고 겪은 일들을 왜곡하고 이용해서 동화 속 이야기를 만들어내며 마법의 힘이 작용하기 시작하는 것은 시간문제였다. 미나는 입이 말랐고 공포에 질려 몸을 떨었다.

발데마르는 양팔을 공중 높이 들었고, 관객들과 낸은 흥분해서 위아래로 쿵쿵 뛰었다. 발데마르는 검은 왕좌로 성큼성큼 걸어가 핏빛 기타를 집어 들었고, 콘서트의 나머지 연주곡들을 계속 연주하기 시작했다.

미나는 왜 더 주의를 기울이지 못했는지 자문했다. 생각해

보면 신호가 있었기 때문이다. 그 한 가지는 밴드의 이름이었다. 게다가 그들의 히트송도 동화를 주제로 한 발라드였다. 심지어 이 밴드 멤버들의 무대 이름도 모두 스토리가 관심을 가질 만한 것들이었다. 거기에다 그림의 후손인 미나가 제 발로 문을 몇 개나 통과하면서 거대한 덫으로 걸어 들어온 것은 덤이었다. 미나는 일어날 수 있는 온갖 시나리오와 결과들이 떠올라 머리가 빙빙 돌았고, 그 어떤 것도 좋아 보이지 않았다. 친구들을 스토리 안으로 끌어들이지 않으려면, 친구들을 콘서트장 밖으로 데려가야 했다.

노래가 최고조에 이르렀다. 밴드가 연주를 멈추었고 모든 사람이 무반주로 노래를 따라 불렀다. 미나만이 예외였다. 브로디도 얼굴에 미소가 만면한 채 음악을 즐기고 있었다. 브로디는 몸을 돌려 미나를 바라보며 개구쟁이 같은 미소를 짓고는 다시 몸을 돌려 사촌이 노래하는 것을 보았다. 연기와 현란한 광선이 무대를 밝혔고, 그들이 서 있는 어두운 곳으로 연기와 빛이 흘러넘치며 마치 꿈속에 있는 것 같은 분위기를 만들었다.

미나는 낸이 있는 곳으로 다시 가려했지만 무대 스텝들이 거대한 폭죽들을 실은 수레를 밀며 우르르 들어와 옆으로 밀려났다. 그래서 미나는 뒤로 물러났지만 또 다른 무대 스텝과 부딪치며 움직이는 수레들 사이에 끼어버렸다. 무대 스텝들은 빨리 움직였고, 수레에 깔리지 않으려면 미나도 그들과 함께 움직이는 수밖에 없었다. 길을 막지 않으려고 우물쭈물 따라갔고 결국 미나와 수레는 무대 아래의 준비실에 다다랐다. 스텝들은 기계장치들을 승강기 위에 끈으로 묶어 고정하기 시작했다. 미나는 한쪽에 떨어져 있는 거대한 유리 케이스를 겨우 알아보았다.

미나는 유리 케이스에 가까이 다가갔다. 최소한 180센티미터는 되는 크기였다. 하지만 옆으로 뉘어 있어서 미나는 그게 무엇인지 알아보지 못했다.

"저건 뭐에 쓰는 거예요?" 미나는 초초해하며 물었다.

무대 스텝 중 한 명이 미나를 쳐다봤지만 자신의 일을 계속했다. 시끄러운 음악 소리 때문에 미나가 한 말을 못 들은 게 분명했다. 미나는 한 번 더 큰 소리로 물었다.

"저건 뭐예요?" 미나는 손을 흔들었고 유리 케이스를 가리켰다.

이번에는 그가 일을 잠깐 멈추고 미나에게 대답했다. "그건 유리 관(棺)이에요. 피날레에 쓰죠."

미나는 공포에 질린 채 뒤를 돌아 유리 관을 쳐다봤다. 동화 속에서 죽은 공주들의 시체를 보관하는 데 자주 쓰이던 유리 관이었다. 가장 유명한 인물로는 백설 공주가 있었다. 미나는 심호흡을 한 뒤 유리 관 가까이 몸을 기울였다. 유리 관에 비친 자신의 모습이 그녀를 쳐다보고 있었다. 미나는 공포에 질려 얼굴이 하얘졌고, 그녀의 검은 눈은 걱정으로 더 커졌다.

입술을 깨물고 있었기 때문에 입술도 심지어 빨게 보였다. 미나는 아름다워 보였다. 하지만 곧 관 위에 비친 자신의 모습이 미나가 유리 관 안에 있는 듯한 환영을 일으킨다는 사실을 깨달았다.

"안 돼!" 미나는 저주받은 유리 관에서 펄쩍 뒤로 물러나며 비명을 질렀다. 하지만 데드 프린스 밴드가 무대에서 연주하는 소리 때문에 아무도 미나의 비명을 듣지 못했다.

찌릿찌릿한 느낌이 물밀듯이 밀려들었고, 미나는 분노와 공포에 휩싸였다. 미나는 마법의 힘이 그녀에게 쏟아지고, 그녀를 감싸고, 그녀 안으로 밀려드는 것을 느낄 수 있었다.

"싫어. 거부하겠어! 나는 여기에 참여하지 않을 거야. 내 말이 들리니, 이 저주받은 스토리야? 너는 나를 마음대로 할 수 없어. 앞으로 일어날 일을 네가 선택할 순 없다고. 그건 불공평해!" 마법의 힘이 물밀듯이 밀려왔고 때맞춰 음악이 시끄럽게 쿵쿵대기 시작했다. 미나는 괴로움에 얼굴을 찡그리며 두 귀를 움켜잡았다.

미나는 이곳을 떠나야만 했고 바로 지금이었다. 낸과 브로디가 같이 가든 아니든 간에 빨리 떠나야 했다. 미나는 당황한 표정의 무대 스텝들을 무시하고 위층으로 달려갔다. 미나는 아까 떠났던 그 자리에서 브로디와 낸을 발견했다.

"낸, 여기 봐. 우린 가야 해!" 미나는 낸을 붙잡으려고 했지만 낸은 미나의 손을 강하게 뿌리쳤다.

"무슨 말이야, 가야 한다니?" 낸은 믿을 수 없다는 듯이 물었다. "발데마르를 못 본 거야? 그는 내가 여기에 남길 바랐다고. 콘서트가 끝나면 뒤풀이파티가 있을 거야. 브로디, 얘한테 말해줘!" 낸은 콘서트 도중에 떠나자는 말에 눈에 띄게 화가 나 보였다.

브로디는 둘 사이를 번갈아 보았고, 뭐라고 말해야 할지 몰라 했다. "무슨 일 있어? 콘서트 끝난 뒤에 우리도 남아도 돼. 내 사촌이 허락해줬거든. 낸 말이 맞아. 항상 콘서트가 끝나면 멋진 뒤풀이파티가 있어. 대기실에서 기다리는 것보다 훨씬 더 재미있어."

미나는 공포에 질려 입술을 물어뜯은 바람에 입술이 아팠다. "아니. 미안해. 나는 그냥…… 우린 그냥 가야만 해."

"싫어, 미나. 나는 안 갈 거야. 젠장, 나는 평생 이 순간을 기다려왔다고. 미나, 그가 내게 키스를 했어! 그가 내게 키스를 했다고."

"너도 들었잖아. 그는 자기 입으로 말했어. 그 핑크색 머리 여자애를 쫓아내려고 그랬다고." 미나는 절박한 목소리로 말했다.

"그가 다른 사람을 질투 나게 하려고 그랬대도 상관없어. 그게 잔인하고 별난 장난이었대도 상관하지 않아. 나는 더 해보지 않고서는 떠날 생각이 없어. 그게 우연한 사건이 아니라면 어떡해? 그가 정말로 나를 좋아하는 거라면? 너는 지금 내가 이 멋진 콘서트를 떠나 너랑 같이 집에 가길 원하는데, 대체 이유가 뭐야?"

"우리가 여기 남아 있으면 뭔가 나쁜 일이 생길 것이기 때문이야." 미나가 속삭였다. 미나는 어깨너머로 다투는 소녀 둘 사이에 껴서 어색하게 있는 브로디를 훔쳐보았다.

낸의 눈이 동그래졌다.

미나는 어쩌면 낸이 자신의 말을 믿어줄지도 모른다는 희망을 걸었다.

"그걸 네가 어떻게 아는데?" 낸이 화가 나서 따지듯 물었다. "도대체 네가 어떻게 아느냐고?"

"그냥 알아." 미나도 으르렁거리며 반박했다.

"음. 그것만으론 충분치 않아." 낸은 그 자리에 선 채 조용히 미나에게 도전했다. "타당한 이유를 하나만 대봐. 뭐라도 타당한 이유를. 젠장, 그게 진짜 이유이기만 하다면, 그럭저럭한 이유라도 괜찮아. 왜 떠나야 하는 거야?"

미나는 낸과 다투게 될 거라는 것을 알았지만 멈출 수는 없었다. 미나는 제일 친한 친구인 낸과 한 번도 싸운 적이 없었다. 하지만 그 순간 미나는 최근까지 그들은 진지하게 남자친구를 사귄 적이 없다는 사실을 깨달았다. 낸은 매력적이었고 남자에게 열광하고 남자애들과 시시덕거렸지만 이제껏 키스를 한 적이 한 번도 없었다. 미나는 낸이 운명의 상대를 기다려왔다는 것을 알고 있었다. 그리고 이곳에서 낸은 그를 만난 것이었다. 그런데 미나가 낸을 그로부터 멀리 데려가려 하고 있었다. 미나는 대답을 하지 못했고 고개만 저었었다. 그런 미나를 보면서 낸은 화가 나서 얼굴이 빨갛게 달아올랐다.

낸은 망연자실했다. 눈에 눈물이 고이기 시작했다. 괴로워하는 듯했다. "그래 좋아, 미나. 너는 먼저 가. 하지만 난 뒤풀이파티까지 남아 있을 거야."

"하지만 나는……." 미나는 맥없이 말을 잊지 못했고 어깨가 축 처졌다. 미나는 브로디를 바라보았다. 브로디가 그들의 싸움을 목격한 것이 창피했다. 미나는 브로디가 자신과 같이 콘서트장을 먼저 떠날지, 아니면 낸과 함께 콘서트장에 남을지 알 수 없었다.

브로디는 미나의 눈을 깊이 들여다봤다. 미나는 브로디의 눈빛 속에 숨은 감정에 숨이 턱 막혔다. 브로디가 분명 자신과 같이 갈 거라는 생각이 들었다. 브로디가 미나에게 뭔가 말을 하려고 할 때 낸이 끼어들었다.

"브로디까지 콘서트에서 끌어내려고 그러는 거야? 그만해, 미나! 이건 브로디 사촌의 콘서트잖아. 그들은 지금 투어 중이라고. 너는 얼마나 더 이기적이 될 생각이야?"

미나의 결심은 무너졌다. 미나는 고개를 땅으로 떨어뜨리며 수치심과 창피함을 감추었다. 낸의 말에는 가슴을 후비는 진실이 있었다. 인정하기 싫었지만 낸의 말이 맞았다. 그게 진실이었다. 브로디를 여기서 끌고 가는 것은 무례한 일이 될 것이었다. 사실 미나는 브로디에 대한 어떤 권리도 없었다. 그를 데려갈 이유가 없는 것이다.

"나는 버스나 다른 걸 탈 수 있을 거야. 아직 이른 시간이니까." 미나는 낸에게서 몸을 돌려 걸어갔다. 눈물이 고여 눈시울이 뜨거웠다. 서로에게 안겨준 고통이 만든 눈물이었다.

처음에 미나는 그림가문의 저주와 그녀가 완수해야 하는 그림 과제에 대해 낸에게 전부 얘기했었다. 낸은 미나의 말을 믿어주었다. 하지만 이번에는 자신의 개인적인 곤경에 낸이 휘말리지 않도록 낸에게 알리지 않을 작정이었다. 가장 친한 친구를 잃는 일은 엄청나게 마음 아픈 일이기 때문이다. 하지만 친구로부터 신뢰를 잃는 것은 더 힘들었다. 미나가 몇 걸음 떼지 않았을 때 브로디가 미나의 팔을 잡았다.

"잠깐만 기다려줘, 알겠지?" 브로디는 등을 지고 서 있는 낸에게로 달려갔다. 낸의 몸은 굳어 있었다. 브로디는 몸을 숙여 낸에게 뭐라고 속삭였다. 낸의 어깨가 축 처졌고 우는 것처럼 살짝 들썩였다. 곧 낸은 자세를 바로 하고 평정을 되찾았다.

브로디는 미나에게로 달려왔다. 미나가 앞장서서 걸었고, 그들은 무대 옆에 있는 계단 아래로 내려갔다. 브로디와 미나는 유리 관을 지났고, 미나는 그것을 보기만 해도 오싹한 느낌이 몸을 엄습했다. 음악 소리 때문에 시끄러워 대화를 할 수 없었고 음악 소리가 너무 크지 않은 곳까지 가려면 복도를 몇 개 더 지나야만 했다. 마침내 음악 소리가 충분히 작아졌을 때는 미나는 하고 싶은 말이 하나도 없었다. 코너를 두 번 돌고 나서야 미나는 자신이 완전히 길을 잃었다는 사실을 깨달았다.

브로디는 키득거렸고 미나의 자그마한 등에 손을 올리고 미나를 다른 복도로 안내했다. 미나의 등에 브로디가 손을 올린 부분이 불이 붙은 것처럼 느껴졌다. 브로디가 미나를 출구로 안내해 갈 때 그의 손길은 따뜻했고 미나를 안심을 시켜주었다. 브로디는 주차장으로 향하는 건물 측면 출입구를 열었고, 차가운 미풍이 때리자 미나는 몸을 떨었다.

브로디는 잠시 걸음을 멈추고 재킷을 벗어 미나의 어깨에 둘러주었다. 미나는 놀랐고 황홀감에 빠졌다. 미나는 재킷 안에 몸을 파묻으며 브로디의 익숙한 향수 냄새를 몰래 맡았다. 미나는 브로디에게 홀딱 빠져 있었다. 브로디는 차 문을 열고 미나가 차 안으로 들어가게 했다. 그것은 브로디가 가진 최고의 장점 중 하나였다. 브로디는 언제나 완벽한 신사로 행동했다. 브로디는 차에 탄 뒤에도 주저하면서 시동을 걸지 않았다.

"미안해." 브로디가 슬픈 목소리로 중얼거렸다.

"뭐가?" 미나는 눈물을 참으려고 애쓰며 훌쩍였다. "네가 우리를 싸우게 한 것도 아니잖아. 거기서 일어났던 일은 너와는 아무런 상관이 없어."

브로디는 손을 뻗어 미나의 손을 잡았고 엄지손가락으로 미나의 손가락들을 부드럽게 쓰다듬었다. "네가 상처를 받아서 마음이 안 좋아. 처음부터 너희가 여기에 온 것은 나 때문인 걸. 통행증을 주겠다고 제안했으니까. 나는 너를 더 알고 싶었 거든. 너한테는 상대에게 위안을 주고 친숙한 느낌의 뭔가가 있어. 왜 그런지는 나도 모르지만." 브로디는 갑자기 미나에게 서 떨어졌고 미나를 만지지 않으려 해도 자신을 못 믿겠다는 듯 양손을 운전대 위에 올려놓았다.

미나는 브로디의 말에 매우 기뻤지만 그가 물러나자 그의 빈자리가 느껴졌다. 머리는 기억하지 못하지만 자신의 몸이 예전과 똑같은 방식으로 미나의 손을 만지고 미나에게 키스를 했던 것을 기억한다는 것을 브로디는 알지 못했다.

미나는 영원히 혼자서 간직하겠다고 다짐한 비밀들을 쏟아 내지 않으려고 입술을 깨물었다. 미나는 사랑하는 사람들을 더 이상 이 일에 말려들지 않게 하겠다고 맹세했었다. 둘은 어 색한 침묵 속에 잠시 더 앉아 있었고, 결국 브로디는 차에 시 동을 걸고 주차장을 빠져나갔다.

"나도 미안해. 내 말이 맞아. 내가 그렇게 자리를 뜬 것은 너 무한 일이었어. 네가 나를 집까지 데려다 줄 필요는 없어. 너 는 남아서 콘서트를 즐겨야 해." 미나는 자신이 세상에서 제일 이기적이고 나쁜 사람처럼 느껴졌다.

"그건 걱정하지 마. 내가 너희 둘을 여기로 태워다 주겠다고 약속했잖아. 그러니 너를 집까지 안전하게 데려다 줄 거야." 브로디는 미나를 바라봤고 그의 눈은 상냥했다. "게다가 사실

나는 걔네 음악을 좋아한 적이 없어."

"거짓말." 미나가 소리 내어 웃었다. "나는 네가 낸만큼 큰 소리로 노래를 따라 부르는 것을 봤는걸. 넌 그들을 좋아해."

"맞아. 들켰네." 브로디가 인정했다. 그는 곁눈질로 미나를 또 한 번 흘낏 보았다.

"하지만 그렇게 아쉬울 것 같지는 않아. 나는 지금 여기 있는 게 더 좋거든."

미나의 가슴에서 심장이 미친 듯이 두근거렸다. '어떻게 해야 하지? 뭐라고 대답해야 하나? 뭐라고 말하지?' 미나의 머릿속에서 이런 생각들이 끊임없이 지나갔고, 마침내 미나는 한마디를 내뱉었다. "고마워." 미나는 즉시 머리를 계기판에 박고 싶었다. 자신이 생각해도 너무 멍청한 대답이었다.

미나의 바보 같은 대답에도 브로디는 여전히 웃었다. "천만에." 그는 CD플레이어에 손을 뻗어 버튼을 눌렀다. 아까 멈췄던 지점에서 노래가 다시 시작하며 '공주는 죽었다'의 후렴구를 힘차게 부르기 시작했다.

미나는 즉시 콘서트장의 백스테이지에 홀로 남은 낸이 떠올랐다. 미나는 한숨을 쉬었다. "낸을 두고 와서 기분이 안 좋아. 돌아갈 차도 없는데."

"그렇지 않아." 브로디가 미나를 바라보며 말했다. 브로디의 볼이 약간 붉어졌다. "낸을 거기 남겨두는 것도 마음에 걸렸거든. 내 사촌이긴 해도 피터랑 걔 친구들은 그렇게 책임감 있는 아이들이 아니어서 말이야. 그들은 좀 부주의한 경향이 있어. 너를 내려주고 난 다음에 나는 다시 콘서트장으로 돌아갈 거야."

미나의 얼굴에 희미한 실망감이 살짝 스쳤다. "아, 그렇구나." 미나는 태연한 척했다. 입에 신맛이 맴돌았다. 미나는 낸은 좋아하는 남자를 보려고 콘서트가 끝날 때까지 기다리면서도 자신이 브로디와 시간을 보내는 것을 막는 것이 원망스러웠다.

강렬한 질투심이 일었고 미나의 목소리에도 묻어났다. "정말 친절하구나." 미나는 비아냥거렸다.

조금 전의 아름다운 순간들이 미나 자신의 질투심으로 망쳐졌다. 미나는 오늘 밤 일어날 일들을 빨리 감기로 상상해 보았다. 브로디와 낸, 밴드 멤버들이 모두 함께 웃고 떠들고, 먹고 놀고, 노래방기계를 틀고 함께 노래도 부를 것이다. 미나는 순간 '정신 차려'라고 스스로에게 말하며 마음을 진정시키려고 했고, 지금 어디로 가는 것인지 기억하려고 했다. 미나는 상상에 빠져 있어 브로디에게 집으로 가는 길을 알려준 것도 몰랐다.

브로디는 그 이후로 마치 미나의 내적 혼란과 생각을 감지라도 한 듯 운전하는 내내 조용히 있었다. 그는 왕 씨네 중국식당 앞에 차를 세웠고, 조용히 목을 가다듬었다.

"중국식당에 사는 거야?" 브로디가 물었다. 이것은 그가 이미 몇 주 전에 한 질문이었다. 브로디 자신은 모르고 있지만,

브로디의 잠재의식 속에서는 이미 답을 알고 있었다.

강렬한 데자뷰의 순간이 미나를 압도했다. 미나는 브로디를 보며 약간이라도 알아차리는 기색이 있는지 그의 얼굴을 찬찬히 살피며 천천히 말했다. "식당에 사는 게 아니라 그 위에 사는 거야." 미나는 가만히 기다렸지만 아무런 기색도 없었다. 그는 전과 똑같이 반응했다.

"멋지네." 브로디는 한 손으로 머리를 빗어 넘겼고 미나를 바라보았다. "오늘 밤 내가 기대했던 대로 되지 않아 유감이야."

미나는 차에서 내렸다. "그래, 그렇게 안 됐지." 미나는 좌절감을 느끼며 중얼거렸다. 하지만 곧 그 생각이 떠올랐다. "음, 다음 주에 임페리얼 호수에서 열리는 낸의 파티 말이야. 너도 갈 거야?" 미나는 자신이 뱉은 말에 당황했다. 옆에 브로디가 서 있지 않았다면 미나는 자신의 말이 얼마나 바보처럼 들렸을지 한탄하며 손으로 머리를 때렸을 것이다.

브로디는 마치 머릿속의 스케줄표를 확인하는 듯 곰곰이 생각하더니 빙그레 웃으며 대답했다. "응, 나도 초대받았어. 꼭 가야지."

미나는 어색하게 손을 흔들며 작별인사를 했다. 둘이 연인이었던 시간들은 더 이상 존재하지 않았고, 미나는 이 상황에서 어떻게 행동해야 할지 몰랐다. 미나는 자신의 마음속에서는 자신과 브로디의 관계가 브로디가 느끼는 것보다 훨씬 더 많이 진행되었다는 것을 알고 있었다. 미나는 희망의 구름 위를 둥둥 떠다니고 있었다.

왕 부인이 식당 앞 보도를 쓸고 있었다. 그녀는 미나가 집으로 올라가는 계단을 올라가려고 할 때 열정적으로 손을 흔들어 인사했다. 왕 부인의 몸짓으로 보아 그녀는 미나와 대화를 나누며 미나를 태워다 준 매력적인 남자애에 관한 재미난 이야기를 상세히 듣고 싶어 하는 게 분명했다. 어떤 이유에선지 왕 부인은 미나의 사생활에 관심이 많았고, 데이트에 대해 조언해주는 일에 너무 열정적이어서 미나에게 브로디에게 키스를 하라고 조언하기까지 했었다. 왕 부인은 그 민망한 대화가 일어난 것조차 잊어버렸을 테고, 미나는 그것이 정말 다행이라고 생각했다.

미나는 그림 과제를 새로 시작하기 전에 이전의 삶과 이전에 일어난 사건들을 재설정하는 일이 처음으로 이해되기 시작했다. 첫 키스, 첫 댄스파티, 최악의 실수들을 다시 만회할 기회를 얻는 것을 마다할 이유가 없었다.

미나는 스토리가 이전에 일어난 일을 모두 지워버린 것이 너무 싫었고, 남자친구를 잃게 되어 너무 우울했다. 하지만 미나는 이것이 재미있는 일일 수 있다는 사실을 깨달았다. 미나는 이전에 겪었던 어색한 상황들을 겪지 않고서 다시 불꽃을 되살리는 일을 마음대로 해볼 수 있었다. 단, 친구들이나 학교 친구들, 어느 누구도 자신을 둘러싼 저주에 휘말리지 않도록 확실히 해야 했다. 그러기 위해서는 그들 중 누구도 이 일에 대해 절대 알지 못하게 해야 했다. 그들이 스토리와 그림 과제에 말려들지 않는다면 그들의 기억은 지워지지 않을 것이고, 그들의 삶도 재설정되지 않을 것이었다. 이 모든 것이 아주 간단해 보였다.

미나는 미소를 지으며 마지막 계단에 올랐고, 현관문에 열쇠를 넣었다. 미나는 문을 열고 집 안으로 들어갔다. 별것 없는 집이었다. 60년대식 4인용 식탁 세트와 낡은 가전제품들이 있는 작은 구식 부엌이 있었고, 작은 소파와 나무로 된 흔들의자, 거의 사용하지 않는 오래된 TV로 거실은 꽉 찼다. 미나네 집은 화장실이 한 개였지만, 방은 세 개가 있었다. 아주 작은 집의 평수로는 드문 경우였다. 물론 찰리의 방은 법률상 방이라고 할 수는 없었다. 방 안에 옷장이 없었고, 원래 미나 방의 일부였던 것처럼 보였기 때문이다. 전에 살던 세입자들 또는 왕씨 부부가 창고나 사무실을 만들려고 방 두 개 사이에 벽을 세운 것이 분명했다. 어쨌든 그 방에는 창문이 있었고, 세 식구 모두 자기만의 공간을 가질 수 있었다.

거실 카페트 위에서 찰리가 카드게임을 하고 있었다. 혼자 하는 카드놀이를 하는 듯 보였다. 하지만 미나는 즉시 찰리가 속임수를 쓰는 것을 알아차렸다. 에이스가 다섯 개, 퀸이 여섯 개 있는 게 보인 것이 한 가지 이유였다. 분명 여러 벌의 카드가 들어가 있었다. 게다가 찰리는 계속 카드를 거꾸로 섞고 있었다.

미나는 픽 웃었고, 찰리는 미나를 올려다보며 사랑스러운 동생다운 표정을 지었다. 얼굴을 구기며 혀를 내민 것이다. 미나는 사팔눈을 만들며 똑같이 혀를 내밀었다. 찰리는 누나의 대응에 신이 나 얼굴이 환해졌다. 미나의 엄마는 전자레인지에 팝콘을 돌리고 있었고, 좋은 책 한 권을 들고 자리 잡고 앉을 준비가 되어 있었다. 미나는 엄마에게 인사를 하고 엄마의 팝콘 그릇에서 한 주먹을 잡아채면서 "공부해야 해요"라고 짧게 말하고 방으로 들어갔다.

방문을 닫고 나자 미나는 옷장에서 가벼운 재킷 하나를 꺼냈다. 옷장 안에 걸려 있는 다양한 후드점퍼들은 일부러 쳐다보지 않았다. 미나는 책상 위에 두었던 작은 갈색 종이백을 움켜쥐었고, 창문을 열고 비상계단으로 나갔다. 건물은 오래된 것이었고, 잘 사용하지 않는 화재대피용 비상계단이 아직도 있었다. 그 계단은 미나의 옥상 은신처로 이어졌다.

자신만의 은신처를 갖는 것은 모든 십 대 소녀의 로망이었다. 그곳은 화려하진 않았지만 온전히 미나만의 장소였다. 미나가 옥상으로 끌고 올라왔던 야외용 의자들은 제각각 다른 모양에 약간 고장이 나 버려진 것들이었지만, 미나는 그것들이 완벽하다고 생각했다. 또 미나는 옥상을 다양한 가짜 식물들, 크리스마스 전구, 야외용 파티 조명, 그리고 분홍색 모형 플라밍고 한 마리로 꾸며놓았다. 길 아래 이탈리아 레스토랑에서 희미한 음악 소리가 미나의 은신처로 올라왔고, 중국 음식과 이탈리아 음식 냄새가 섞여 특이한 친숙한 향기를 만들어냈다.

미나는 구겨진 종이백을 꺼내고 그 안에서 최근에 길거리에서 발견한 물건을 꺼냈다. 파란 바지와 빨간 고깔모자를 쓴 중간 크기의 땅속요정(gnome: 옛 이야기에 나오는 정원을 지키는 작은 남자 요정) 인형이었다. 미나는 무엇에라도 홀린 듯 이 이가 빠진 도자기 인형을 가지고 왔다. 그것은 외로워 보였었다. 미나는 이 조각상을 보고 심지어 안됐다는 마음이 들었었다.

미나는 삐져나온 머리 한 줌을 손가락으로 꼬면서 벽에서 나온 돌출부와 선반들 위에 진열해 놓은 작은 장식품들과 식물들을 훑어보았다. 미나는 이 땅속요정을 옥상에서 유일하게 살아 있는 몇 안 되는 식물 중 하나인 장미 덤불 옆에 두기로 결정했다. 미나는 이 요정에게 새 보금자리를 주었고 뒤로 물러나 나무 막대를 집어 들고 이 작은 친구에게 기사 작위를 수여하는 흉내를 냈다.

"그대를 노머 경으로 임명하노라." 미나는 위엄 있는 목소리로 약간 즐거워하며 말했다.

"음, 나한테 그랬다면 멍청한 이름이라고 생각했을 거야. 이제까지 멍청한 이름들을 정말 많이 들어왔다고 장담하는데도 말이야."

미나는 허공에서 나온 듯한 남자 목소리에 몸이 얼어붙었다. 미나는 믿을 수 없다는 듯 땅속요정을 쳐다보았다. "방금 네가 뭐라고 한 거니." 미나는 땅속요정에게 속삭였다.

"땅속요정이 말을 할 수 있다고 생각하는 건 아니겠지? 음, 그래. 어떤 땅속요정들은 말을 하긴 하지. 하지만 대부분은 무 뚝뚝해. 어쨌든 처음 만나서 말을 거는 일은 정말 없을 거야. 게다가 상점에서 파는 싸구려 요정이라면 더욱 그렇지." 남자 목소리가 다시 들렸고 더 가까워졌다. 그것이 짓궂은 제라드 의 목소리라는 것을 알아차리는 데는 얼마 걸리지 않았다. 미 나는 짜증이 나서 몸이 굳었다.

"나는 노머가 멋진 이름이라고 생각하는 걸." 미나는 제라드 를 쳐다보지도 않고 씩씩대며 말했다.

"바보 같은 인형들한테는 물론 그렇겠지." 제라드가 대답했 다.

미나는 제라드와 맞서려고 몸을 돌렸지만 제라드는 없었다. 미나는 위를 쳐다보았고 못마땅해 하며 얼굴을 찡그렸다. "다 치기 전에 그 위에서 내려와."

제라드는 옥상 위 벽돌로 지은 창고 위에 앉아 미나를 내려 다보고 있었다. 청바지에 초록색 티셔츠 차림이었다. 제라드 의 검은 머리는 바람에 헝클어졌고, 평소에 비해 그는 놀라울 정도로 장난꾸러기 같은 모습이었다. 제라드는 위에서 뛰어내 려 미나 옆에 착지했다. 그러고는 장난스럽게 가슴을 치며 이 렇게 말했다. "긴장 풀어. 내가 다칠 일은 없을 거야. 나는 꽤 단단한 것들로 만들어졌거든." 제라드는 미나를 바라보았다.

제라드가 미나에게 말을 할 때 그의 회색 눈이 부드러워졌다.

"그래. 네 심장처럼 말이지. 그건 돌로 만들어졌으니까." 미나가 신랄하게 대꾸했다. 제라드는 가시 돋친 그 말에 약간 상처받은 듯했다. "어쩌면 그건 누구도 시간을 내서 그 돌을 깨고 사실 내게도 심장이 있다는 것을 보지 못해서겠지." "음, 어쩌면 그건 네가 얼간이이기 때문이겠지!" 미나가 쏘아붙였다.

"음, 어쩌면 그건 내가 사람들과 너무 가까이하지 않으려고 그냥 얼간이처럼 행동해서인지도 모르지!" 제라드는 점점 핏대를 세웠고 목소리도 더 커졌다.

"그럼 너는 분명 외롭겠구나. 너는 세상으로부터 마음을 닫고 자신을 보호하려고만 하는 것 같으니까!" 미나는 뒤로 돌아 제라드의 가슴을 손가락으로 세게 쿡 찔렀다.

"아니야! 나는 다른 사람들에게서 나를 보호할 필요는 없어. 오직 너에게서 만이지!" 제라드는 마지막 세 마디 말을 거의 속삭이듯 말했다. 그는 자신의 가슴을 찌르고 있는 미나의 작은 손가락을 내려다보며 얼굴을 찡그렸다.

미나는 제라드가 속삭인 말은 듣지 못했다. 미나는 과장되게 한숨을 내쉬며 손가락을 내렸다. "제라드, 너는 늘 수수께끼처럼 이야기 해. 그냥 사실을 말해줄 수는 없니? 나는 네가 누구인지, 내가 뭘 하길 바라고 또 하지 않길 원하는지 그런 것까지 알아낼 시간이 없어. 때로는 나는 네가 우리 아빠가 나를 지켜주라고 보낸 수호천사처럼 느껴지지만 또 다른 때에는

79

네가 내게 걸린 그림 저주를 이용해 나를 괴롭히려고 온 악마로 여겨져."

"아니야, 나는—" 제라드가 말을 하려고 했다.

"하지만 더 이상은 상관없어." 미나가 끼어들었다. "나는 오늘 끔찍한 저녁을 보냈다고. 나는 내 제일 친한 친구랑 싸웠어. 아니, 내 유일한 친구랑. 그리고 내 전 남자친구는 나를 기억조차 하지 못해. 너에 대한 건 말하고 싶지도 않아. 나는 네가 죽었다고 생각하며 오랫동안 슬퍼했는데 너는 심지어 다치지도 않았어. 나는 네게 화가 날 이유가 넘치게 많다고.

심지어 오늘밤만 해도 그래. 나는 네가 여기에 어떻게 왔는지, 도대체 왜 왔는지도 전혀 알지 못해. 제라드, 여기 왜 온 거야? 네가 누구인지 내게 말해줄 수 있니? 솔직하게 내 눈을 바라보고 진실을 말해줄 수 있어? 거짓말 없는 백퍼센트 진실 말이야. 바로 지금."

제라드는 충격을 받아 입이 떡 벌어졌다. 제라드는 아무 말도 하지 못했다. 미나는 제라드가 주저하는 것을 보고 그것을 대답으로 받아들였다.

"그럴 줄 알았어." 미나가 슬퍼하며 말했다. 미나는 뒤로 돌아 노머를 다시 제자리에 놓았다. 그리고 아래로 내려가려고 비상계단 옆에 가서 섰다. 미나는 마음 깊은 곳에서 일어나는 동요를 숨기려고 제라드에게 등을 돌리고 있었고, 목소리는 딱딱했다. "나는 내게 솔직하지 못한 사람은 필요 없어. 나는 보살핌을 받아야 하는 어린애가 아니야. 너는 나와 내 가족에 대해 모든 것을 알고 있지. 평범한 사람들은 절대 알 수 없는 것들을. 나는 네가 나와는 다르다는 것을 알아. 나는 네가 페이라는 것을 알아. 나는 네가 어떤 일들을 할 수 있는지 봐왔으니까."

"미나, 그런 게 아니야…… 나는 정말……." 제라드는 망설였고 입을 다물었다.

미나는 제라드가 분노로 이를 앙다무는 것을 보았고, 그가 결심했음을 알았다. 제라드가 미나에게 말을 하려는 찰나였다. 그 순간 먹구름이 제라드의 얼굴을 가렸고, 그의 표정이 굳어버렸다. 마침내 미나는 자신이 어떻게 해야 할지 알았다.

미나는 자기 방 창문으로 내려갔고 방에 들어가 창문을 잠그기 전 잠시 위를 쳐다봤다. "미안해, 제라드. 나는 네가 진실을 말해주길 바랐어. 진실이 있는 곳에 신뢰가 따르는 법이니까. 하지만 지금, 바로 이 순간 나는 너를 믿을 수가 없어."

제 5 장

신비에 싸인 소년 제라드

주말 내내 낸에게선 아무런 연락이 없었다. 미나에게 걸려 온 전화는 한 통도 없었다. 엄마한테 걸려온 전화가 일곱 통이었고, 말도 못하는 동생 찰리에게도 두 통이 걸려 왔다. 보아 하니 옆집에 사는 아이 마이키가 전화를 해서는 전화를 받은 뒤 아무 말도 하지 않으면 미나의 동생이란 것을 알아낸 모양이었다. 마이키는 보통 전화를 해서 놀러 가도 되는지 물었다. 수화기 너머에서 삐 소리가 한 번 나면 좋다는 뜻이고, 두 번이면 안 된다는 신호였다. 미나는 어떻게 남동생이 자신보다 인기가 더 많은 건지 이해할 수가 없었다.

미나는 낸과 다투고, 제라드와 실망스런 대화를 한 뒤로 유별나게 심술이 난 상태였고, 누구도 그녀의 비위를 맞추는 것이 불가능했다. 미나는 어디를 가든 감시받는 느낌을 받았다. 마치 보이지 않는 정전기가 허공에 감도는 듯한 느낌이었다. 초자연적 폭탄이 가장 방심한 순간 자신의 위로 떨어져 동화의 광란의 상태를 만들기를 기다리고 있는 것처럼 느껴졌다. 미나는 안절부절못했고, 신경과민 상태가 됐다. 미나는 지금이 초자연적인 폭풍이 몰아치기 직전의 고요한 상태라는 것을 알았다. 불안정한 에너지가 미나 주위로 이렇게 많이 모여드는 것은 '마법에 걸린 댄스파티(Enchanted Dance)' 이후로 처음이었다. 이것은 어떤 그림 과제가 오고 있든 간에 아주 위험한 것이 될 것이라는 두려운 사실을 의미했다.

미나는 월요일, 학교 안에서 안절부절못하고 있었다. 그녀는 모든 사람이 스토리와 결탁해서 미나의 반대편에 섰다고 의심하기 시작했다.

1교시의 포터 선생님은 근엄한 목소리로 학교 공지사항을 읽고 있었다. 흰자가 노랗게 변한 그녀의 눈은 프린트된 종이에서 시선을 떼지 않고 있었다. 이 늙은 여성은 완전 구식이었고, 첨단기술은 전혀 다룰 줄 몰랐으며, 아주 무자비했다. 미나가 받은 지각카드들과 방과 후 남기 벌은 거의 전부 다 포터 선생님한테서 받은 것이었다. 미나는 1교시에만 지각을 했고, 지각카드를 세 번 받으면 방과 후 남기를 해야 했다.

또한 이 잔인한 교사는 자신의 책상 위 사발에 담아 둔 작년에 남은 캔디콘 사탕으로 학생들을 유혹하려는 것으로도 유명했다. 그런 행동들만으로도 그녀가 사악한 페이라는 것이 분명했다. 미나는 포터 선생님이 사악한 어떤 존재일 거라는 것을 알고 있었다.

미나는 낸에게 포터 선생님 욕을 하려고 고개를 돌렸지만, 낸은 보통 낸이 앉았던 미나의 옆자리가 아니라 교실 반대편 사반나 화이트의 옆자리에 앉아 있었다. 미나는 몸을 돌려 칠판을 바라보았고, 그녀를 압도하는 감정들을 드러내지 않으려고 있는 힘을 다했다. 미나는 낸과 다툰 사실을 상기했다. 하지만 제일 친한 친구가 자신을 버리고 적에게 가는 일은 상상도 못 했다.

갑자기 미나에게 어떤 생각이 스쳤다. 미나는 자기도 모르게 머리를 홱 돌렸고 믿을 수 없다는 듯 두 눈이 휘둥그레졌다. '왜 이걸 더 빨리 알지 못했지? 사반나 화이트, 백설 공주잖아. 스토리가 어떻게 사반나를 동화 속에 넣지 않으려고 할 수 있을까?' 미나는 자신이 바보 같다고 생각했다. 이제 미나가 해야 할 일은 지켜보며 기다리는 것뿐이었다.

1교시에 사반나 화이트에게서는 어떤 특별한 일도 일어나지 않았다. 미나는 45분 동안 정면을 바라보면서 곁눈질로 사반나 화이트를 보느라 목에 쥐가 났고, 머리가 빠개질 듯 아팠다. 수업을 마치는 종이 울리자 미나는 꾸물거리며 낸과 사반나가 먼저 교실을 빠져나가길 기다렸고, 곧 둘을 뒤따라갔다.

낸은 미나에게 눈길 한 번 주지 않고 책을 들고서 사반나와 함께 복도를 걸어갔다. 미나는 몰래 그들 뒤를 따라붙으며 조심스럽게 관찰했다.

냰은 사반나를 아주 똑같이 따라하며 머리를 뒤로 찰랑 넘기고 환하게 미소 지었다. 냰의 목소리는 꿀을 바른 것처럼 상냥했다. "사반나, 우리 엄마의 남자친구가 다음 주말에 그의 오두막집에서 파티를 열게 해주기로 했거든. 너도 갈래?"

사반나의 미소가 흔들렸다. "오두막이라고? 숲 속에 있는 흙투성이인 그런 데 말이야?" 사반나가 달가워하지 않는 게 분명했다.

사반나가 무시하는 태도에 냰은 약간 짜증이 난 듯했지만 냰은 잘 숨겼다. "아니, 호숫가에, 보트도 있고 남자애들도 부를 거야."

사반나는 즉시 생기를 띠었다. "아, 좋아! 재미있겠다! 하지만 진짜 파티가 되려면 말이야…… 그게 꼭 있어야……." 사반나와 냰은 걸음을 빨리했고, 뒤따르던 미나 앞에 다른 학생이 끼어들었다. 미나는 더 이상 그들의 계획을 엿들을 수 없었다.

"젠장!" 미나는 낮은 목소리로 중얼거렸다. 미나는 입 안을 깨물며 사반나를 따라갈 것인지 2교시 수업을 들을 것인지를 놓고 고민했다. 특별한 일이 일어나고 있는 것 같지 않았기에 미나는 수업을 들으러 가기로 결정했다. 미나는 복도 중간에서 방향을 바꾸었고, 그때 삐죽삐죽한 머리에 가톨릭 사립학교 교복 같은 것을 입은 새로 전학 온 여자애와 쾅 부딪쳤다.

"조심해, 병신아." 소녀는 몹시 화를 냈다. 그녀는 미나를 밀치고 저쪽 벽을 향해 서둘러 걸어갔다. 그곳에는 키가 큰, 검은 머리 소년이 그들 둘을 흥미롭게 지켜보고 있었다.

미나는 그 여자애에게 사과하려고 찾아갔는데 그녀가 남자애와 같이 있었다. 그 남자애가 누구인지 보니 제라드였다. 그 귀여운 여자애가 제라드에게 몸을 가까이 기대는 것을 보고 미나는 충격을 받아 복도 한가운데 멈춰 서 버렸다. 둘은 보통 친구 사이보다 더 가까워보였다. 질문들이 미나를 괴롭히기 시작했다. '제라드가 저 여자애를 어떻게 아는 거지? 내가 모르는 여자 친구가 있었나? 왜 제라드는 저 애에 대해 한 번도 말한 적이 없었던 거지?'

미나는 복도 한가운데 얼어붙었고, 학생들이 차례로 미나와 부딪쳤다. 어떤 애들은 욕을 하고 비키라고 소리쳤다.

제라드는 몸을 앞으로 기울여 그 소녀의 짧은 머리에 대고 속삭였다. 아주 친밀한 몸짓이었다. 소녀는 조그만 몸을 제라드를 향해 더 가까이 가려고 했다. 제라드는 발을 끌며 몸을 살짝 움직였고 마치 그녀를 안으려고 하는 것처럼 보였다.

무슨 일이 일어나고 있는지 몰라 미나는 괴로워하며 손톱으로 교과서를 긁었다. 그러고는 재빨리 고개를 숙였고 복도를 따라 계속 걸어갔다. 미나는 자신이 쳐다보고 있던 것을 제라드가 보지 않았길 바랐다. 미나는 왜 자신을 제외한 모든 사람, 심지어 제라드마저 아무렇지 않게 평범한 삶을 살고 있는지 이해할 수가 없었다.

미나는 생물수업 교실에 들어갔을 때 신입생 무리를 발견하고는 수업 시간과 교실을 잘못 알았다는 것을 깨달았다. 이제 미나는 뒤를 돌아 제라드와 그 소녀 앞을 다시 지나가야만 했다.

복도를 걸어가는 자신의 발소리가 미나 자신에게는 엄청나게 크게 들렸다. 미나는 부당한 일들이 넘치는 고등학교 생활에 이를 갈았다. 미나는 '이루지 못한 것들과 대재앙들'이라고 이름 붙인 자신의 일기장을 지금 갖고 있었으면 좋겠다고 생각했다. 그녀는 자신의 삶 전체가 재앙인 것을 참을 수 없었고 공책을 갈가리 찢어버리고 싶은 심정이었다. 미나는 자신에게는 남자친구도 없고 절친한 친구도 없다는 사실에 몹시 화가 났다. 더욱이 미나는 자신이 화를 내야 할 대상들에게 미친 듯이 질투를 하고 있었다. 미나는 그때 공중통로에서 떨어지면서부터 자신의 삶은 엉망이 되었다고 생각했다.

'그 뒤로 나는 내 운명을 발견했어. 더 정확히 말하면 운명이 나를 발견한 거지. 하지만 그림 과제를 하나도 완수하지 않는다고 뭐가 그렇게 잘못되겠어? 페이들이 인간 세상에서 마구 날뛰면 안 될 이유가 있나? 이전에는 아무도 눈치 채지 못했는걸. 내가 과제를 완수하지 못한다 해도 그렇게 해롭진 않을 거야. 안 그래? 그냥 스토리를 무시하기만 하면 되잖아.'

이렇게 생각하자 미나는 기분이 한결 나아져 책상에 앉았다. 하지만 세 마리의 곰과 사라진 노숙자들이 떠올랐다. 미나는 속이 메슥거렸고, 자신이 이 일을 하지 않을 경우 누가 그 임무를 맡게 될지 떠올리고는 기분이 훨씬 더 나빠졌다. 바로 자신의 벙어리 남동생이었다.

"아아……." 미나는 신음 소리를 내며 책상 위에 머리를 박았다. 그리고 수업이 끝날 때까지 콜버트 선생님 머리 위의 시계만을 쳐다보면서 시간을 보내기로 결심했다. 미나는 자신이 아무리 계획을 잘 세워도 모두 실패했고, 고민하고 구상하고 계획을 세웠지만 어떤 성과도 얻지 못했음을 떠올렸다.

어떤 마법도, 에너지도, 동화 속 인물의 등장도 어떤 기미도 없이 오전이 지나갔다. 점심시간이 되었고 낸은 여전히 미나에게 말을 하지 않았다. 그러나 미나는 상관하지 않았다. 왜냐하면 덕분에 사반나의 테이블 가까이 앉아 그녀를 염탐할 수 있었기 때문이다. 낸이 사반나 바로 옆자리에 앉을 때는 그렇게 도움이 되지는 않았다.

미나는 프리실라가 사반나의 머리를 아주 복잡하게 땋아 아래쪽에 하늘색 리본으로 묶는 것을 보았다. 미나는 막대 모양의 당근을 물어뜯으며 눈을 흘기며 사반나를 쳐다보았다. 미나는 자신이 브로디의 옛 여자친구가 리본으로 치장하는 모습을 지켜보며 학생식당에 앉아 있다는 사실을 믿을 수가 없었다. 미나는 입으로 당근을 딱하고 부러뜨렸고 화가 나서 우적우적 씹었다. 그뿐이 아니었다. 만약 스토리가 사반나를 이야기 속에 이용하려고 한다면 미나는 사반나를 구해주기까지 해야 했다.

"아 정말 너무해." 미나는 또 다른 치어리더가 급식쟁반을 들고 다가와서 낸과 사반나, 프리 옆에 앉는 것을 못마땅하게 지켜봤다. 모든 것이 평소와 다름없이 지루했다. 그러다 사반나가 프리에게 먹지 않은 사과를 달라고 하는 것을 보고 미나는 자리에서 벌떡 일어났다. 미나는 일이 벌어지고 있음을 직감했다. 사반나는 프리에게 고맙다고 말하며 냅킨으로 사과를 닦았고, 핑크색으로 칠한 입술로 천천히 사과를 가져갔다.

바로 옆 테이블에 있던 미나는 사반나의 테이블로 돌진했고, 재빨리 사반나의 손을 때려 사과를 떨어뜨렸다. 사과는 식당바닥을 가로질러 혼자 있는 한 소년의 검은색 스니커즈 아래로 굴러갔다.

"아야! 왜 그런 거야, 그라이미(Grimy: '때 묻은, 더러운'이라는 뜻의 단어로, 미나의 성 '그라임(Grime)'을 변형해서 부른 것)!" 사반나가 꽥 소리를 질렀고 미나가 싫어하는 못난 별명을 불렀다. 사반나는 미나가 때린 손을 문질렀다. 벌써 희미한 빨간 자국이 생기고 있었다.

미나는 사반나를 독이 든 사과로부터 구한 뒤에 뭐라 말할지는 준비하지 못했었다. 재빨리 머리를 굴리는 것은 미나가 잘하는 일이 아니었다. 재빨리 행동하는 것은 물론이고. 다행히도 그 두 가지를 모두 정말 잘하는 사람이 가까이 있었다.

"오, 사반나! 그거 들었어?" 낸이 무심하게 물었다. "다른 주에서 어떤 농약 때문에 사과 농장들이 많이 오염되었대. 아마도 뉴스에는 아직 안 나온 것 같은데, 병원에 보고된 경우가 몇 개 안 되기 때문일 거야. 하지만 그 농장들에서 나온 사과를 먹으면 정말 아플지 몰라."

"나는 우리 엄마의 남자친구가 의사라서 아는 거야. 저 사과가 어떤 농장에서 나온 건지 모르니까 그냥 사과를 전부 멀리하는 게 나을 거야." 낸이 몸을 기울여 양손으로 턱을 괴면서 완전 솔직한 것 같은 표정을 지었다. 미나는 자신의 행운을 믿을 수 없었다. 미나는 재빨리 사반나의 테이블에서 떠났다. 하지만 낸이 살짝 윙크를 하는 것을 놓치진 않았다. 미나는 친구가 갑자기 마음이 변해서 자신을 위해 일부러 거짓말을 해준 이유를 알 수는 없었지만, 어쨌든 매우 기뻤다.

미나는 고개를 들었고 제라드와 눈이 마주쳤다. 제라드는 이 소동을 전부 지켜보고 있었고, 미나의 행동들을 재미있어 하는 것 같았다. 제라드는 자신의 발 아래로 굴러온 사과를 가리켰다. 미나가 사반나의 손에서 탁 때려 떨어뜨린 그 사과였다. 제라드는 손을 뻗어 사과를 집어 들면서 소리 내어 웃었다. 미나는 얼굴을 찡그렸다.

제라드는 사과를 셔츠에 닦아 한 입 베어 물고 미나를 조롱하듯 천천히 씹었다. 미나는 충격으로 입이 쩍 벌어졌다 닫혔고 제라드의 끊임없는 놀림에 좌절감은 심해졌다.

제라드는 미나의 당황한 모습을 보고 소리 내어 웃었다. 미나는 얼굴이 붉어진 채 식당에서 뛰어나왔고, 뒤에서 제라드의 웃음소리가 들렸다.

★
★★

학교 수업이 끝나자 미나는 사반나를 집까지 따라가려고 자전거를 세워 둔 곳으로 달려갔다. 물론 내키는 일은 아니었지만. 사반나의 차를 따라잡으려면 자전거를 타고 빨리 달려야 했다. 미나는 이 그림 과제가 빨리 끝나서 사반나를 보호하는 일을 빨리 끝낼 수 있길 바랐다. 미나는 자신의 빨간색 슈윈 자전거에 채워둔 자물쇠를 풀었다. 그 순간 날렵한 검은색 포드 머스탱 스포츠카가 학교를 향해 달려왔다. 운전자는 과시하며 속도를 올렸고 가볍게 방향을 바꾸었다. 자동차는 브레이크를 밟으며 미나 바로 앞에 멈추었고, 미나는 살짝 놀랐다. 최고급 자동차의 검은 유리창에 미나의 모습이 비춰졌고 미나는 자신이 곤경에 처했다는 것을 알았다.

자신의 안전을 생각한다면 얼른 자리를 떠났어야 했지만 그보다는 호기심이 더 컸다. 자동차의 전자동 창문이 희미하게 윙윙 소리를 내며 부드럽게 내려갈 때 미나는 그 자리에 서 있었다. 미나는 몸을 기울이며 스포츠 구단주나 유명인사가 나올 것을 기대했다. 하지만 그 사람은 제라드였고, 미나는 경멸감에 뒤로 물러섰다.

제라드는 조수석으로 몸을 기울여 낮은 목소리로 말했다. "우리 얘기를 좀 해야 해."

미나는 경계하며 어깨너머를 보았고 사반나가 그녀의 파란 색 컨버터블 자동차에 오르는 것을 보았다. 사반나는 곧 떠날 것이었다. "아니, 나는 그렇게 생각하지 않는데." 미나는 빈정 대며 말했다.

"아니. 우린 얘기를 좀 해야 해. 네가 나를 피하는 걸 그만두 지 않으면 곧 너는 또다시 네가 감당하기 힘든 상황에 놓이게 될 거야."

"'또다시'라니. 그게 무슨 뜻이야?"

"느껴지지 않니? 폭풍이 일어나려고 하고 있어. 마법의 힘 이 모이고 있다고. 스토리가 네 앞에 또 다른 그림 과제를 주 려고 준비하고 있다고."

'그림 과제'라는 말이 나온 순간 미나에게 작은 돌풍이 불었 고 미나는 몸을 떨었다.

"그래, 나도 알아. 처음 하는 것도 아닌 걸. 나는 너보다 훨 씬 앞서 있어. 나는 이미 조치를 취하고 있다고." 미나는 조바 심을 내며 그리모어를 넣어둔 재킷을 가볍게 쳤다.

"아, 오늘 점심시간에 네가 했던 것처럼 말이야? 너는 완전 잘못 짚었어. 너는 분명 이것이 어떤 식으로 일어나는지 이해 하지 못하고 있어."

미나는 제라드에게 역겨워하는 표정을 지었다.

"차에 타. 내가 집에 데려다 줄게. 가는 길에 얘기하자."

"다른 그림 과제가 오는 중이라는 걸 너는 어떻게 아는 거야?" 미나는 제라드에게 손가락질하며 따지듯 물었다. "지금까지 넌 사실을 잘 알려주지도 않았고 숨기려고만 했잖아."

"나중에 설명해 줄게. 우선 차에 타." 제라드는 조수석으로 손을 뻗어 미나가 차에 타도록 차 문을 열었다.

미나는 속으로 고민했다. '제라드는 나를 도와줄 수 있는 유일한 사람일지 몰라. 만약 제라드가 이 일이 어떻게 돌아가는지 알고 있는 거라면 제라드의 도움이 필요해. 하지만 만약 제라드가 내게 거짓말을 하거나 내가 위험한 상황이라고 느껴지면 제라드한테서 빨리 도망치면 될 거야.' 미나는 자신의 계획에 어느 정도 만족했고 제라드를 향해 고개를 끄덕였다.

"내 자전거는 어떻게 하지?" 미나가 자전거 고정대에 비스듬히 놓인 자신의 빨간 자전거를 소심하게 가리켰다.

"그건 내일 아침에 너희 집 층계참에 갖다 놓을 게. 우선 우리는 얘기를 좀 해야 해. 그것도 빨리." 제라드는 금세 참을성을 잃고 있었다.

"잠깐만 기다려봐." 미나는 다시 자전거에 자물쇠를 채우러 갔다. 그때 사반나가 자신의 자동차 오픈카를 타고 바람에 금발머리를 날리며 지나갔다. 미나는 사반나를 지켜보는데 몇 시간을 더 보냈을 일을 생각하니 속이 쓰렸고, 제라드가 주의를 돌려 준 것에 약간은 고마운 마음이 들었다.

　미나는 앞좌석으로 들어갔고 안전벨트를 맸다. 그리고 학교 수영장 건물을 바라봤다. 포츠 선생님이 연습을 일찍 마친 모양이었다. 브로디가 아직 젖은 금발머리를 날리며 자신의 차로 걸어가고 있었다. 브로디는 미나와 제라드 바로 앞을 지날 것이었다. 미나는 브로디를 볼 수 있다는 기대감에 심장이 쿵쾅댔다. 그 순간 차에 시동이 걸렸다. 제라드는 액셀을 밟았고, 브로디를 향해 화난 듯이 달려갔다.

　브로디는 달려오는 차를 피해 뒤로 펄쩍 뛰어 보도로 올라갔다. 브로디는 제라드에게 얼떨떨한 표정을 지었다.

　'도대체 이건 무슨 짓이람?' 미나는 의아해했다.

제 6 장

풍운전야

제라드가 길을 돌아가고 있는 것인지 아니면 그냥 다른 길로 가는 것인지 미나는 알 수 없었다. 다만 미나는 여기가 집 근처는 아니라는 것을 알았다. 미나는 제라드가 자신이 어디로 가고 있는지 알고나 있는지 의심이 들었다. 또다시 10분이 지난 후 미나는 제라드에게 계속 신경이 쓰였던 것을 물었다.

"이 차는 어디서 난 거야?"

"어?"

"모르는 척하지 마. 나는 네가 검은 오토바이를 탄다는 것을 알아. 나는 심지어 그게 박살나는 것도 보았었어. 하지만 어찌된 일인지 너는 지난 몇 주 동안 그것과 똑같은 것을 타고 다녔지. 게다가 오늘까지는 네가 자동차를 모는 것은 한 번도 보지 못했어. 이 차는 어디서 난 거야?"

침묵이 흘렀다. 제라드가 대답하지 않자 미나가 물었다. "차를 훔친 거야?"

"아니!" 제라드가 소리를 질렀다. "훔치지 않았어."

"그럼 어디서 난 거야?" 미나는 팔짱을 끼고 제라드를 노려보았다.

"네가 상관할 바가 아니야."

"당연히 상관할 일이야. 나는 내가 범죄자랑 어울리고 있는 건지 알아야 하니까!"

"미나, 넌 내가 범죄자가 아니란 걸 알잖아!"

"아니, 몰라. 너는 지금까지 내가 너에 대해 잘 알지 못하도록 확실히 해왔지. 예를 들어, 그 여자애는 누구야?" 미나가 물었다.

제라드가 능글맞게 웃었다. "어떤 여자애?" 제라드는 아무것도 모른다는 듯 대답했다.

"네가 학교 복도에서 완전 물고 빨던 애 말이야." 미나가 과장해서 말했다.

제라드는 코웃음을 쳤다. "그렇게 질투나?"

"아니! 나는 그저 내게 사실들을 말해줬으면 좋겠어." 미나의 어깨가 축 늘어졌다.

"내가 누구랑 어울리는지는 네가 알 바가 아니야. 그 편이 더 안전해." 제라드가 운전대를 꽉 붙잡고 마지막 코너를 급히

도는 바람에 미나는 창문에 어깨를 부딪쳤다.

"아야. 아니, 더 안전한 것은 네가 속도를 줄이는 거야." 미나는 어깨를 문지르며 말했다.

제라드는 윙크를 했고 차의 속도를 줄였다. "걔 이름은 에버야."

"그 애가 누군데?" 미나가 물었다.

"네가 신경 쓸 필요 없는 사람!" 제라드가 날카롭게 대답했다.

그것이 최후의 결정타였다. 미나는 제라드에게 질려버렸다.

"나는 예전에도 네 한심한 변명들을 들어왔어. 너는 마치 고장이 난 카세트처럼 똑같은 말만 계속해. 내게 말을 할 수 없는 거야, 안 하는 거야?" 미나는 제라드를 향해 두 손을 떨면서 말했다.

"우우. 내게 말해주면 큰일 나겠지. 금기사항이니까. 게다가 너는 지난 몇 주 동안 나를 대했던 것처럼 내게 그렇게 행동할 권리는 없어. 너는 심지어 학교에서 나를 모른 척했고 네가 어떻게 살았는지, 네 오토바이가 박살난 뒤에 무슨 일이 있었는지 말해주려고도 하지 않지. 하지만 이 모든 것이 내게는 중요해. 너는 오직 네가 편할 때만 내게 말을 하고 싶어 해. 더는 못 참아. 나는 완전히 지쳤어. 나는 지금 답을 원한다고."

"너는 내가 말해주는 어떤 답도 좋아하지 않을 거야." 그는 간단히 말했다.

"그럼 왜 나보고 차에 타라고 한 거야?"

"왜냐하면 사람들 없는데서 조용히 말을 해야 돼서야."

"지금 하면 되잖아. 지금 차 안에 둘밖에 없잖아."

"아니, 아직 안전하지 않아. 사람들이 너무 많이 있어. 아무도 우릴 볼 수 없는 곳으로 가야 해."

"제라드, 너는 정말 날 겁먹게 하고 있어." 미나는 진심으로 말했다. 불안감이 증폭되었다.

제라드는 좌절하며 한 손으로 운전대를 내리쳤다.

미나는 펄쩍 뛰었다.

"그게 바로 내가 하지 않으려고 애쓰는 거라고." 제라드는 걱정스런 얼굴로 미나를 바라봤다. "나는 네게 답을 주려고 애쓰고 있지만 나는 너를 겁주고 싶지 않아. 그런데 너는 너무 참을성이 없다고."

차안 공기가 갑자기 변했고, 미나는 몸이 굳어버렸다. 모든 것이 극도로 심각해졌다.

"답이 내 마음에 들지 안 들지는 상관없어. 나는 그저 답을 듣고 싶다고. 나는 너를 믿을 수 있는지, 네가 내 편인지조차도 모르겠는걸." 미나가 부드럽게 말했다.

제라드가 입술을 앙다물었고, 미나는 그의 표정을 보고 자신이 아픈 곳을 건드렸다는 것을 알았다.

"그래서 너는 내 편이 맞아?"

"내가 뭐라고?" 제라드는 지나치게 빨리 대답했다.

"내 편이냐고?"

"여기서 편이 어디 있다고 그래?"

"당연히 편이 있지. 너는 내 편이거나 아니면 항상 나를 죽이려고 하는 사악한 페이들 편이겠지."

"우리 모두가 항상 너를 죽이려고 하는 것은 아니야. 이건…… 복잡한 일이야. 야, 저기 아이스크림 가게 있다. 아이스크림 먹을래?"

미나는 제라드가 재빨리 주의를 돌리려는 것을 알아챘다. 그걸로 낸을 속일 수는 있을지 모르겠지만 미나는 어림없었다. 하지만 미나는 아이스크림 가게 옆에서 흥미로운 것을 발견했다.

"응, 사실 아이스크림 먹고 싶어." 미나는 거짓말을 했다.

제라드는 안심하는 듯했고 아이스크림 가게 앞에 차를 세웠다.

"좋아, 뭐 먹을래. 더블민트칩, 바닐라, 로키로드?" 제라드는 지갑을 꺼내며 미나를 향해 물었다.

"음, 블랙라즈베리칩." 미나는 조바심을 내며 창문 밖을 힐끗 보았다.

"좋아. 금방 올게." 제라드는 차 키를 갖고 자동차에서 내렸다. 미나는 차안에 앉아 제라드가 아이스크림 가게 안으로 들어가 메뉴판 앞에 설 때까지 기다렸다.

미나는 재빨리 조심스레 차 문을 열었고 백팩을 움켜쥐고 아이스크림 가게 건물을 피해 버스 정류장으로 달려갔다. 미나는 한 블록 떨어진 곳에서 시내버스가 오는 것을 보았고 지갑을 꺼내며 버스를 향해 달려갔다. 마침 버스가 섰고 미나는 버스카드를 준비했다.

운전사는 건장한 할아버지였다. 그는 윌이라고 적힌 이름표를 달고 있었고, 이름 아래에는 '안전하게 모시겠습니다'라고 적혀 있었다. 미나는 버스카드를 스캔했고 거의 비어 있는 버스 뒤쪽으로 갔다. 미나는 뒤에서 두 번째 줄 자리에 백팩을 바닥에 놓고 구부정하게 앉았다.

승객 두 명이 버스에서 내렸고 미나는 버스가 문을 닫고 정류장을 떠날 때까지 숨을 죽였다. 미나는 창밖으로 제라드의 자동차와 아이스크림 가게 쪽을 훔쳐보았다. 제라드의 모습은 보이지 않았다. 아마도 가게 안에 있을 것이다.

미나는 히죽거렸다. 자신이 제라드보다 한 수 앞섰다는 생각에 아드레날린이 치솟았다. 미나는 차 안에서 제라드와 같이 있으면서 어쩌면 그가 정말로 미나를 도와주려고 곁에 있는 게 아닐지 모른다는 생각이 들었고 정말 겁에 질렸었다. 모호하게 굴고 대답을 잘 해주지 않으려는 태도가 그 증거라고 생각했다. 미나는 제라드가 자신의 실수를 깨닫고는 긴장을 해서 목소리가 살짝 변한 것을 알아챘었다.

미나는 제라드가 자신의 가족과 그림 저주에 대해 너무 많이 알고 있고, 그가 페이라는 사실도 알고 있었다. 심지어 그가 자신을 훈련시키고 가르칠 때 마법을 사용하는 것도 보았다. 하지만 그보다도 교묘히 대답을 피하고 자신이 알아야 할 정보를 말해주지 않으려는 행동을 보면서 미나는 제라드를 위험한 사람의 범주에 포함시켰다. 제라드는 자신이 누구를 위해 일하고 있는지, 누구를 돕고 있는지, 심지어 착한 편인지조차 말하려고 하지 않았다.

미나는 자신이 제라드에게 화를 내선 안 될지도 모른다고 생각했지만 제라드는 자신을 무시했고, 제라드는 누구보다도 스토리에 대해 많이 알고 있으면서도 그것에 관해 얘기하지 않으려는 모습이 배신자에 가깝다고 생각했다. 미나는 자신이 그리모어를 갖고 있는 한 제라드는 필요 없다고 여겼다. 클레어와 로운트리와 싸우는 데 도움을 줬던 것은 제라드가 아니라 그리모어였기 때문이다. 도움이 절실히 필요한 순간에 자신을 도와줄 마법의 책을 발견한 사람도 다름 아닌 자기 자신이었음을 미나는 떠올렸다. 미나는 이 책은 자신이 그림 과제를 완수하고 페이들을 그들의 세상으로 추방하는 일을 도와줄 수 있는 유일한 물건이고, 바로 이 책 때문에 많은 소동이 일어났다는 사실을 상기했다.

'어쩌면 제라드는 그리모어를 은밀히 쫓았던 것이 아닐까? 어쩌면 그는 페이들을 위해 그리모어를 훔치려고 내 신뢰를 얻으려고 한 것은 아닐까?' 마침내 미나는 이런 결론에 도달했다.

미나는 몸을 숙이고 앞좌석에 머리를 박았다. 미나의 머리로는 감당하기 힘든 일이었다. 그림 조상들을 실망시킬 수는 없었다. 미나는 자신이 더 강력해져서 그림 과제들을 완수해야 하고 그러려면 오랜 시간이 걸릴 거라고 생각했다.

그림 형제는 인간 세상에 살고 있는 페이들을 처음으로 발견한 사람들이었다. 그들은 연구를 통해 페이 세계로 가는 문을 발견했고, 페이트(Fate)라고 불리는 페이 왕과 여왕과 대면했다. 그림 형제는 모든 페이를 그들의 세상으로 데려가라고 요구했다. 페이트들은 제이콥과 빌헬름 그림이 일련의 과제를 완수하는 것을 조건으로 거래에 동의했다. 그림 형제들이 동화를 하나 끝낼 때마다 이야기가 페이 세상에 있는 마법의 책에 기록되었다.

그림 형제들이 그들에게 주어진 과제들과 싸우는 것을 시작했을 무렵, 인정 많은 페이 하나가 그 마법의 책을 둘로 나누어 하나를 그림 형제에게 주어 그들을 돕게 했다. 그 책이 바로 그리모어였다. 그것은 그림 과제를 완수하는 게임을 공평하게 해준 물건이 되었다. 그리고 곧 모든 이가 그리모어를 원하기 시작했다. 두 세계에 있는 페이들이 모두 그것을 가지려고 했다.

설상가상으로 페이 세상에 있던 마법의 책이 스스로를 자각하게 되었고, 그것은 그림 후손들이 계속해서 이야기에 참여하게 만들면서 그림들이 과제를 완수하는 일에 관여하기 시작했다. 스토리가 더 많은 이야기를 모을수록 그것은 더 강력해졌고, 더 치명적이 되었다. 스토리라고 알려진 그 책은 그림들이 영원히 이야기들을 다시 쓰기를 원했다. 그림 형제들이 놓친 거래의 허점이 하나 있었다. 그것은 그들이 동화를 모두 완성하지 못하면 다른 세대의 그림들이 임무를 완수할 기회를 얻지만 모든 것을 처음부터 다시 시작해야 한다는 것이었다.

그것은 극복해야 할 과제와 이야기, 동화들이 끝없이 반복되는 것을 의미했다. 바로 이것이 그림 가문의 저주였고, 미나의 아버지와 삼촌은 이 저주를 푸는 데 실패했다. 아버지와 삼촌의 생명을 앗아간 것이 바로 이 저주였다.

그리고 이제는 미나의 차례였다.

정거장에서 버스가 출발하면서 배기가스를 방출하는 탕 소리가 났다. 미나는 잠에서 깼다. 미나는 고개를 들고 얼마나 많은 시간이 흘렀는지 알고 깜짝 놀랐다. 깜박 잠이 들었던 게 분명했다. 벌써 어두워지기 시작했고 버스는 이제 완전 텅 비어 있었다. 창밖에 보이는 어떤 정류장도 집에서 가까운 곳이 아니었고, 미나는 자신이 버스 노선에서 너무 멀리 와버린 것을 알아차렸다. 심지어 도시 안에 있는 정류장도 아니었다. 버스는 시골길을 따라 달리고 있었다. 미나는 버스에서 내려 집으로 가는 다른 버스를 타야 했다. 미나는 다음 정거장에 내리려고 줄을 당겨 벨을 울렸다.

"저기요! 저 내릴 건데요!" 미나는 버스 뒷좌석에서 소리쳤다. 버스 운전사는 미나의 말을 무시했다. 그의 거대한 몸이 운전석을 꽉 채우고 있었고, 처음 봤을 때보다 더 커보였다. 미나는 망설이다 자리에서 일어나 버스 앞쪽으로 갔다.

"기사님, 다음번 정거장에 세워주시면 내릴게요." 미나는 좌석 옆의 봉을 꽉 쥔 채 말했다.

운전사의 몸이 부들부들 떨리기 시작했다. 마치 자신의 형태를 제어하려는 것처럼 보였다. 운전사에게서 후루룩후루룩 그르렁그르렁 소리가 크게 났다. 운전사가 발작을 일으키는 것 같았고, 미나는 겁에 질린 채 유니폼을 입은 운전사의 떨리는 등을 만졌다.

돌연 운전사가 자리를 박차고 일어났고, 미나를 향해 자신의 진짜 모습을 드러냈다. 검은색 버스기사 모자 아래 미나가 본 것은 회색 눈에 돌출된 치아, 동글납작한 코가 있는 큼직한 초록색 얼굴이었다. 그는 줄무늬 버스기사 유니폼을 입고 아까와 같은 이름표를 달고 있었다. 그는 입을 벌리고 미나를 향해 으르렁거렸다. 큼지막한 앞니들이 보였다.

"노란 선 뒤로." 그는 천천히 단호하게 말했다. 하지만 튀어나온 치아 때문에 혀 짧은 소리였고 알아듣기 힘들었다.

미나는 깜짝 놀라 바닥에 넘어졌다.

초록색 도깨비는 다시 얼굴을 운전석에 앉아 도로로 향했고 계속해서 운전을 했다. 미나를 도와줄 사람이 하나도 없는 먼 곳을 향해 가고 있었다.

제6장 풍운전야

제 7 장

도깨비와의 조우

　미나는 소스라치게 놀랐다. 자신이 도깨비의 손아귀에 있었기 때문이다. 도깨비는 더 이상 위협하면서 다가오지 않았다. 미나는 뒤로 돌아 버스 뒷문 쪽으로 서둘러 갔다. 분명 비상시에 문을 열 수 있는 안전장치가 있을 것이었다. 필요하다면 뛰어내리려고 했다. 미나는 가장자리가 고무로 둘러진 버스 문을 꽉 붙잡고 앞으로 잡아당겼다. 문이 천천히 열렸고 미나의 발아래로 급히 달리고 있는 길이 보였다. 미나는 고개를 돌려 도깨비 운전기사를 보았다. 그는 여전히 운전석에 앉아 있었다.

　미나는 자신이 달리는 버스에서 뛰어내릴 수 있을지, 죽지는 않을지 겁이 났지만 도깨비의 점심 식사가 돼서 죽는 것보

다 뛰어내리는 편이 낫다고 생각했다. 미나는 백팩을 어깨에
메고 눈을 질끈 감고 셋을 셌다. 하나, 둘, 셋! 미나는 뛰어내
렸고 뒤에서 무엇인가가 미나를 잡아채어 덜컥 걸리는 것을
느꼈다.

눈을 뜨고 아래를 보자 미나는 자신이 공중에 발이 뜬 채 있
고 겨우 10센티미터 아래에 도로가 획획 지나가고 있음을 알
았다. 미나의 몸이 아래로 더 떨어졌고 미나는 겁에 질려 비명
을 질렀다. 신발이 아스팔트 바닥에 끌리고 있었다. 미나는 뒤
를 돌아보았고 화가 난 도깨비와 눈이 마주쳤다. 도깨비는 간
신히 미나를 버스 위로 끌어올렸고, 강제로 의자에 앉히고는
으르렁대며 가만히 있으라고 말했다. 그러고는 여전히 달리고
있는 버스에서 앞좌석으로 느릿느릿 걸어가 다시 운전석에 앉
았다. 버스가 도랑에 빠지기 직전이었다. 그는 운전대를 꽉 잡
고 으르렁거리며 버스를 도로 위로 다시 올려놓았다.

버스는 큰 길을 벗어나 애덤스마운틴 국립공원으로 향했다.
그는 버스를 시골길로 몰았고, 이정표도 없는 흙길을 달렸다.
버스가 그 길을 달릴 수 있는 것을 미나는 믿을 수가 없었다.
잠시 후 버스가 멈췄다. 도깨비가 자리에서 일어나 미나를 향
해 느릿느릿 걸어갔다. 그의 거대한 양팔은 근육으로 울룩불
룩했다. 그의 팔은 짧은 다리에 비해 이상할 정도로 길었다.

미나는 이 순간을 기다리고 있었다. 미나는 그리모어를 꺼
내 도깨비를 향해 펴들었고, 도깨비가 그리모어 안으로 빨려

들어가길 기다렸다. 하지만 아무런 일도 일어나지 않았다. 그리모어는 평범한 공책의 모습 그대로였다. 도깨비가 미나의 재킷을 붙잡고 미나를 공중으로 들어올렸고, 미나는 겁에 질려 비명을 질렀다. 도깨비는 으르렁대며 미나가 자신을 쳐다보게 하려는 듯 공중에 매달린 미나를 흔들었다. 하지만 미나는 손톱으로 할퀴고 발로 차면서 반격했고, 도깨비는 그런 미나의 모습을 바라볼 뿐이었다. 미나는 필사적으로 반항하다가 도깨비의 두 눈 사이를 공책 모서리로 내리쳤다. 하지만 도깨비는 움찔하기만 했다. 도깨비가 미나를 바닥으로 내려놓으려는 찰나 미나는 도깨비의 다리 사이를 잘 조준해서 발로 찼다. 도깨비는 으르렁거리며 미나를 땅으로 떨어뜨렸고 고통스러워하며 몸을 숙였다.

미나는 버스 앞쪽을 향해 허둥지둥 기어서 도망쳤다. 버스를 탈출하기 직전에 미나는 그리모어를 떨어뜨렸다는 것을 알아차렸다. 미나는 뒤로 몸을 돌려 팔을 뻗어 공책을 잡았고, 그런 다음 버스 밖 어둠 속으로 달려나갔다.

미나는 헉헉대며 무작정 어두운 숲 속으로 달려갔다. 발아래에서 나뭇가지들이 탁탁 부러지는 소리가 크게 났다. 미나는 도망치느라 바빠서 도망치는 소리를 숨길 여유가 없었다. 미나는 등 뒤 어딘가에서 숲을 가르는 귀를 먹먹하게 하는 포효 소리를 들었다. 도깨비였다. 도깨비가 미나를 뒤쫓고 있었다. 미나는 손이 떨리기 시작했고, 너무 격렬하게 달려서 가슴이 타는 듯했다.

미나는 발이 걸려 도랑으로 떨어졌다. 발아래에 땅이 사라져버린 것 같았다. 경사가 급했고 미나는 나뭇가지와 돌멩이 등을 마구 붙잡으며 아래로 미끄러지는 것을 늦추려고 했다. 미나는 점점 경사가 낮아지고 아래로 떨어지는 속도가 늦어질 거라고 생각했지만 미나는 점점 빨리 떨어지고 있었다. 으르렁거리는 소리가 또 들렸다. 이번에는 더 부드럽고 더 지속적이었다. 물소리였다.

"강이야!" 자제할 겨를도 없이 겁에 질린 비명 소리가 터져 나왔다. 미나는 팔을 마구 휘저었고, 커다란 나무뿌리 하나를 잡을 수 있었다. 미나의 몸이 경사면에서 떨어져 공중에 떠 있었고, 절벽 아래로 떨어지기 직전이었다. 발아래 10미터 되는 지점에서 줄렁줄렁 강물이 흐르고 있었다. 요란하게 쿵쾅대는 소리와 으르렁거리는 소리가 미나의 머리 위에서 들렸다. 도깨비가 미나에게 접근하고 있었다. 미나는 공포에 질려 눈을 질끈 감았다.

무엇인가가 미나를 건드렸다. 미나가 위를 올려다보자 도깨비가 팔을 뻗어 미나를 잡으려고 하고 있었다. 미나는 다시 비명을 질렀고, 왼편에 있는 커다란 뿌리로 획 넘어가 커다란 도깨비의 손을 피했다. 도깨비는 화가 나서 으르렁거렸고, 이번에는 미나의 등으로 팔을 휘두르려고 했다. 미나는 일부러 나무뿌리의 더 아래로 미끄러지면서 강물에 더 가까워지고 도깨비로부터는 멀어졌다. 미나는 도깨비한테 잡아먹히는 것보다는 강에 빠져 죽는 편이, 강바닥의 돌멩이에 떨어져 죽는 편이 낫다고 생각했다. 동화 속 도깨비들은 인간을 잡아먹는다는 것을 미나는 잘 알고 있었다.

도깨비의 으르렁거리는 소리가 작아졌고, 그러다 조용해졌다. 급류의 시끄러운 소리 때문에 미나는 도깨비가 자신의 이름을 부르는 것을 거의 놓칠 뻔했다.

"미나!"

미나는 잠시 멈춰 도깨비를 올려다보았고, 도깨비가 엎드린 채 미나를 향해 손을 뻗고 있는 것을 보았다. 으르렁거리지 않자 도깨비는 그렇게 위협적으로 보이지 않았다. 뭔가 마법이 일어나면서 도깨비의 몸이 줄어들기 시작했다. 도깨비의 모습이 점점 작아지더니 인간의 모습이 되어갔다. 하지만 도깨비는 버스운전사의 모습으로 변한 것이 아니었다. 그는 검은 머리에 회색 눈의 잘생긴 소년으로 변했다.

제라드였다. 그는 걱정이 가득한 표정으로 미나에게 손을 뻗었다. "이 모습으로는 너를 잡을 수가 없어. 너는 너무 멀어! 조금 더 위로 올라올 수 있겠어?"

미나는 자신을 공격하려던 도깨비가 제라드인 것을 보고 안심해야 했지만, 오히려 속았다는 사실에 너무 화가 났다. 또한 그가 제라드가 아닐 지도 모른다는 또 다른 가능성에 겁에 질렸다.

"이 나쁜 놈아! 어떻게 그럴 수가 있어!" 미나는 제라드를 향해 기어 올라가기를 거부하며 화를 냈다. "네가 아니었더라면 내가 이런 곤경에 처하는 일도 없었어."

"화는 그만 내고 위로 올라와!" 제라드는 미나에게 짜증을 냈다. "지금은 나를 꾸짖을 때가 아니야. 그럴 시간은 나중에 많이 있을 거야. 손을 내게 줘." 어쩌면 진짜 제라드일지도 몰랐다.

미나는 입술을 깨물고는 나무뿌리 위로 몸을 당겨 제라드에게 가까이 가려고 했다. 하지만 팔의 힘이 한계에 다다라버렸다. 미나는 제라드의 손을 잡으려고 했지만 잡고 있던 뿌리가 손가락에서 미끄러졌고, 다음 순간 미나는 허공에 있었다. 마치 꿈속에서 슬로우 모션으로 떨어지는 것 같았다. 다만 꿈과는 달리 차가운 강물에 떨어졌을 때 미나는 잠에서 깨진 않았다.

제 **8** 장

제라드의 정체가 밝혀지다

찬 강물이 미나의 몸을 덮쳤고, 그 충격에 미나는 참았던 숨을 놓치고 헐떡였다. 물속은 어두웠고 미나는 어느 쪽이 위쪽인지 알 수 없었다. 미나는 수면 위로 발길질을 하려 했지만, 어느 쪽인지 찾을 수 없었다. 물살에 몸이 끌려갔다. 미나는 휩쓸려가지 않으려고 버둥댔다. 더 이상 숨을 참지 못하겠다고 생각한 순간 미나는 수면 위로 뚫고 올라왔다.

미나는 헉 하고 숨을 쉬었다. 팔다리가 무거웠고 잘 움직일 수 없었다. 미나는 온 힘을 다해 강기슭을 향해 느릿느릿 첨벙대며 갔다.

고개를 들어 강 쪽을 보니 무엇인가가 미친 듯이 강물에 뛰어들었다 올라왔다 하고 있었다. 하마터면 그가 안쓰럽다는 생각이 들 뻔했다. 제라드는 미나를 뒤따라 물에 뛰어든 게 분명했고, 강물 속에서 미나를 찾고 있었다. 육중한 몸집의 도깨비가 수영을 하려고 애쓰면서 물속에서 허둥대는 모습은 우스꽝스러웠다. 물속에서 더듬거리는 어설픈 모습을 보건대 제라드는 어떤 모습을 하고 있든지 간에 수영을 할 줄 모르는 게 분명했다. 어쨌든 제라드의 모습보다는 도깨비가 급류에서 살아남을 가능성이 더 클 터였다. 다른 날이었다면 제라드가 자신을 구하려 애쓰는 모습에 감동했을지 모르지만 오늘 밤 미나는 제라드에게 몹시 화가 났다.

미나는 겁에 질린 도깨비가 물속을 첨벙대는 광경을 보니 웃음이 났다. 하지만 그만큼 제라드가 벌인 장난과 버스에서 미나를 겁주려고 했던 것을 잊을 수 없었다. 미나는 제라드가 좀 더 걱정을 하도록 내버려 두기로 결심했다. 미나는 제라드가 있는 곳에서 강을 따라 더 아래로 내려갔고 겉옷을 벗기 시작했다. 물에 젖은 옷이 춥게 했기 때문이다.

하지만 미나가 움직이는 모습이 도깨비의 눈에 띈 모양이었다. 그는 화가 나 으르렁대며 강기슭을 향해 물속을 쿵쾅거리며 걸어오기 시작했다. 그는 최소 2미터 70센티미터는 되었고 트럭으로 벤치프레스를 할 수 있을 만큼 힘이 세 보였다. 하지만 지금 그의 행동을 보면 치명적인 존재라기보다는 어린애처럼 보였다.

제라드는 뿌루퉁해 있었다. 그가 미나와 몇 발자국 안 되는 거리까지 왔을 때 거대한 도깨비의 모습은 사라지고 물에 젖고 지친 제라드가 나타났다. 제라드는 미나 옆 바닥에 털썩 주저앉았다.

"무사하다고 말해줄 수도 있었잖아. 멀쩡한 몸으로 여기 앉아 나를 바보처럼 보이게 하지 않고."

"바보 맞잖아." 미나는 젖은 양말을 벗기 위해 젖은 신발 끈을 풀려고 애쓰면서 대답했다.

"그래 네 말이 맞아. 하지만 난 네가 죽은 줄 알았다고."

"나도 네가 죽은 줄 알았었지. 이제 공평해 진 것 같네." 미나는 손가락이 무감각했고 얼음처럼 차가웠다. 미나는 추위로 몸을 떨기 시작했다. 미나는 한쪽 신발을 벗었고, 이제 두 번째 신발과 씨름하고 있었다.

"자, 내가 도와줄게." 제라드가 미나의 신발로 손을 뻗어 도와주려 했다.

"손대지 마!" 미나가 소리를 지르며 젖은 운동화로 제라드를 때렸다. 미나는 이가 덜덜 떨렸고 제라드는 미나에게로 더 가까이 다가왔다.

"안 그럴게." 제라드는 미나에게서 약간 떨어진 곳에 멈춰서서 마치 체포되길 기다리는 것처럼 양손을 들고 있었다.

"버스운전사는 어떻게 된 거야?" 미나가 소매로 애처롭게 코를 닦으며 훌쩍거렸다.

"어, 속임수를 써서 몇 정거장 전에 내리게 하고 내가 그의 자리를 차지했지." 제라드는 천천히 미나 맞은편 자리에 앉았고 다리 위에 두 손을 모았다.

"그냥 그렇게 쉽게 할 수 있는 거야? 운전사로 변신해서 그의 자리를 차지하는 거 말이야."

제라드는 미나를 보고 한쪽 눈썹을 치켜 올렸다. "그래, 할 수 있어. 그렇게 간단해."

"나는 어떻게 찾은 거야? 그러니까, 애초에 내가 버스에 탄 것을 어떻게 알았어? 그리고 어떻게……." 미나는 논리정연하게 생각할 수 없었고 말끝을 흐렸다.

"차를 세우자마자 네가 도망칠 거란 것을 아는 게 그렇게 어려울 거라 생각했니? 네 얼굴에 다 나와 있었어. 너는 생각이 쉽게 보여. 거짓말도 정말 못하고. 나는 차 문이 닫히는 소리를 듣자마자 가게 뒷문으로 나와 네가 버스에 오르는 것을 봤어. 버스를 따라가서 운전석을 차지하는 것은 페이 마법을 약간 쓰면 어렵지 않은 일이었어."

"그런데 왜 그런 쇼를 벌인 거야? 왜 그렇게 무서운 도깨비의 모습으로 나를 위협한 거야?" 미나가 따졌다.

"내가 나쁜 사람이 아니라고 말해도 네가 믿을 것 같지 않았어. 내 모습을 봐. 나는 내가 착한 사람이란 걸 네게 증명하고 싶었어. 그래서 처음에 도깨비의 모습으로 너를 겁주고 그런 다음 달려와서 마지막 순간에 내 모습으로 너를 구하려고 했어. 나는 페이들이 모두 나쁜 것은 아니라는 것을 증명하려고 했어." 제라드는 두 손을 바지 주머니에 찔러 넣고는 눈을 피했다. "내가 변하는 모습을 네게 보여줄 생각은 아니었어. 하지만 상황이 손쓸 수 없이 흘러갔고, 너를 구하려면 선택의 여지가 없었어."

"그래서 너는 도깨비의 모습으로 나를 겁먹게 한 다음에 나를 구하려고 했단 말이야? 너 자신으로부터?"

제라드는 자신의 발만 내려다보았다. 그는 여전히 물을 뚝뚝 흘리고 있었고, 몸을 말리려고도 하지 않았다.

"그런 셈이지. 나는 네가 나를 믿게 하고 싶었어."

"내게 거짓말을 하고 더 많이 속이면서?" 미나는 기가 막혔다.

"그래. 멍청한 짓이었어. 어쩌겠어. 나는 남자라고. 우리는 항상 생각을 충분히 하지는 못한다고."

미나는 눈알을 굴렸다. "전적으로 동의해. 하지만 그렇다고 네 잘못이 없어지는 것은 아니야. 네가 증명한 것이라고는 네가 장난꾸러기에다 거짓말쟁이라는 것이고 나는 여전히 너를 믿을 수가 없어."

"그럼 다른 방식으로 증명해야겠네." 제라드가 짓궂게 씩 웃었다.

"바보 같은 계획은 그만 해."

"이것 봐. 내 계획들이 모두 바보 같은 것은 아니라고!"

미나는 정면으로 제라드를 노려보았고, 제라드는 킥킥 웃었다. 그는 강기슭에서 뭔가를 집어 들었고, 그것을 미나에게 건넸다. 그리모어였다.

"오, 안 돼. 이제 어떻게 하지?" 미나는 얼른 공책을 흔들며 물을 털어내기 시작했다.

"괜찮아. 곧 마를 거야. 그것은 스스로를 보호할 수 있거든. 그냥 다른 형태로 변하라고 지시해 봐."

미나는 의심스러운 표정으로 제라드를 쳐다봤다. 하지만 곧 그리모어가 작고 견고한 가죽장정 책으로 변하는 것을 상상했다. 순간 불빛이 책을 감쌌고, 미나의 생각대로 책이 줄어들고 다른 모습으로 변했다.

"와, 여기에 익숙해질 수는 없을 것 같아." 미나는 책을 주머니 안에 안전하게 집어넣었다.

"익숙해질 거야. 그건 페이 마법이야." 제라드는 씁쓸한 목소리로 말했다. 그 말을 할 때 제라드는 그렇게 신나 보이지는 않았다.

미나는 한숨을 쉬면서 자리에서 일어났고 이곳을 벗어날 길을 찾으려고 주위를 살펴보았다. 왼편에는 강이 흘렀고, 미나가 떨어졌던 절벽은 쉽게 올라갈 수 있는 곳이 아니었다. 절벽은 쉽게 부서지는 셰일로 이루어져 있었다. 미나는 강 건너편을 보았지만 그쪽 절벽은 훨씬 더 높았다. 그들은 낮은 비탈을 찾을 때까지 강을 따라 걸어가야만 했다.

미나는 자신들이 어디에 있는지 전혀 알 수 없었다. 미나는 국립공원이 거의 수천 평방킬로미터에 걸쳐 펼쳐져 있다는 것을 알고 있었다. 미나는 자신들이 보호구역 안으로 그렇게 멀리 들어왔을 리는 없지만 잘못된 방향으로 걸어가서 숲 안으로 더 깊이 들어가게 된다면 큰일이라고 생각했다. 제라드가 버스를 세우고 미나가 달아났을 때는 이미 깜깜한 상태였지만 미나는 자신들이 그렇게 멀리 달렸을 리는 없다고 판단했다. 그들에게 최선의 방법은 강을 따라 걸어가서 그 길이 숲 밖으로 안내해 주길 바라는 것뿐이었다.

미나는 양말들을 비틀어 짜서 재킷 안에 쑤셔 넣었다. 그리고 얼음처럼 찬 신발을 신고 강을 따라 걷기 시작했다.

"어딜 가는 거야?" 제라드가 물었다.

"집. 여길 빨리 벗어나야 해. 엄마가 엄청 걱정하실 거야."

제라드는 벌떡 일어나 미나 뒤를 따라갔다. 밤하늘의 달만이 그들의 길을 밝혀주었고, 둘은 속도를 내지 못했다. 미나는 종종 발을 헛디뎌 넘어졌고, 손과 무릎을 긁혔다. 아마도 낮이라면 더 쉬운 길이었겠지만, 깜깜한 숲 속에서 미나는 작은 소리에도 깜짝깜짝 놀랐다. 잠시 후 제라드가 앞장섰고 둘은 종종 멈추어 서서 자동차나 다른 문명의 소리가 들리는지 귀를 기울였다. 하지만 들리는 것이라곤 강물 소리 뿐이었다.

마침내 제라드가 말했다. "우리 길을 잃은 것 같아."

미나에게서 아무 대답도 없자 제라드는 뒤를 돌아 미나를 보았다. 미나는 너무 지쳐 서 있는 것조차 힘든 상태였다.

"너는 너무 지쳤어." 제라드는 미나에게로 갔고, 미나의 어깨를 붙들어 자신을 바라보게 했다.

미나는 몸을 뺐다. "아 안~돼. 나는 집에 가야 해." 미나의 몸이 부들부들 떨렸다.

"미나! 입술이 파래! 이렇게 멍청할 수가. 너희 인간들이 얼마나 약한지 잊고 있었어." 제라드는 미나의 두 손을 붙잡더니 절벽에서 돌출된 암석이 있는 곳으로 끌고 갔다. 그것은 자연 동굴이었다. 하지만 십 대 두 명은 고사하고 한 사람도 들어가기 충분치 않았다.

제라드는 미나를 동굴 안쪽으로 밀어 넣었고, 양손을 동굴 안쪽 벽면에 갖다 대었다. 그의 손에서 빛이 나기 시작했고, 그의 손 아래에서 동굴이 더 안으로 들어가면서 더 큰 동굴로 변했다. 두 사람이 편안히 들어갈 정도이면서 두 사람이 따뜻하게 있을 만큼 적당한 크기가 되자, 제라드는 이제 불을 피우기 시작했다. 제라드는 커다란 돌을 갖고 금세 구멍을 팠고, 구멍 안을 불쏘시개와 막대기들로 채웠다. 그러고는 지포라이터를 꺼냈다.

"뭐야, 불은 못 만들어?" 미나는 농담을 하려고 했지만, 제대로 발음을 하도록 입을 움직일 수가 없었다. 아마도 알아들을 수 없는 중얼거림이 나왔음이 분명했다. 미나는 라이터가 물에 젖어 불이 켜지지 않을 거라고 생각했지만, 스파크를 튀며 노란색과 푸른색 불이 켜지자 깜짝 놀랐다. 미나는 가능한

119

불 가까이 몸을 쬐었지만 손가락은 여전히 꽁꽁 얼어 있었다. 너무 추워서 손을 불 속에 집어넣고 싶을 정도였다.

제라드는 미나 옆에 쪼그리고 앉았고 미나의 두 손에 온기를 주려고 자신의 두 손 사이에 넣고 비비기 시작했다. 제라드의 옷은 완전히 말라 있었고, 그의 체온은 정상보다 뜨거웠다.

"너 아픈 거야?" 미나가 물었다. "너 몸이 너무 뜨거워."

"아니. 나는 체온을 올려서 몸을 따뜻하게 할 수 있거든." 제라드는 얇은 모직 재킷을 벗어서 미나에게 건넸다. "이거 입어."

미나는 고개를 저었다. "싫어."

"입어야 해! 자 받아. 나는 저기에 가 있을게." 제라드는 등을 돌린 채 강 쪽으로 걸어갔다.

미나는 재빨리 셔츠를 벗고 제라드의 옷을 입었다. 미나의 셔츠와는 달리 이미 완전히 말라 있었다. 제라드의 냄새가 났고, 그의 체온 때문에 아직 따뜻했다. 미나는 자신의 벗은 셔츠를 말리려고 덤불 위에 펼쳐놓았다. 몇 분 뒤 제라드는 다시 미나에게로 왔다.

"아침까지 여기 있는 게 좋을 것 같아. 지금은 속도도 더디고 너는 몸을 좀 말려야 하니까."

"그럼 우리 엄마는 어떻게 해?" 미나가 징징거렸다.

"지금 우리가 할 수 있는 일은 없어. 너희 엄마는 아마 벌써 경찰에 신고했을 거야. 경찰들이 너를 찾도록."

"오, 안 돼! 경찰은 네가 나를 납치했다고 생각할 거야!" 미나는 공포에 질려 두 손으로 입을 막았다.

제라드는 어깨를 으쓱했다. "어떻게 보면 사실이지 뭐."

"경찰은 어디를 찾아야 할지 모를 거야!"

"미안해, 미나. 내 탓이야." 제라드가 침울하게 말했다.

"맞아, 제라드. 네 탓이야." 말이 끝나기 무섭게 미나의 뱃속에서 꼬르륵 소리가 크게 났고, 제라드는 웃기 시작했다.

"세상에! 소리 들었어?" 제라드가 놀랐다.

미나는 주먹으로 제라드의 팔을 때렸다. "나 배고파. 그것도 네 탓이야." 미나는 제라드를 무시하고 작은 동굴 속으로 기어들어갔고, 잠을 자려고 몸을 웅크리려고 했다.

"저기, 나도 들어갈 자리 있어?" 제라드가 동굴 안을 들여다보며 말했다.

"아니!" 미나는 제라드에게 으르렁대며 말했다. "꿈도 꾸지마. 너 때문에 우리가 이 상황에 처한 거니까 네가 망을 보면서 뭐가 보이면 말해줘야 해."

"알았어." 제라드가 말했다. 그는 동굴의 바깥 면에 몸을 기댔다.

조용히 몇 분이 지났고, 미나가 거의 잠들었을 때였다. 제라드가 단조로운 투로 큰 소리로 말하기 시작했다. "나는 지금 망을 보고 있어. 강이 보이고, 숲 위로 떠오르는 달이 보이고, 지금 숲에서 정말로 정말로 오싹한 게 보여. 분명 치명적인 식인 거북이가 숲 속에서 우리를 향해 기어오고 있을 거야. 그래. 거북이가 천천히 다가오는 소리가 들려."

"제라드?"

미나는 제라드의 유머감각이 갑자기 어디서 튀어나온 것인지 알 수 없었다. 어쨌든 남자애들이 할 만한 짜증나는 방식으로 쏟아져 나오는 것 같았다. 야외에서, 사람들과 떨어져 있는 이 상황이 그의 다른 면을 끌어낸 것 같았다.

지금 제라드는 그렇게 퉁명스럽지도, 화가 나 보이지도 않았다. 어쩌면 그들 사이의 무언가가 변했기 때문인지도 몰랐다. 미나는 제라드가 여전히 미나에게 말하지 않는 것이 아주 많다는 것을 분명히 알고 있었다. 하지만 이게 시작이었다.

"왜 그래?" 제라드가 대답했다. 그의 목소리에 웃음이 묻어났다.

"내가 간곡히 부탁하면 입을 다물어 줄 거야?"

"아닐 걸." 제라드가 킥킥댔다.

"좋아. 그럼 오늘 밤에 우리가 어떤 것에도 잡아먹히지 않게 할 거라고 약속하면 동굴 안에서 자게 해줄게."

"약속할게. 만약 오늘 밤에 뭔가가 우리를 해치려고 다가오면 내가 잡아먹어 버릴게." 제라드는 작은 동굴 안으로 기어들어왔고 미나를 건드리지 않으려 조심했다. 제라드는 몸을 옆으로 돌려 미나 반대쪽을 향했다. 미나도 똑같이 따라했다. 미나는 꺼져가는 모닥불이 동굴 벽면에 그림자를 드리우는 것을 보았다.

　미나는 너무 가까이 있는 제라드가 의식되어 잠을 잘 수 없었다. 어떤 이유에선지 질문들이 미나를 계속 괴롭혔다. 분명 제라드가 대답해주지 않을 질문들이었다. 미나는 추위에 다시 몸을 떨었다. 바지가 여전히 젖어 있었다. 하지만 절대 벗지는 않을 것이었다.

　"그런데 네가 도깨비라는 걸 왜 한 번도 말하지 않은 거야?" 미나는 손가락으로 땅 위에 원을 그리며 조용히 물었다.

　"네가 들을 준비가 되지 않았었어." 제라드가 간단히 대답했다.

　"그런데 왜 지금 내게 말하기로 결심한 거야?"

　"내가 말할 수 없는 것들 때문에 네가 항상 내게 화나 있는데 질렸거든. 게다가 한편으로는 네가 알길 원했어. 이제 내가 내 페이 모습으로는 졸업파티에서 왕자님으로 뽑히지 못할 거란 것을 알겠지."

　제라드의 목소리에서 연약한 면이 느껴졌다. 터프한 폭주족은 사라지고 그저 사랑받고 인정받고 싶어 하는 어린 십 대 소년이 보였다. 하지만 미나는 제라드가 여전히 뭔가를 숨기고 있다는 것을 알 수 있었다.

　"그런데 그리모어는 어째서 너한테는 효과가 없는 거야? 내가 위험에 처했을 때 나를 도와줘야 하는 것 아니야?"

　"내게는 작용하지 않아." 제라드는 마치 거의 잠들었다 깨

성가신 것처럼 한숨을 크게 쉬었다.

"왜 안 되는데?" 미나가 물었다.

"왜냐하면 내가 좀 멋있기 때문이지." 제라드가 웃었다.

미나는 한숨을 내쉬었다. "제발, 제라드. 질문을 피하지 마. 나는 정말로 네가 내게 솔직할 수 있을지도 모른다고 생각했어."

"미나, 그리모어가 나를 해치지 못한다는 사실 말고는 뭘 더 말해야 할지 모르겠어. 원한다면 도깨비의 능력이라고 불러도 좋아."

미나는 잠시 제라드가 말한 내용을 곰곰이 생각했다. "해칠 수 없는 거야, 않는 거야?"

"둘 다야…… 둘 다 아니기도 하고. 네가 뭘 알고 싶은 건지 모르겠다."

미나는 걱정스럽게 아랫입술을 깨물었고 다시 입을 열었다. 작게 속삭이는 목소리였다. "나는 그저 그리모어가 아직도 나를 보호해 줄 건지 알고 싶어. 다음에도 마법의 힘을 발휘할지 말이야. 우리 아버지가 뭘 잘못했는지 모르겠지만, 그리모어는 아버지를 돕지 못했고 아버지는 이 멍청하고 사악한 그림 과제를 푸는 도중에 돌아가셨어."

"아……." 제라드는 조용해졌다. "너는 내가 그때 그리모어 안으로 빨려 들어가길 바랐던 거구나. 세상에, 너 정말 날 싫어하는구나!"

미나는 짜증이 났다. "잊지 마, 나는 그게 너인 줄 몰랐다고! 그리고 맞아. 솔직히 말하면 지금 나는 이 책이 너를 빨아들였으면 하고 바랄 정도야."

제라드는 킥킥 웃는 듯했다. 미나가 아무 말도 않고 있자 제라드가 사과를 했다. "미안해, 이 일이 너를 정말 신경 쓰이게 한다는 것을 알겠어."

"맞아, 그래. 우리 삼촌 잭한테는 그리모어가 오지 않았고 그래서 삼촌은 죽었어. 우리 아빠한테는 그리모어가 있었고 아빠는 우리 가문에 내린 저주를 끝내는 일에 집착하게 되었지. 하지만 그리모어의 도움이 있었는데도 아빠는 충분히 강하지 못했어. 나는—" 미나는 목이 메었다. "나는 오늘이 끝인 줄 알았어. 마지막 말이야⋯⋯ 그런데 나는 아직 죽을 준비가 되지 않았어."

제라드는 미나가 숨죽이며 우는 소리를 들었고, 전에 느껴 보지 못한 심한 죄책감이 엄습하는 것을 느꼈다.

"미나." 동굴 속에서 제라드는 미나를 향했고, 부드러운 목소리로 말했다.

제라드는 미나를 보려고 한쪽 팔을 동굴 벽에 기댔다. "미나, 나를 봐." 미나는 몸을 돌려 제라드를 보았다. 미나의 갈색 눈에 눈물이 고여 눈이 더 커 보였다. "다음에는 될 거야. 장담해."

미나는 작고 어린애 같은 소리로 말했다. "어떻게 확신해?"

제라드는 미나를 안심시키려고 하면서 평생 처음으로 정말 자신의 말을 믿을 수 있길 바랐다. "나는 그냥 알아."

미나는 건성으로 고개를 끄덕이고는 다시 몸을 돌려 동굴 벽을 바라보았다. 몇 분 뒤 미나는 울다 잠이 들었다. 제라드는 미나가 잠든 것을 보았다.

미나가 계속 몸을 떨자 제라드는 슬쩍 다가가 미나의 몸에 팔을 두르고 자는 미나를 품에 안았다. 제라드는 미나가 깨어 있다면 절대 허락하지 않을 거란 것을 알고 있었다. 하지만 이 것이 제라드가 미나에게 줄 수 있는 유일한 위로였다. 제라드는 미나의 머리 냄새를 맡았다. 강물에 빠진 뒤였는데도 미나에게는 여전히 희미한 딸기향이 났다.

제라드는 미나로부터 자신을 보호하는 일을 더 잘해야만 했다. 미나는 점점 제라드의 벽을 허물고 그를 상처받기 쉽게 만들고 있었다. 제라드는 자신이 항상 미나를 보호할 수는 없다는 것을 알고 있었다. 언젠가는 미나의 곁을 떠나라는 명령을 받을 것이다. 제라드는 그 명령이 절대 오지 않기를 바랐다. 정말로 간절히 바랐다.

하지만 그보다도 제라드는 미나가 그들에게 추적당할까봐 두려웠다. 그것이 제라드가 미나를 이곳까지 멀리 데려온 이

유 중 하나였다. 그림들을 사냥하는 그것들로부터 미나의 냄새를 숨기기 위해서였다.

하지만 제라드는 미나에게 그녀의 조상들이 실제로 어떻게 죽었는지 말할 수는 없었다. 그들의 죽음이 그리모어 탓이라고 믿게 하는 편이 더 낫다고 생각했다. 때론 사람들은 초자연적인 존재들에 대해선 모르는 편이 더 낫다고 여겼기 때문이다.

제 9 장

사랑이 피어오르다

미나는 도깨비가 나오는 꿈을 꾸었다. 도깨비들한테 쫓기는 꿈, 도깨비들한테 잡아먹히는 꿈, 그리고 마지막으로 도깨비한테 잡혀 숨 막혀 죽는 꿈이었다. 놈의 팔로 미나를 감쌌고 도깨비는 미나가 죽을 때까지 꽉 끌어안고 있었다. 미나가 잠에서 깼을 때 미나는 동굴 안에 혼자 있었다.

탁탁거리는 불 소리가 났고, 미나는 동굴 입구를 내다보았다. 제라드가 생선을 손질하고 있었고, 이미 한 마리는 불 위에 올라가 있었다.

"어떻게 잡은 거야?"

"나 보이스카우트였거든." 제라드가 보이스카우트 사인을 따라하며 세 손가락을 붙이고 들어보였다.

"절대 아닌 것 같은데." 미나가 웃었다. "왠지 너는 그 모든 과정을 다 마칠 인내심이 없는 것 같은데. 게다가 네가 보이스카우트였다면 우린 벌써 여길 벗어났겠지."

"네 말이 맞아. 아니야. 나는 보이스카우트가 되기에는 너무 말썽꾼이었어. 그냥 내가 좀 유능한 도깨비이고 내 잘생긴 외모가 도움이 되었다고 하지 뭐."

"이것 봐. 나는 음식이 배 안에 들어가기만 한다면 시비는 걸지 않을 거야." 미나가 대답했다.

제라드는 생선을 한 번 더 뒤집어 구운 다음 나무껍질에 담아 미나에게 주었다. 생선은 촉촉하고 뜨거웠지만 간이 되지 않았다. 하지만 미나는 너무 배가 고파 개의치 않았다. 미나는 허겁지겁 먹느라 손과 혀를 데였다.

둘은 뼈까지 깨끗이 발라먹은 다음 찬 강물에서 물을 실컷 마시고 길을 떠났다. 제라드는 타고 남은 재에 흙을 차 덮었고 남은 불씨를 밟아 껐다. 따뜻한 날씨는 아니었다. 사실 여전히 날씨는 꽤 쌀쌀했고 구름이 하늘을 뒤덮고 있었다. 어둑어둑한 날씨 때문에 우울해졌고 그들의 고된 여행을 더 비참하게 만들었다.

"그림 과제에 대해 더 말해봐. 너는 또 다른 과제가 다가오고 있다고 말했었지. 그걸 어떻게 아는 거야?" 미나가 조용히 물었다.

"음, 그건 내가 페이여서 마법의 힘이 모이는 것을 느낄 수 있기 때문이야. 너도 분명 느낄 수 있을 거야. 그건 마치 처음에는 물러났다가 모여드는 해일 같은 거야. 처음에는 작은 물결들이 일어나는 게 어렴풋이 느껴졌다가 다음에는 고요해지지. 그 다음 폭풍이 밀려오는 거야."

미나는 고개를 끄덕였다. "나도 느껴왔었어. 예전부터 그걸 느낄 수 있었던 것 같아. 내 경우는 찌릿찌릿 하는 느낌이 온몸에 퍼지는 것으로 시작돼. 마치 정전기가 뒤덮은 것처럼 말이야. 우리 아빠가 죽은 후로 계속 그래왔어. 그리고 항상 누군가 나를 지켜보는 느낌이 들었어."

제라드는 그 얘기에 화가 나서 눈을 부라렸고 걸어가며 돌멩이를 걷어찼다. "음, 그래. 아마도 스토리였을 거야. 사실 페이들은 아주 인정머리 없진 않거든. 아마도 네 상태를 확인하며 기다리고 있었을 거야. 모든 요소들이 완벽하게 준비될 때를 기다린 거지. 스토리는 그림들 앞에 과제를 풀어놓기 전에 그림이 충분히 클 때까지 기다리기로 했어. 어린 그림들은 그렇게 재미있지 않거든."

미나는 헉 하고 소리를 냈고 충격에 제라드를 노려보았다. "페이들이 아이들에게 그림 과제를 풀게 했었단 말이야? 그건 정말 끔찍해! 나도 거의 죽을 뻔했다고!"

"잠깐만, 내가 그런 게 아니야! 나는 어린애들에게 어떤 것도 하게하지 않았어. 말했듯이 그건 아주 오래전 일이었고 그 이후로 스토리는 과제를 배정하기 전에 기다리기로 결심했어.

그림 과제를 해결한 그림 아이들도 많았지만 대부분은 실패했어. 많은 페이들은 스토리가 그렇게 어린 나이의 그림들을 데리고 게임을 하는 것을 좋아하지 않았어. 우리 세상에는 인간의 편인 무리도 상당수 있다는 것을 기억해. 그래서 스토리는 다음번 그림이 적정 연령이 될 때까지 기다리게 되었지.”

“그래서 적정 연령이 언제인데?” 미나는 화난 목소리로 물었다.

“열여섯.”

“하지만 나는 이 모든 일이 시작될 때 아직 열다섯이었다고. 내가 ‘헨젤과 그레텔’과 ‘빨간 모자’ 과제를 해결했던 날이 내 생일, 내 열여섯 번째 생일이었다고!”

“어쩌겠어. 네가 비범한 소녀인 걸. 너는 조금 일찍 스토리의 관심을 끌게 된 거야.” 제라드는 어깨를 으쓱하고는 두 손을 주머니에 쑤셔 넣었다.

칭찬을 듣자 미나의 얼굴이 달아올랐다. 미나는 쉬려고 걸음을 멈추고 강변의 반들반들한 바위 위로 기어 올라갔다. 미나는 천천히 신발을 벗고 신발들을 거꾸로 털어 신발 안에서 굴러다니며 발을 찔렀던 작은 돌멩이를 제거했다. 날씨가 따뜻해지진 않았지만 미나는 지쳤고 휴식이 필요했다.

제라드는 근처 나무에 몸을 기대고 눈을 감은 채 참을성 있게 미나를 기다렸다. 강물 소리가 기분을 달래주고 진정시켰다. 미나는 현재 상황과 동행인만 아니었다면 이 여행을 더 즐겁게 할 수 있었을 것이었다. 하지만 지금 상황에서 이것은 고난이었다.

제라드는 여전히 눈을 감은 채 말을 했다. "사실은 헨젤과 그레텔이 페이들이었고 그림이 노파였다는 것을 아니?"

"무슨 얘길 하는 거야? 그건 말이 안 되잖아."

"그 부분이 조금 헷갈리면서도 재미있는 사실이지. 애초에 처음 과제에서 헨젤과 그레텔은 도둑이자 강도였어. 음 보니와 클라이드(Bonnie and Clyde: 30년대 미국에서 명성을 날렸던 남녀 2인조 강도)처럼. 하지만 헨젤과 그레텔은 외모 상 절대 늙지 않는 어린애 모습을 한 페이, 즉 킷스킨(Kitskin)이었기 때문에 아무도 그들을 의심하지 않았어. 하지만 네 선조 그림들이 그 사실을 알아차렸지."

"킷스킨들은 같은 집을 두 번 털지는 않았어. 그리고 보통 노인들을 대상으로 강도질을 했지. 이들을 잡을 계획을 세운 것은 빌헬름 그림이었어. 그는 제이콥 그림에게 노파처럼 옷을 입고 달콤한 과자를 현관 앞에 두고 페이들을 유혹하게 했지."

미나는 자신의 선조가 단 하룻저녁이었지만 여장을 하고 있는 모습을 떠올리고 웃음을 터뜨렸다.

제라드는 한쪽 눈을 떴고 엄한 표정으로 한쪽 눈썹을 치켜올렸다. 제라드는 미나가 진지하게 들을 준비가 될 때까지 기다렸다.

"미안." 미나가 중얼거리며 두 팔로 다리를 끌어안았고, 팔에 턱을 괴었다. 이야기를 끝까지 듣는데 제일 좋은 자세였다.

"헨젤과 그레텔은 집 안을 들여다보았고, 그림들이 테이블에 늘어놓은 보석들과 돈에 유혹되었지. 그날 밤 헨젤과 그레텔은 집으로 몰래 들어와 집주인을 죽이고 전리품을 들고 달아나려 했지만, 대신 그들은 그림 형제들이 놓은 마법의 우리에 갇혀 오븐 속으로 들어갔지. 그리모어 덕분에 말이야." 제라드는 우쭐한 목소리로 말했다.

"네가 그렇게 얘기하니까 정말 쉽게 느껴져. 내가 해결했던 헨젤과 그레텔 과제보다도 훨씬 더 쉽게." 미나는 고개를 들었다. 미나가 끼어들어 불만스러운 표정을 짓는 제라드를 보고 미나는 한 손으로 입을 막고는 어깨를 으쓱했다.

"그래, 정말 쉽게 들리지. 하지만 기억해. 모든 과제들이 해결될 수 있는 것은 아니야. 모두가 아주 치명적인 과제들도 아니고. 또 네게는 과제를 재시도할 기회도 있어."

미나는 마치 수업 시간에 열정적으로 참여하는 학생처럼 머리 위로 손을 들었다. 제라드는 3초 정도를 기다린 후 미나가 질문하게 했다.

"좋아. 이제 질문해도 돼." 제라드는 땅에서 주운 나뭇가지로 미나를 가리켰다.

"그럼 클레어는 뭐였어?"

"클레어는 문젯거리였고 위험한 존재가 되는 중이었어. 불

133

행하게도 이곳은 인간 세상이기 때문에 페이들은 누구의 말도 들을 필요가 없어. 그래서 스토리는 특정 페이들을 네게 보내어 네가 페이트들을 대신해 그들을 제거하길 바라는 거지."

"그러니까, 나는 너희 왕과 여왕이 통제 못하는 나쁜 페이들을 잡는 고스트버스터즈 같은 것이구나. 그리고 페이트들은 일부러 그 페이들을 내 앞에 보내고 내가 그들을 그리모어 안에 가두기를 바라는 거고."

제라드는 미나가 손을 들지 않고 말하자 눈을 부라렸다. 미나는 미안하다는 듯 미소를 지었다.

"맞아. 일종의 윈윈이지. 그림들에게는 적이 필요하고 페이들은 음…… 나쁜 놈들을 줄여야 하니까. 적절한 균형이 필요하거든. 그래서 많은 페이들이 그리모어를 탐내는 거야. 그리모어를 가지면 그들도 자신의 적을 책 안에 가둬버릴 수 있으니까. 게다가 그리모어에 대한 여러 소문이나 신비한 능력들에 대한 얘기 때문에 페이들이 더 탐내고 있어. 하지만 그런 소문들 중 어떤 것도 사실이 아니야." 제라드는 재빨리 말을 마쳤다.

미나는 다시 손을 번쩍 들었다. 제라드는 조금 짜증스러워했지만 다시 고개를 끄덕였다.

"그러면 그림 과제를 무시한 채 도망쳐서 늙을 때까지 숨어 사는 건 어때? 그러니까, 내가 과제들을 완수하지 않으면 인간 세상으로 통하는 문은 절대 닫히지 않을 테고, 그럼 페이들은 자유롭게 두 세상을 넘나들며 돌아다닐 수 있잖아. 내게는 그것도 원원 같은데, 안 그래? 둘 다 살아 있으니까."

제라드는 나무 막대를 두 손으로 잡은 채 바라보더니 딱딱 부러뜨려 조각들로 만들었다. 그는 나무를 계속해서 부러뜨렸고 화가 난 채 몸을 돌려 덤불 속으로 던졌다. 놀란 새들이 하늘로 날아올랐다. 제라드는 씩씩대며 다시 몸을 돌렸고 미나를 바라보았다. 그의 눈은 슬퍼보였다.

"바로 그 부분에서 스토리가 개입을 해. 약속은 약속이거든. 그리고 그림이 과제들을 적절한 시기에 완수하지 못하면 스토리가 끼어들어 동화의 배경을 만들고 그림을 그 안으로 억지로 넣어버리지. 이제는 어떤 과제를 할 건지 이야기가 어떻게 펼쳐질지 어떤 선택권도 주어지지 않은 채. 스토리가 마법의 힘을 가지고 있고 살아 있다고 말했던 것 기억해? 사실 그 이상이야. 그것은 생각하고 숨을 쉬고 또 마치 체스 판의 졸처럼 너를 조종해. 하지만 졸도 퀸을 넘어뜨릴 정도로 강하지. 그러니 네 운명으로부터 도망치려고 하기 전에 잘 생각해봐. 그래 줄래?"

제라드의 말이 맞았다. 생각할 것이 너무 많았다. 미나는 지치고 슬프고 좌절감을 느끼며 바위에서 내려왔다. 둘은 다시 집을 찾아 길을 걸었다. 몇 시간 뒤 제라드는 걸음을 멈추고 점심을 좀 먹자고 했지만 미나는 멈추려 하지 않았다.

마침내 절벽이 낮아졌고 가파른 셰일절벽 대신 흙과 나무들이 있는 경사면이 보였다. 미나와 제라드는 마침내 가파른 경사면을 올라가 협곡 바닥에서 벗어날 수 있었다. 미나는 협곡을 벗어나기만 하면 문명이 몇 분 거리에 있을 거라 생각했었다. 하지만 미나의 생각은 틀렸다. 이제껏 그들은 잘못된 방향으로 걸어온 것이었다. 근방의 수 킬로미터는 이끼로 뒤덮인 나무들뿐이었다. 어떤 방향을 보아도 똑같았다.

"이제 어떻게 해?" 미나가 신음 소리를 내며 말했다. 미나는 발이 아파 죽을 지경이었다. 빗방울이 떨어지기 시작했고 미나는 몹시 배가 고팠다. 미나는 정말로 그들이 맞는 방향으로 가고 있다고 생각했었다. 하지만 골짜기를 벗어난 순간 미나는 실수를 했다는 것을 깨달았다. 미나는 이렇게 엄청난 실수를 감당할 수가 없었다. 엄마와 동생 찰리는 지금 제정신이 아닐 게 분명했다.

"더 이상은 못하겠어." 미나는 이제껏 잘못된 방향으로 걸어왔다는 사실에 너무 좌절했고, 제라드에게서 답을 구하려고 몸을 돌렸다. 그때 순간 젖은 낙엽에 발이 미끄러지면서 방금 기어 올라왔던 가파른 경사면으로 떨어지려고 했다.

제라드가 미나를 향해 달려와 미나의 어깨를 잡았지만 미나가 팔을 마구 휘두르는 바람에 두 사람 모두 강바닥을 향해 떨어졌다. 제라드는 본능적으로 공중에서 몸을 돌려 미나 대신 충격을 다 받았다.

미나는 돌투성이 경사면에서 구르고 있었지만, 다음 순간

계곡 바닥에서 제라드의 품에 안겨 있었다. 미나는 할 말을 잃었고 먼저 움직이지 못하고 제라드와 얼굴을 마주한 채, 둘이 얼마나 가까이 있는지 제라드가 자신을 얼마나 꽉 안고 있는지를 강렬히 느끼며 그대로 누워 있었다.

미나는 제라드가 매력적인 아이라는 것을 늘 알고 있었다. 검은 머리, 강한 턱선, 회색 눈은 거부할 수 없을 정도로 매력적이었다. 하지만 그의 불쾌한 태도는 절대 잊을 수 없었다. 제라드의 우월감, 오만함, 그리고 미나를 대할 때마다 보이는 업신여기는 태도는 미나가 제라드를 좋아할 수 없게 했다.

제라드의 눈은 감겨 있었다. 제라드의 속눈썹 하나하나가 다 보였다. 제라드의 입술은 살짝 벌려져 있었는데 떨어진 충격으로부터 숨을 고르며 천천히 숨을 쉬고 있었기 때문이다. 가랑비가 제라드의 볼에서 튀었고, 그 순간 미나는 다른 모든 것을 잊었다.

제라드는 숨이 막힐 정도로 아름다웠다.

미나는 몸을 떼어내고 일어나야 했지만 그대로 있었다. 일어날 수가 없었다. 주된 이유는 제라드의 팔이 미나를 감싸고 있었기 때문이다. 제라드도 미나를 붙잡은 팔을 서둘러 풀 생각이 없는 듯했다.

제라드는 여전히 눈을 감고 있었다. 미나는 제라드가 의식을 잃었을지 모른다고 생각할 뻔했지만, 그게 아니라는 것을 알았다. 왜냐하면 미나의 한 손이 그의 가슴팍에 올라가 있었고 미나가 제라드의 얼굴을 계속 쳐다볼수록 그의 심장이 빨리 뛰었기 때문이다. 제라드의 심장박동이 점점 빨라지고 있었다.

마침내 제라드는 침을 꿀꺽 삼키고는 눈을 떴고, 미나는 제라드의 눈에 담긴 강렬한 감정들 속에 익사해버릴 것 같았다. 순간 미나는 제라드가 자신에게 키스를 하려고 하는 것을 느꼈다. 미나는 제라드의 의도를 깨닫고 헉 소리를 냈고 곧 후회했다. 제라드가 즉시 굳어버렸기 때문이다. 그는 이를 앙다물었고 상처받은 듯했다.

'오, 안 돼! 좋아서 그랬는데 싫어하는 것이라고 생각했나봐.' 미나는 속으로 생각했다.

제라드는 미나를 안은 손을 풀어주었고 미나의 얼굴로 손을 뻗어 머리에 묻은 나뭇가지들을 떼어냈다. 미나는 약간 실망했다.

"다음에 떨어질 때는 좀 더 얌전히 떨어져 봐." 제라드의 얼굴에 서서히 미소가 돌아왔지만 눈은 웃지 않았다. 제라드는 미나의 머리에서 또 다른 잔가지를 떼어냈고, 그 두 개를 미나에게 내밀었다. "내년 크리스마스트리로 써." 제라드가 농담을 했다.

미나는 제라드 위에서 허둥지둥 내려왔다. 즉시 그의 온기가 사라지는 것이 느껴졌다. 제라드가 끌어안고 있을 때는 훨씬 따뜻했었다. 미나는 민망함에 얼굴이 달아올랐지만 다행히도 제라드는 알아차리지 못했다.

　제라드는 천천히 몸을 일으켜 바닥에 앉아 있었다. 제라드는 자신의 두 손을 내려다보다 미나와 눈이 마주쳤다. 제라드의 표정은 진지하고 결연했다. 제라드가 무슨 말을 하려는 것이든 미나가 좋아하지 않을 게 분명했다. 그때 근처 덤불 속에서 요란하게 우당탕하는 소리가 났고, 둘은 놀라 고개를 들었다. 도망치거나 비명을 지를 새도 없이 거대한 괴물이 그들 앞에 나타났다. 검은색 곰이 그들을 내려다보았고, 미나는 얼어붙었다. 미나의 눈에는 그들의 숨통을 끊으려고 다가오는 곰의 눈과 이빨밖에 보이지 않았다.

　미나는 비명을 질렀다.

제 10 장

제라드에게 버림받다

검은 곰이 미나를 향해 돌진해 왔고 미나를 치려고 힘센 앞발을 휘둘렀다. 제라드는 도깨비 모습으로 변신해 둘 사이에 뛰어들었고, 곰이 휘두른 앞발을 막았다. 제라드의 팔뚝에 크게 상처가 났다. 곰은 거대한 도깨비의 등장에 더 격분했다. 곰은 미나를 무시한 채 새로 나타난 위협적인 거대한 도깨비를 집중 공격했다.

제라드는 곰의 손아귀를 향해 돌진했고, 곰과 몸싸움을 하며 곰을 미나에게서 멀리 떨어지도록 밀어냈다. 곰은 가장 강력한 무기인 앞발을 휘두르며 제라드를 몰아내려 했지만, 상처를 입히기에는 제라드가 곰과 너무 가까이 붙어 있었다. 하지만 그 상태는 제라드가 곰의 두 번째로 강력한 무기인 이빨에 가깝게 만들었다.

곰이 고개를 비틀어 제라드의 왼쪽 어깨를 물어뜯었고, 미나는 비명을 질렀다. 제라드는 고통스러워 포효했고, 곰의 주둥이에 주먹을 날려 어깨를 물고 있는 곰을 떨어뜨렸다. 제라드는 으르렁거리며 곰과 몸싸움을 했고, 곰의 몸통을 붙잡고 머리 위로 들어올렸다. 그러고는 뒤를 돌아 곰을 강물 속으로 던져버렸다. 물속에 들어갔던 곰은 표면을 뚫고 나왔고 그들을 향해 헤엄쳐 왔다. 곰은 다시 그들 주위를 위협하며 돌았고 이번에는 먼 거리를 유지했다.

곰은 앞발을 들고 일어나 그들을 향해 으르렁거렸다. 제라드는 곰을 향해 다가갔고 도전하듯 으르렁거렸다. 살짝 당황한 곰은 공격할 마음이 사라졌는지 앞발을 내리고 덤불 속으로 느릿느릿 들어갔다.

제라드는 곰이 사라질 때까지 도깨비 모습을 하고 있었고, 안전하다고 확신하고서야 그의 모습으로 돌아왔다. 초록색이었던 피부가 정상적인 피부색으로 돌아오고 큰 몸집이 줄어들어 기진맥진한 상태로 피를 흘리는 완전한 인간의 형태로 변하는 모습을 미나는 넋을 잃고 바라보았다.

제라드는 지쳐서 고개가 축 처졌다. 하지만 제라드는 고개를 들어 미나를 향해 힘없이 미소를 지었고, 곧 괴로워하며 주저앉았다. 미나는 제라드의 곁으로 달려가 그의 티셔츠를 찢어 어깨의 상처를 살펴보았다. 피투성이에 엉망이었지만 뼈가 부러진 것 같지는 않았다.

"난 괜찮아. 보기만큼 나쁘지 않아." 서투른 거짓말이었다.

"아, 제라드. 너는 죽을 수도 있었어. 우린 여기서 빠져나가야 해. 곰들이 더 많이 오면 큰일 날 거야." 미나는 자신의 셔츠를 찢어 헝겊 조각을 만들었고 강물로 가서 물을 묻혀와 상처를 닦기 시작했다.

"저 덤불 쪽으로 다가가지만 않으면 괜찮아." 제라드는 바닥에 앉았고, 미나는 제라드의 물린 어깨와 팔에 난 상처를 살폈다. 제라드는 두 눈을 감은 채 곰이 나타났다 다시 사라졌던 곳을 향해 고개를 까딱했다.

"네가 어떻게 알아?" 미나는 더듬거리며 물었다.

사람을 잡아먹는 곰들한테 공격을 받는 것은 끔찍한 일이었다. 하지만 그리모어는 이와 같은 현실상황에서는 소용이 없었다.

"우리 때문에 놀랜 거야. 절벽에서 우리가 떨어지면서 어미 곰과 새끼 곰들을 놀라게 한 거야. 새끼 곰들은 내내 덤불 속에 숨어 있었어. 그 곰은 새끼를 지키려고 했던 것일 뿐이야." 미나가 제라드의 상처를 세게 누르자 제라드가 신음했다.

미나는 덤불 쪽을 슬쩍 봤다. 활발한 새끼 곰들이 검은색 어미 곰을 뒤따라 갈팡질팡 숲 속으로 들어가는 모습이 어렴풋이 보였다.

제라드는 잠시 눈을 감고 쉬었다. 그런 다음 상처를 살피터니 천천히 자리에서 일어나 숲에 있는 나무들의 기둥 아랫부분을 살펴보기 시작했다. 미나는 제라드에게 뭘 하는 건지 물었고, 제라드는 페이들이 통증을 완화시키는 데 사용하는 에로스 모스라는 나무 이끼를 찾는다고 설명했다. 미나는 제라드가 가져 온 이끼를 상처에 붙이고 자기 옷을 찢은 조각으로 감아주었다. 제라드는 만족했고 여정을 계속하자고 몸짓으로 말했다.

미나는 제라드가 쓰러지거나 넘어지지 않을까 걱정이 되어 그에게 아주 가까이 붙어 걸어갔다. 하지만 에로스 모스가 효과가 있는 것 같았다. 제라드는 절대 속도를 늦추지 않았고 오히려 더 빨라졌다. 오히려 제라드가 미나의 느린 속도에 인내심을 잃고 있었다.

"나무에 오르는 것 좋아해?" 제라드가 물었다.

미나는 그들이 멈춘 곳 옆에 있는 거대한 소나무를 불안하게 쳐다보았다. "아니, 별로. 하지만 한 번 해볼게." 미나는 나무를 타고 오르기 시작했고 약 4.5미터 정도 올랐을 때 늘 그렇듯 발을 헛디뎌 미끄러졌고 부러진 나뭇가지에 팔을 베었다. 팔이 타들어가는 것 같았고 미나는 소리를 질렀다.

"기다려. 내가 올라갈게." 제라드가 미나에게 소리쳤다.

"아니, 내가 알아서 할게!" 미나는 제라드가 나무를 탈 상태가 아니라는 것을 알았다. 미나는 이를 갈며 천천히 꼭대기로 올라갔다. 미나는 주위 풍경을 몇 분간 잘 살폈다. 하지만 미나의 눈에 들어온 풍경은 맥 빠지게 하는 것이었다. 미나는 몇 분 동안 고통을 참으며 나무 아래로 내려왔고 당황한 표정의 제라드 옆에 섰다.

"그래 뭐가 보였어?" 제라드가 조심스럽게 물었다.

"정말 많은 나무." 미나는 낮은 목소리로 투덜거렸다.

"아." 제라드는 무심하게 말했다. "자 이쪽으로 가자." 제라드가 왼쪽을 가리켰다. "어디로 가야 하는지 어떻게 알아?" 미나는 혼란스러워하며 주위를 둘러보았고, 고개를 들어 하늘을 보았다.

"동쪽으로 가야 하니까." 제라드가 말했다.

"하지만 구름도 잔뜩 끼고 흐리잖아. 해도 안 보이는 걸. 어떻게 동쪽이 어디인 줄 알아?" 미나는 양 팔을 흔들며 회색 하늘을 가리켰다. 그 순간 하늘에서 빗방울이 떨어지기 시작했다. "이것 봐!"

"이끼는 나무의 북쪽 면에서 자라니까. 이쪽으로만 가면 밖으로 나갈 수 있어."

미나는 걸음을 멈추고 믿을 수 없다는 듯 제라드를 바라보았다. "넌 그걸 다 알고 있으면서 왜 내가 나무 위로 올라가게 한 거야?"

제라드는 순진한 표정으로 눈을 동그랗게 뜨며 미나를 바라보았다. "너한테 나무에 오르라고 한 적 없는데. 나는 우리가 어디로 가야 되는지 알고 있었어. 나는 그냥 대화를 시작하려고 나무 오르는 것을 좋아하냐고 물었던 거야. 그 바보 같은 나무에 올라가려고 한 것은 너잖아."

"내가 언제." 미나는 반박하려고 했지만 자신이 잘못했다는 것을 깨달았다.

둘은 가랑비를 맞으며 터덜터덜 걸어갔고, 곧 옷이 흠뻑 젖어버렸다. 또다시 한 시간이 흘렀다. 미나는 몸을 떨었고, 재채기를 하기 시작했다. 이곳을 빨리 벗어나지 못한다면 폐렴이 걸릴 것이다.

"얼마나 더 가야 해?" 미나가 물었다.

"내가 그걸 어떻게 알아?" 제라드는 점점 짜증이 나고 있었다.

"아니, 더 빨리 가는 마법을 쓸 수는 없어?" 미나가 투덜거렸다. 팔에 난 상처가 따끔거리기 시작했고, 미나는 더 짜증이 났다.

"뭐야. 내가 네 세 가지 소원을 들어주는 병속에 갇힌 마법의 지니라고 생각하는 거야?" 제라드가 씩씩댔다.

"여길 벗어나는 데 도움을 주는 것도 싫어? 그렇게 이기적인 거야? 여기서 나갈 수 있다면 당연히 그래야지." 미나가 소리를 질렀다. "애당초 우리가 숲에서 길을 잃게 된 것은 네 탓이잖아. 그러니 여기서 벗어나도록 네가 애써야 한다고 생각하지 않아?"

"나는 네 명령에 따라 움직이는 종이 아니야. 내게 이래라

저래라 하지 마!"

미나가 뱉은 어떤 말이 제라드를 정말 화나게 한 모양이었다. 제라드는 미나에게 등을 돌렸다. 지난밤과 오늘 아침에 보았던 유쾌한 제라드는 사라졌고 미나가 평소에 알던 무뚝뚝한 제라드로 돌아와 있었다.

제라드의 보폭이 커졌고 더 빨라졌다. 미나는 그를 따라잡기 위해 뛰어야만 했다.

"저기. 미안해. 그게 너를 그렇게 화나게 할 줄은 몰랐어. 친절하게 말하지 못해서 미안해. 나는 너무 지쳤고 속상해. 아마 지금 우리 엄마는 무척 걱정을 하며 나를 찾으려고 필사적일 거라고. 나는 그저 내 가족이 있는 집으로 가고 싶을 뿐이야. 집에 갈 수만 있다면 못할 일이 없을 정도야. 그게 어떤 건지 알아?"

아래에 숲이 내려다보이는 작은 절벽에 이르렀을 때 제라드는 걸음을 멈추었다. 그는 석상처럼 자리에 가만히 서 있었고 미나가 따라잡기를 기다렸다.

"그래. 나도 절박하게 집으로 가고 싶은 마음이 어떤 건지 알아." 제라드는 뒤로 돌아 미나를 바라보았다. 그의 표정은 냉랭했고 조금 전까지 웃음 짓던 회색 눈은 공허했다.

"그럼 왜 그냥 페이 세계로 돌아가지 않는 거야?"

"왜냐하면 나는 건너갈 수 없기 때문이야. 나는 이곳에 갇혀 있어." 제라드는 미나에게서 등을 돌렸다.

"왜? 무슨 일이 있었던 거야?" 미나가 조용히 물었다.

"네가 알 바 아니야." 제라드가 쏘아붙였다. 그는 뭔가를 찾는 것처럼 숲을 살폈다. 제라드는 고개를 들고 공기 중의 냄새를 맡았고 화난 듯 어깨가 굳어졌다. "네게 고백할 게 있어." 제라드가 낮은 목소리로 말했다.

미나는 공포에 질려 입이 말랐고 불안해하며 침을 삼켰다. 제라드는 목을 가다듬더니 이렇게 말했다. "나는 일부러 이렇게 한 거였어."

"무슨 말이야? 일부러 이렇게 했다니?" 미나는 제라드가 어떤 일을 말하는 것인지 알 수 없었다. 버스를 몰고 온 것을 말하는 건지, 아니면 도깨비 모습으로 미나를 속인 것을 말하는 건지 알 수 없었다.

"나는 네가 길을 잃게 만들려고 일부러 숲 한가운데로 데리고 왔어."

미나는 제라드의 말에 오싹해졌다. '절벽에서 떨어지는 나를 구해주고 사나운 검은 곰에게서 나를 보호해 주었으면서 진지하게 그런 말을 할 수는 없을 거야. 농담하는 거겠지.' 순간 미나는 생각했다. 하지만 농담이 아니었다.

"나는 너를 여기에 두고 가야 해." 제라드가 미나를 바라보며 말했다. 제라드의 눈빛은 어둡고 화나 있었다.

미나는 조용해졌다. "나를 정말로 버리고 갈 거라고 하지 말아줘." 미나는 제라드 옆에 서서 지금 느끼는 모든 공포와 불안감을 가득 담은 목소리로 애원했다.

"그래야만 해. 뭔가 위험한 것이 오고 있고 나는 휴식이 필요해. 그러지 않으면 너를 도와줄 수가 없어." 제라드가 속삭였다. 제라드는 목이 멘 듯했다. "약속해줘. 조심하고 길에서 벗어나지 않겠다고."

"길? 어떤 길?" 고통과 좌절의 눈물이 솟았고 눈가가 뜨거워졌다. 미나는 눈을 깜박여 눈물을 짜냈다. 하지만 눈을 떴을 때 제라드는 사라지고 없었다.

미나는 제라드를 찾아 제자리에서 한 바퀴를 돌았지만 제라드의 모습은 보이지 않았다. 발자국 소리도 어떤 소리도 들리지 않았고 덤불이 움직이는 것도 보이지 않았다. 제라드는 완전히 사라져버렸다. 미나는 제라드의 이름을 불렀지만 골짜기에 울리는 자신의 메아리 말고는 어떤 대답도 없었다. 낙담하고 홀로 남은 미나는 흙바닥에 앉아 비를 맞으며 절벽 아래의 숲을 쳐다보았다.

'어떻게 그를 믿을 수 있었을까?' 미나는 제라드가 정말로 최악의 페이라고 결론을 내렸다. 미나는 페이들이 그렇게 사라질 수 있을 줄은 생각하지 못했다. 하지만 그들은 그렇게 할 수 있고 자주 그렇게 하는 것 같았다. 미나는 제라드가 자신의 반대편에 서서 스토리와 작당했을 거라고 생각했다. 제라드는 미나를 숲으로 데려와 버려두고 가는 사악한 양부모 역할을 하고 있었다.

마침내 제라드의 눈에는 보였던 그것을 미나도 알아보았다. 길이었다. 몇 킬로미터는 떨어진 곳에 있었다. 하지만 계속 걸어가면 해질녘이면 도착할 수 있을 것 같았다.

미나는 제라드가 말한 이끼 조언을 염두에 두고서 정확한 정보이길 바라며 동쪽으로 걸어가기 시작했다. 두 시간 정도 더 걷자 비포장도로가 나왔다.

그 흙길을 따라 동쪽으로 몇 분 더 걸어가자 길이 두 갈래로 나뉘어졌고, 미나는 어느 길로 가야 할지 확신할 수 없었다. 두 길 모두 비슷한 방향으로 나 있었다. 미나는 오른쪽으로 난 길을 선택했다. 한 시간을 더 걸었을 때 미나는 먼 길을 선택했다는 것을 깨달았다. 하지만 되돌아가는 것보다는 같은 길을 계속 가는 편이 나을 거라고 생각했다.

미나는 발을 질질 끌며 걸었고, 진흙이 묻은 돌에 발이 걸려 발목을 삐었다. 미나는 고통스러워 소리를 지르며 자리에 쓰러졌다. 미나는 일어나서 계속 걸으려고 했지만 발목에 몸의 무게를 싣는 순간 바닥으로 다시 넘어졌다. 고통과 좌절의 눈물이 얼굴선을 따라 흘러내렸고, 미나는 반쯤은 기고 반쯤은 발을 질질 끌면서 길을 따라갔다. 미나가 욕을 잘했다면 온갖 고약한 이름으로 제라드를 욕했을 것이었다. 하지만 미나는 그러는 대신 제라드가 감히 미나 앞에 다시 얼굴을 보일 경우 그에게 가할 온갖 끔찍한 일들을 상상했다.

천둥소리가 났고 미나는 펄쩍 뛰었다. 고개를 들어 하늘을 보았다. 먹구름이 하늘을 뒤덮더니 비를 뿌리며 분노를 방출했다.

미나는 길가로 몸을 끌고 갔고, 나무 아래에서 비를 피했다. 피부가 얼음처럼 차가웠지만, 제라드에 대한 분노가 미나의 몸을 뜨겁게 했다. 사람들에게 발견될 거라는 희망을 막 포기한 순간 저 멀리서 어둠을 뚫고 불빛이 보였다.

미나는 소리를 지르려고 했지만, 목이 쉬어 소리가 나오지 않았다. 불빛은 점점 더 커졌고 더 가까워지다 두 개의 불빛이 되었다. 자동차 헤드라이트였다. 미나는 길에서 눈에 더 잘 띄도록 나무를 지지하며 몸을 일으켜 세웠다. 검은색 지프 자동차가 미나를 향해 오고 있었다. 미나는 자동차가 그녀를 지나치지 않길 바라며 어둠과 빗속에서 소리치고 손을 흔들기 시작했다. 하지만 차는 속도를 늦추지 않았다.

미나는 당황해서 한쪽 발로 깡충 거리며 도로로 나갔고, 달리는 차를 세우려고 했다. 거의 다다랐을 때 미나는 미끄러져 달리는 차의 진로방향 바로 앞에 넘어졌다. 지프 운전자가 브레이크를 밟았고, 미나가 고개를 들었을 때는 죽음이 다가오는 것을 보았다. 자동차는 제어가 불가능해 진흙 속에서 회전했고, 좌우로 미끄러지면서 미나를 향해 다가왔다.

제**11**장

죽음에서 구조되다

우지끈! 커다란 나무가 미나와 제어불능 상태의 지프 사이
로 넘어졌다. 나뭇가지들이 미나를 땅바닥으로 짓눌렀고, 미
나는 비명을 질렀다. 지프는 좌우로 미끄러지며 넘어진 나무
로 돌진했고, 나무와 미나는 진창길에서 쭉 미끄러졌다. 미나
는 이를 악물었다. 다행히도 나무의 몸통이 차의 충격을 막아
주었다. 자동차는 거대한 상록수에 옆면을 스치며 충돌했고,
나무보다 더 심하게 망가져버렸다.

미나는 차 문이 쾅 하고 닫히는 소리를 들었다.

"여보세요! 거기 있나요?"

"여기 있어요!" 미나는 폭풍우 속에서 소리를 질렀다. 부러
진 나뭇가지들과 소나무 잎들이 미나의 몸을 거의 다 가리고

151

있었다. 미나는 폭풍우 중에 진창에 누운 채 자신이 살아 있음에 감사할 수밖에 없었다. 미나는 자신이 죽은 목숨이라고 생각했기 때문이다. 강인한 손이 미나를 붙잡아 끌어내 앉을 수있게 했다.

"어디 다친 데는 없니?" 그 남자가 물었다. 그는 이 사고로놀란 것 같았지만 그 외에는 괜찮아 보였다.

"발목이요. 발목을 삐었어요." 미나가 대답했다.

그 남자는 잠시 멈춰 가만히 서 있었다. "이름이 뭐니?" 그가 물었다.

미나는 자신을 구조해준 사람을 자세히 보았다. 그는 보통체격에 황갈색 피부와 갈색 눈을 가졌고 약간 곱슬머리였다. 미나는 알지 못하는 사람이었다. 미나의 내면에서는 본능이거짓말을 하라고, 그것도 잘 하라고 속삭였다. "낸 테일러에요."

그는 차로 달려가 차에 달린 무선통신장치로 누군가에게 연락을 했다. 미나는 무전기 반대편의 대답은 듣지 못했지만 그가 도움을 요청한 듯했다.

그 남자는 미나에게로 돌아왔고, 미나가 다친 다리를 조심하게 하면서 일어설 수 있게 도와주었다. 그는 자신을 칼이라고 소개했고, 잘 걷지 못하는 미나를 차로 가도록 부축해주었다. 칼은 차 뒷좌석에서 우비와 손전등을 꺼내 차 주위를 돌며보닛 안을 점검하고 차 뒤쪽 아래를 살폈다.

그동안 미나는 이 오프로드 자동차의 내부를 둘러보았다. 차주인은 생존주의자(survivalist: 전쟁, 대재난 등의 위험에서 살아남기 위해 대비하는 사람)인 것 같았다. 미나는 가방에서 삐져나온 총신을 발견하고 불안이 엄습했지만 그냥 무시하기로 했다. 어쨌든 이 남자가 자신을 구해주었고, 그는 실제로 총을 휴대하고 다니는 사람처럼 보이지는 않았다. 어쩌면 그는 사냥꾼이고 지금은 비수기일지도 모른다고 미나는 생각했다. 잠시 후 그 남자는 차에 올라탔고 손전등을 껐다.

"좋은 소식이랑 나쁜 소식이 있어. 엔진은 괜찮은데 뒷바퀴 축이 망가졌어. 어디도 빨리는 못갈 거야. 하지만 적어도 도와줄 사람이 올 때까지 몸을 말릴 수는 있을 거야."

"도와줄 사람이 오나요?" 미나가 기대하며 물었다. 미나는 몸 전체를 떨고 있었다. 반은 충격 때문에, 반은 추위 때문이었다.

"그럼. 우린 괜찮을 거야." 칼이 자동차 키를 돌려 엔진을 켰고 히터를 최대한으로 올렸다. 그는 뒷좌석으로 손을 뻗어 매우 얇아 보이는 호일 담요를 집었다. "여기, 이건 보온담요야. 네 체온을 이용해서 너를 따뜻하게 해줄 거야. 보아하니 밖에서 오랫동안 있었던 것 같구나." 칼은 미나가 덮고 있던 담요와 바꾸었고, 그 모직담요로 미나의 무릎 위에 덮어주었다.

미나는 손에 온기가 서서히 스며들었지만, 발과 발가락은 여전히 얼어붙어 있었다. "아저씨는 정말 모든 게 다 준비되어 있네요." 미나는 더듬거리며 말했다. 미나는 차의 라디오를 보았고, 시간이 밤 10시 30분이라는 것을 알았다. 이 숲을 가로질러 길까지 오는데 하루 종일 걸린 것이다.

칼은 에너지바와 보온병을 꺼냈고, 미나에게 에너지바를 건넸다. 미나는 손이 떨려서 포장을 뜯으려고 하다가 포기했다. 미나는 너무 피곤해서 그냥 잠만 자고 싶었다. 미나는 창유리에 기대었고, 빗방울이 창유리에 떨어져서 더 큰 물방울을 이루어 아래로 떨어지는 것을 보았다.

칼은 보온병을 열고 뚜껑에 커피를 부어 미나에게 건넸다. 미나는 커피를 약간 홀짝였고, 칼이 하는 말을 들으려고 애썼다. 미나는 눈꺼풀이 참을 수 없을 정도로 무거워 따뜻한 차 안에서는 집중하기가 힘들었다.

"너는 세상에서 제일 운 좋은 소녀일 거야. 너도 알지?" 칼은 입술을 앙다물었고, 눈꺼풀이 감기고 있는 미나를 살펴보았다.

미나는 자신이 운이 좋은 건지 확신할 수 없었다. 칼이 미나를 자동차로 데려갈 때 미나는 쓰러진 나무의 몸통을 잘 살펴보았다. 나무는 번개에 맞은 것이 아니었다. 까맣게 타거나 부러지거나 갈라진 흔적이 전혀 없었다. 30미터 높이의 이 나무는 뿌리째 뽑혀 있었는데, 나무뿌리의 대부분은 여전히 땅에 깊이 박혀 있었다. 뭔가 엄청난 힘이 나무를 내리쳐 도로 위로 넘어지게 한 것이 분명했다. 미나는 그것이 제라드였다고 거의 확신했지만, 그 이유는 알 수 없었다.

마치 차에 불이 붙어 미나를 익히고 있는 것 같았다. 미나는 히터로 손을 뻗어 온도를 내리려고 했지만, 칼은 미나가 더 따뜻하게 하고 싶은 거라 오해했다. 칼은 히터를 더 올렸고 미나의 손은 무거워져 무릎 위로 떨어졌다. 미나는 팔다리를 움직이는 것조차 힘들었다. 강렬한 열기가 히터에서 나왔고, 미나는 숨을 쉬는 것도 힘들 정도였다. 미나의 몸이 다시 떨리기 시작했다. 이번에는 열이 나서였다.

미나는 칼이 자기에게 뭐라고 말하는 것을 들었지만, 대답할 수도 움직일 수도 없었다. 미나는 칼의 손이 볼과 이마를 짚는 것을 느꼈다. 좌석이 움직였고, 뒷좌석에서 뭔가가 열리는 소리가 났다. 미나는 정신을 잃었고 몇 분 뒤 사이렌 소리가 들렸다.

칼이 크게 욕을 내뱉었고 무전기를 다시 들었다. 칼은 무전기에 대고 "확인하기에는 너무 늦었어"와 같은 말을 중얼거렸다.

다른 자동차가 그들이 탄 차 옆에 섰다. 많은 사람이 자동차에서 쏟아져 나왔다. 미나 쪽의 차 문이 열렸고 미나는 들려서 옮겨졌다.

미나는 눈을 떴고 자신이 들것으로 옮겨지고 누군가 그녀의 혈압을 재는 것을 보았다. 미나는 눈을 감았다가 떴다. 눈을 떴을 때 미나는 통증으로 얼굴을 찡그렸다. 미나는 병원에 있었다. 의사, 간호사, 그리고 익숙한 목소리들이 숨죽인 소리로 대화를 나누었다. 미나는 열이 펄펄 끓었고, 의식이 들었다 잠들었다를 반복했다.

"엄마?" 미나는 조용히 말했다. 손 하나가 미나의 손을 잡고 부드럽게 쥐었다. 미나는 엄마가 다 괜찮을 거라고 속삭이는 소리를 들었다. 미나는 안심하고 다시 잠에 들었다.

뭔가가 미나의 코를 간질이고 있었다. 미나는 눈을 번쩍 떴고, 자신의 얼굴을 공격하고 있는 성가신 깃털을 쳐다보았다. 커다란 하얀 거위깃털, 깃털을 잡은 손, 손과 연결된 소매로 차례로 시선을 이동했고 범인을 발견했다. 바로 남동생 찰리였다.

"찰리!" 미나가 투덜댔고, 깃털을 쳐서 치우려고 했다. "너 깃털에 얼마나 많은 병균이 있는지 아니? 그런데 그걸 병원에 가져온 거야?"

찰리는 활짝 웃으며 고개를 끄덕였다. 이 여덟 살짜리 소년은 낡은 필통을 들고 미나의 침대 위로 기어 올라왔다. 그 안에는 오래된 미니카, 깨진 석영 조각, 은색 병뚜껑, 호루라기, 선거홍보용 배지들이 들어 있었다. 하지만 지금은 그 물건들이 필통 안에 들어 있지 않았다. 그것들은 침대 위, 미나의 몸

주위를 둘러 조심스럽게 놓여 있었다.

"찰리, 너 뭐하는 거야?" 미나는 손에 제일 가까이 있는 병 뚜껑을 집어 벙어리 동생에게 건넸고, 찰리는 그것을 필통 안에 넣었다.

"걔가 네 걱정을 많이 했단다." 복도에서 다정한 목소리가 들렸다. 미나는 소리가 난 쪽으로 고개를 돌렸고 엄마가 서 있는 것을 보고 안도감에 울음을 터뜨릴 뻔했다. 사라는 침대로 달려와 울기 시작했고, 딸과 아들을 품에 안았다.

"엄마, 죄송해요. 정말로 엄마를 걱정시키고 싶진 않았어요." 미나가 훌쩍였다.

"쉬이, 쉬이. 괜찮아." 엄마가 부드럽게 속삭였다. "아니, 괜찮지는 않지. 하지만 그건 나중에 얘기하자." 사라는 몸을 일으켜 미나의 머리를 빗어주며 얼굴이 잘 보이게 했다. "무슨 일이 있었던 거야? 대체 무슨 생각이었니? 네가 학교에서 오지 않아서 낸에게 전화를 했단다. 낸은 네가 자동차를 탔다고 했는데 너는 집에 오지 않는 거야. 나는 너무 당황했단다. 너무 겁이 났고 어떻게 해야 할지 몰랐어. 나는 어쩌면 스토리가 관여해서 네가 그림 동화 속에 갇혀 있는 중일지도 모른다고 생각했어."

"엄마, 스토리 때문이 아니었어요. 정확히 말하자면요."

"나는 네가 그 일에 참여해야 한다는 것이 정말 싫어. 너를 그림 저주로부터 보호할 수 있는 방법이 하나라도 있다면 나는 정말 그렇게 할 거야. 알지?"

"엄마는 내가 열여섯 살이 될 때까지 그림 저주와 스토리로 부터 나를 보호해줬잖아요. 괜찮아요, 엄마. 이제는 내가 엄마와 찰리를 보호할 차례예요." 미나는 강인한 사람처럼 보이려고 했지만 엄마는 미나의 말에 더 눈물을 흘렸다.

"오, 아가야. 나는 무슨 일이 일어나고 있는지 알지 못해서 얼마나 내가 무력하게 느껴졌는지 몰라. 경찰은 우리 상황을 이해 못할 테고…… 경찰에 연락해서 동화가 내 딸을 납치한 것 같다고, 어쩌면 죽였을지도 모른다고 어떻게 말할 수 있겠니? 나는 뭔가 일이 일어난 것을 알고는 있었지만 어떤 일도 할 수가 없었어. 결국 경찰에 전화를 했지만 그들은 네가 실종된 지 48시간이 지나지 않았기 때문에 아무것도 못해준다고 하더구나." 사라는 자리에서 일어나 미친 듯이 손을 저으며 병실을 왔다 갔다 했다.

"엄마!" 미나는 엄마가 이성을 잃기 직전이라는 것을 알고 엄마의 정신을 딴 데로 돌리려고 했다.

"아니, 세상에! 48시간이라니? 그 사람들은 자식도 없다니? 겁에 질린 부모한테 48시간은 48일이나 마찬가지일 거야." 사라는 걸음을 멈추었다.

찰리는 침대에서 폴짝 내려와 자신의 작은 장식품들을 필통 안에 다시 넣기 시작했다. 그것들이 제 역할을 다 한 것에 만족한 표정이었다.

"고마워, 찰리." 미나는 찰리의 머리를 쓰다듬었다.

찰리는 씨익 웃고는 손가락으로 손바닥을 가리켰다.

미나는 황당하다는 듯 한쪽 눈썹을 치켜 올렸다. "내가 너한테 빚을 졌다고? 내가 왜?" 미나가 웃었다.

찰리는 수화를 하기 시작했고 미나는 주의 깊게 보았다. "네가 나를 지켜줬으니까?"

미나의 엄마는 진지한 표정으로 미간을 찡그리며 찰리를 보았고 말을 못하는 찰리를 대신해 말했다. "찰리가 나쁜 것들로 보호해주는 '요정 서클'을 만드는 것에 대해 어딘가에서 읽은 모양이야. 그래서 자기가 가진 반짝이는 물건들을 모두 늘어놓고 너를 보호하는 일에 아주 열심이었어. 간호사들을 귀찮게 할 정도로 말이야."

"아." 미나가 조용히 속삭였다.

사라는 다가와서 딸의 침대 가장자리에 앉았다. "이제 무슨 일이 있었는지 내게 말해 보렴."

미나는 그날 있었던 일들을 찬찬히 떠올렸다. 제라드가 자신을 버리고 간 뒤에 무슨 일이 있었던 게 분명하지만 무엇인지 정확히 기억이 나지 않았다. 그래서 미나는 기억나는 것들에 대해 엄마에게 말했다. "엄마, 내가 다 말하면 엄마는 겁에 질려 나를 과잉보호하려 할 거예요. 내가 말하는 것을 듣고도 차분하고 침착하고 태연하게 반응하겠다고 약속해요."

미나의 엄마는 입술을 앙다물었고 심호흡을 했다. "장담할 수 있을지는 모르겠구나. 하지만 최선을 다해볼게."

미나는 엄마를 보며 처음부터 말하기 시작했다. 사라는 미나의 이야기를 듣고 감정이 폭발했다. 사라는 '어떻게 감히 내 딸을 납치해 숲 속으로 데려갈 수가 있어! 어떻게 감히 내 딸과 숲 속에서 단 둘이 밤을 보낼 수가 있어! 그리고 어떻게 감히 미나를 숲 속에 혼자 버려두고 떠나 버린 거야!'라고 생각하며 분노했다.

"무슨 일이 일어났던지 상관없어. 너는 그 남자애랑은 절대 어울려선 안 돼! 미나, 그 애는 골칫거리밖에 안 돼. 게다가 페이잖아. 페이들을 믿어서는 안 돼. 그러니까, 그놈이 네게 한 짓을 보렴! 너는 그 외딴 숲에서 곰들한테 죽임을 당할 수도 있었어."

미나는 바로 여기에도 위험한 곰들이 득실대고 있다는 것을 엄마가 전혀 모른다는 것을 생각하며 큰 소리로 웃었다. "도시에서도 당할 수 있어요." 미나는 중얼거렸다.

"아니, 엄마는 정말 진지하다고!" 사라는 진지한 표정을 지으려고 했다. 하지만 곧 눈빛은 부드러워졌고 픽 미소를 지었다. "난 그저 네가 이렇게 무사히 돌아와서 기쁘구나. 그런데 왜 그리모어가 효과가 없었던 거지?"

미나는 공포에 질려 눈이 동그래졌다. "엄마! 그리모어는 어디에 있어요?" 미나는 입고 있는 옷을 확인했고, 자신이 흉한 환자복을 입고 있다는 것을 깨달았다.

엄마는 혼란스러운 것 같았다. "모르겠구나."

"내 옷은 어디에 있죠? 엄마 내 옷을 찾아야 해요!" 미나의 엄마는 벌떡 일어나 간호사를 찾으러 나갔고 찰리는 엄마 뒤에 바짝 붙어 따라갔다. 미나는 너무 걱정이 되어 작은 노크 소리를 듣지 못했다.

"이런! 무슨 일로 우리 환자가 이렇게 흥분한 거지?" 미나는 잘생긴 의사를 발견하고 할 말을 잃었다. 낯이 익은 얼굴이었다. 미나는 잠시 이리저리 추측했다. 로버트 마틴, 낸의 미래의 새아버지였다.

미나는 목을 몇 번 가다듬은 다음 이렇게 말했다. "내 옷이요. 내 옷을 찾아야 해요."

"간호사가 비닐봉지에 챙겨놓았을 거야. 그런데 다시 입을 수 있을 것 같진 않던데." 마틴은 사무적인 태도로 말했다.

"오, 안돼요. 그 안에 뭔가가—" 미나는 말을 멈추었다. 진실을 말하지 않으면서 더 어떻게 말을 해야 할지 몰랐기 때문이다. 마틴은 미나의 차트를 주의 깊게 살펴보느라 미나의 이상한 태도를 알아채지 못한 것 같았다.

마틴은 유난히 고르고 하얀 치아를 드러내며 미나를 향해 씨익 웃었다. 마틴의 밝은 갈색 머리의 관자놀이 부분은 희끗희끗 했고, 그의 눈은 짙은 적갈색이었다. "그게 뭐든 간에 간호사들이 네게 가져다줄 거야. 기분은 좀 어때?"

"음, 좋은 것 같아요." 미나가 말했다. "그런데 목이 마르고 배가 고파요."

"그동안의 네 상태를 생각하면 놀랄 일도 아니지. 너는 열이 펄펄 끓는 채 실려 왔고 탈수 상태였어. 하지만 지금은 발목을 삔 것과 깊게 베인 상처 몇 개만 제외하면 회복이 잘 되고 있어."

"잠깐만요. 내가 여기에 얼마나 오래 있었던 거죠? 어젯밤에 실려 온 게 아닌가요?"

"엄마가 아직 말 안 해주셨니? 너는 *그끄저께* 밤에 실려 왔어. 이틀 동안 열이 나서 의식이 없었고. 어젯밤에 열이 좀 내렸지."

마틴이 가까이 다가와 청진기로 미나의 심장 소리를 들었고, 미나는 놀란 상태로 앉아 있었다. 거의 일주일이었다. 미나는 거의 일주일을 학교에 가지 못했다.

마틴은 미나의 차트에 뭔가를 적었다. "좀 있다 간호사한테 링거 주사를 빼라고 할게. 수프는 먹을 수 있겠니?"

미나는 고개를 끄덕였다. 음식 생각을 하자 뱃속이 꼬르륵댔다.

"찾았어!" 사라가 하얀 비닐봉지를 손에 들고 병실 안으로 느긋하게 걸어 들어왔다. 사라는 미나에게 봉지를 건넸고, 미나는 비닐봉지를 뜯고 청바지를 꺼냈다. 미나는 바지 주머니에 손을 넣고 더듬었다.

"엄마, 바지주머니 안에 없어요!" 미나가 소리를 질렀다.

"음. 어쩌면 밖으로 흘러나와 봉지 안에 있을지도 몰라." 사라가 말했다. 그들은 더러운 옷이 든 봉투를 침대 위에 쏟았고 모든 것을 샅샅이 뒤졌다. 그러나 그리모어는 없었다.

"무슨 문제라도 있나요?" 마틴이 물었다.

미나는 낯선 사람 앞에서 감정을 드러내는 것이 불편했다.

"음. 아니에요." 미나는 아무렇지 않은 척했다. "제가 아주 중요한 물건을 잃어버린 것 같아요. 요만한 작은 가죽장정 책을 못 보셨나요?" 미나는 양손으로 그리모어 크기를 만들어 보였다.

"아, 아니. 나는 못 봤는데. 응급실에서 일하는 사람들한테 확인해볼게." 마틴 선생님은 쾌활하게 대답했다. "그런데 엄마가 소지품이 든 비닐봉지를 찾아오셨구나. 네가 실려 올 때 너한테 있던 물건들은 모두 그 안에 있을 텐데. 어쩌면 네가 숲에서 잃어버린 걸지도 몰라."

미나는 가슴이 철렁했다. 미나의 엄마는 미나의 어깨를 토닥이며 위로하려고 했다. "애야, 괜찮아." 사라는 부드러운 목소리로 속삭이며 안심시켰다. "우리는 그것을 찾을 수 있을 거야."

오늘은 미나에게 최악의 날이 되고 있었다. 사악한 페이를 잡아들일 그리모어가 없이 미나는 그림 과제를 완수할 수 없었다. 미나의 앞에는 잭 삼촌이 그러했던 것처럼 이제 불행한 운명만이 기다리고 있었다.

"참. 내가 네 친구들 몇 명한테 병실을 방문해도 좋다고 약속했단다. 네가 충분히 좋아지면 말이지. 그 전에 혼자 있을 시간을 좀 줄게. 아마도 네가 뭘 좀 먹고 난 다음에." 마틴이 말했다.

"잘 모르겠어요. 방문객을 받고 싶은지." 미나는 두려웠다. 복도에서 기다리고 있는 사람이 과연 있을까?

"내 미래의 양딸이래도 말이야?" 마틴은 웃으며 놀렸다. "어쨌든 나는 낸을 오래 붙잡아둘 수는 없어. 여기 몰래 들어오려고 간호사 한 명한테 컵케이크 뇌물을 쓰려고 하고 있거든."

"뭐라고요, 낸이요? 낸이 왔어요? 좋아요. 나는 낸이 보고 싶어요." 미나가 흥분해서 소리쳤다.

"조금 있다가. 네가 식사를 마치고 나면." 마틴이 명령했다. "그 정도는 기다릴 수 있을 거야. 아마도 계속 몰래 들어오려고 할 테지만. 그래도 한 시간 정도는 참을 수 있겠지."

미나는 씨익 웃었다.

제 12 장

그리움

낸은 45분 만에 마침내 미나의 병실에 입성했다. 미나의 엄마와 찰리는 30분 전에 그리모어를 찾으러 분실물보관소를 찾아 병실을 비운 터였다. 낸이 병실에 몰래 들어왔을 때, 미나는 수프를 막 다 먹은 뒤였다.

"왜 이렇게 늦었어?" 미나가 재잘거렸다. "나는 네가 더 일찍 들어올 줄 알았는데."

낸은 눈알을 굴렸다. "그러려고 했는데, 드래곤 간호사가 버티고 있어서 지나올 수 없었어. 내 미래의 새아버지도 나를 도와주지 않고 말이야. 내 생각에 내가 여기 못 들어오게 하려고 일부러 늙은 드래곤 아줌마를 배치한 것 같아."

"그런데, 어떻게 들어온 거야?"

"찰리한테 복도 끝의 의료용품 카트를 넘어뜨리게 했지." 낸은 의기양양한 표정으로 씨익 웃으며 팔짱을 꼈다. "사람들이 뛰어다니고 난리가 아니었어." 낸은 백팩을 내려 미나의 침대 위에 놓았다.

"비상용 필수품을 가져왔어. 립글로스, 고데기, 헤어스프레이, 하이힐—"

"낸, 난 목발을 짚고 다녀야 해! 하이힐은 신을 수 없다고." 미나가 끼어들었다.

"좋아. 그럼 하이힐은 취소. 하이힐은 내가 신을 게. 너는 내 플랫슈즈를 신어." 그러고는 낸은 가방에서 물건들을 모두 꺼냈고 미나의 머리로 손을 뻗었다.

미나는 낸의 양 손목을 잡아 침대로 내리고 손을 멈추게 했다. "낸, 왜 그래? 너 괜찮아?" 미나는 자신이 제일 친한 친구에게 했던 행동과 말을 떠올리고 정말 마음이 아팠다. "콘서트장에서 흥분해서 집에 가자고 한 걸 용서해 줄 수 있어? 나는 그렇게 너를 남겨두고 떠나서는 안 되었어."

낸의 표정이 차분해졌고 말이 없었다. 그러다 낸은 갑자기 환한 미소를 지으며 미나를 꼭 껴안았다. "아냐. 내가 과민반응을 해서 미안해. 네가 브로디랑 단 둘이 있으려고 그랬다는 것을 내가 알아차리지 못했어. 왜 더 일찍 생각하지 못했는지 믿을 수가 없어. 네가 그 애를 짝사랑한다는 것을 알고 있었는데 말이야." 낸은 미나의 한쪽 손을 잡고 꽉 쥐었다. "내가 사반나랑 어울린 것을 용서해 줄래? 나는 네게 일종의 복수를 하려고 했어. 그때는 아직 네게 화나 있었거든. 하지만 네가 실종됐다는 소식을 듣자마자 나는 철이 들었고 내가 얼마나 멍청했는지 깨달았어. 나는 어떤 일이 있어도 네 영원한 절친이야. 그 사과 사건 때도 내가 너를 구해줬잖아."

미나는 울음을 터뜨리며 친구를 다시 안았다. 낸은 몸을 빼내고는 그녀가 가져온 메이크업 도구들과 여러 가지 물건을 바쁘게 만지작거리기 시작했다.

"낸?" 미나가 물었다. "뭐하는 거야?"

낸은 미나를 보고 미소를 지었다. "너 TV에 나왔었어. 어떤 간호사가 하는 말을 들었는데, 아마 너는 모르겠지만, 제드 파슨스라는 이름의 어떤 남자가 오래된 무선통신기계의 채널을 돌리다가 숲에서 길을 잃은 소녀가 발견됐다는 대화를 엿들었대."

미나는 회피하며 어깨를 으쓱했다.

낸은 의심스런 눈초리로 양 눈썹을 치켜 올렸다. "음, 그 제드라는 할아버지는 심각한 일이라고 생각하고 구조를 요청했대. 그는 자신의 무선통신기가 작동하는 범위가 몇 킬로미터밖에 안 된다는 것을 알고 있었기 때문에 공원경비원들과 구조팀들에게 살펴봐야 할 대강의 위치를 알려줄 수 있었대. 네가 병원에 실려 왔을 때는 이미 난리가 났었고 보도진들이 여기서 너를 기다리고 있었어." 낸은 흥분해서 침대를 쾅쾅 두드리기 시작했다.

"나는 기억이 안나." 미나는 자신 없이 대답했다.

"물론 너는 모를 거야. 뉴스 화면에서 볼 때 너는 완전 정신을 잃은 것 같았거든. 하지만 정말 끝내줬어!" 낸이 신나게 지껄였다.

"그렇게 대단한 일은 아니었어. 나는 그저 누군가가 나를 발견해줘서 기뻐. 나는 그 이후로는 기억이 거의 없어." 미나는 혼란스러워하며 이마를 만졌다.

"지금 몇 시지?" 낸은 벽걸이 시계를 보았다. "자, 이걸 봐봐. 지난 이틀 내내 이 장면을 틀어줬어." 낸은 침대 옆 탁자에서 리모컨을 들고 검은 상자를 향해 TV가 켜질 때까지 미친 듯이 버튼을 눌렀다. 급하게 끙끙대며 채널을 돌리다가 낸은 소리를 질렀다. "저기, 네가 있어!"

얇은 재킷에 파란색 우산을 든 여성 리포터가 감정을 절제한 부드러운 목소리로 말을 하고 있었고, 미나는 화면을 멍하게 쳐다보았다. "여기, 제 뒤편에서는 애덤스 국립공원에서 길을 잃었던 바로 그 소녀, 빌헬미나 그라임이 구조되고 있습니다. 케네디 고등학교 2학년생인 이 소녀는 방과 후 친구들이랑 있는 게 마지막으로 목격된 후 실종되었습니다. 그녀가 어떻게 숲에서 길을 잃게 되었는지는 아직 알려지지 않았습니다. 제드 파슨스 씨가 공원경비대에 한 우연한 제보 덕분에 빠른 구출이 이루어질 수 있었습니다."

카메라맨은 카메라를 돌려 앰뷸런스를 찍었고, 응급대원들이 미나를 들것에 실어 나오는 것을 화면에 잡았다. 미나의 머리가 맥없이 좌우로 흔들리는 것을 보아 탈진해서 정신을 잃은 것이 분명했다.

다른 리포터와 카메라가 밀고 들어와서 미나의 얼굴에 마이크를 들이밀었다. "미나, 어쩌다 숲에서 길을 잃게 됐는지 말해 줄래요? 친구랑 몰래 탐험을 하면서 하이킹을 했던 건가요?"

카메라는 진흙이 묻은 미나의 얼굴을 줌인 했다. 누군가 미나에게서 마이크를 밀어내려고 했지만, 리포터는 의식이 혼미한 미나가 속삭인 한마디를 놓치지 않았다.

미나는 무의식 상태에서 한 사람의 이름을 불렀다. 한 소년의 이름이 정확히 들렸다. 그것은 미나가 예상했던 이름이 아니었다. 미나가 부른 것은 제라드의 이름이었다.

미나는 그 장면을 보고 얼어붙었고, 리포터가 미나의 말을 이해하지 못했길 기도했다. 하지만 리포터는 재빨랐다. 그녀는 미나가 속삭인 이름을 알아들었고, 마이크에 대고 다시 말했다. "이 제라드라는 사람은 누구일까요? 그를 아시는 분이 있다면 그에게 빌헬미나 그라임이 찾고 있다고 전해주십시오."

"으악!" 미나는 작은 TV 속의 자신의 모습을 보고 병원 담요에 얼굴을 묻고 비명을 질렀고, 낸은 웃었다. 미나는 직접 두 눈으로 보지 않았다면 믿을 수도 없고 믿고 싶지도 않았다. 그 뉴스는 자신이 완전히 정신이 나갔다는 것을 보여주는 증거였다. 누구도 자신이 말한 제라드가 학교의 제라드라는 것을 알아서는 안 되었다. 미나는 사람들이 오해할까봐 두려웠다. 특히 브로디가 들었을까봐 몹시 걱정이 되었다.

미나는 침대 위로 엎어져서 얇은 이불을 뒤집어 쓴 채 세상으로부터 숨으려고 했다. 미나는 불쾌한 리포터가 다시 말하는 소리를 들었다. 하지만 이번 장면은 최근 방송이었고, 병원 밖에서 찍은 것 같았다. 미나는 신음 소리를 내며 이불 위로 빼꼼히 얼굴을 내밀어 TV화면을 보았다. 한 무리의 학교 친구들이 미나를 위해 꽃과 응원메시지, 카드들을 남기고 있었다. 미나는 감동받았다. 미나는 학교에서 자신이 누구인지 아는 사람이 없을 거라고 생각했었지만, 이것들은 친구들이 자신을 좋아한다는 증거였다. 하지만 다음 장면에서 미나는 마음이 완전히 바뀌었다.

브랜디 웨스트하우스라는 뉴스 리포터 옆에는 다름 아닌 사반나 화이트가 심각하고 얌전한 표정으로 서 있었다. "빌헬미나를 어떻게 아나요?"

사반나의 얼굴은 가짜 슬픔이 가득했고 쓸쓸해 보였다. "우리는 케네디 고등학교의 친구들이에요. 베스트 프렌드요. 저는 이런 일이 일어나서 너무 충격을 받았어요. 빌헬미나는 다정한 아이에요. 그런 나쁜 일을 겪어서는 안 되었어요." 사반나는 훌쩍였고, 티슈로 가짜 눈물을 닦았다. 미나는 눈알을 굴렸다. 미나는 그 휴지가 젖지 않았다는데 10억을 걸 수도 있다고 생각했다.

사반나는 말을 계속했다. "빌헬미나 대신 내가 그 일을 겪었으면 좋았을 걸."

"말도 안 돼!" 낸이 TV화면을 향해 소리쳤다. "너는 단지 너한테로 관심이 쏠리게 하고 싶어서 그러는 거잖아. 이 미친 관심중독자야! 어떻게 네 베프라고 말하면서 저렇게 뻔뻔할 수가 있지? 쟤는 네가 빌헬미나보다 미나라는 이름을 더 좋아한다는 것도 모르면서. 아이고!"

"저 인터뷰는 언제 한 거야?" 미나가 화면을 손으로 가리켰다.

"아, 오늘 오후야. 병원에서는 네가 편히 쉴 수 있도록 미치광이들이 접근하는 것을 잘 막아주고 있어."

"너를 막지는 못했는데." 미나가 농담을 했다.

"병원에는 내 미친 정도를 측정할 수 있는 기계가 없더라고. 게다가 나는 병원 경비원한테 내가 미래의 새아버지한테 점심을 갖다 줘야 한다고 말했거든. 병원에서는 이제 내 이름을 다 알고 있어서 경비원과 프론트 데스크에서는 전혀 의심하지 않았지. 2층의 수간호사인 디에드레 간호사, 일명 드래곤 레이디만 제외하곤 말이야. 그녀는 정말 골치 아팠어." 낸이 몸을 떨었다.

TV에서는 이제 다른 뉴스로 바뀌었다. UPS택배사의 갈색 유니폼을 입은 남자의 사진이 화면에 비쳤다. 미나는 화면 아래에 나오는 글자를 주의 깊게 읽었다. 이 지역의 UPS기사인 댄 윌리엄스는 오전 배달을 하는 중에 사라져버렸다. 그의 트럭은 번화가를 운행하던 중에 버려져 있었지만, 그를 본 사람은 아무도 없었다. 제보 전화번호가 나오며 그의 실종에 관해 뭔가 알고 있는 사람이 있다면 연락을 달라고 했다.

"오, 세상에. 정말 끔찍한 일이야! 이건 더 이상 못 보겠어." 낸은 리모컨을 눌러 TV를 껐다. 그런 다음 갈색 종이봉투를 열어 안에서 샌드위치를 꺼냈다.

"그거 마틴 선생님 것 아니야?"

"그럴 리가. 농담해? 그 아저씨가 얼마나 돈을 많이 버는지 알아? 그는 자기 돈으로 점심을 사먹을 수 있다고." 낸은 터키 샌드위치 반쪽을 크게 한 입 베어 물었고, 나머지 반을 미나에게 건넸다.

미나는 샌드위치를 받아 얼른 작게 한 입 먹었다.

"내가 콘서트장에서 떠난 뒤에 발데마르랑은 무슨 일이 있었어?" 미나가 조바심 내며 물었다.

낸의 얼굴이 수줍게 붉어졌다. "그날 밤에는 별일 없었어. 다시 얘기를 하지도 못했고. 하지만 발데마르는 마지막에 나가면서 나를 손가락으로 가리켰어. 나한테 뭔가 말하려는 것 같았어. 그는 두 손으로 내게 전화하라는 시늉을 했고, 비서가 내게 그의 전화번호를 알려줬어. 그는 여전히 짱 멋져. 우린 그날 이후로 계속 전화도 하고 문자를 하고 있어."

병실 밖의 시끄러운 발자국 소리가 그들의 소풍을 방해했다. 낸은 재빨리 점심 식사의 증거를 감추었다. 낸은 음식을 가방 안으로 밀어 넣고 가방을 미나의 베개 아래로 쑤셔 넣었다. 미나의 엄마와 분한 표정의 찰리가 들어왔다. 미나는 얼른 환자복 소매로 입술에 묻은 음식 부스러기를 닦았다.

"너! 여기 와서 가만히 앉아 있어." 미나의 엄마는 의자를 손으로 가리켰고, 찰리는 마치 사형수가 형 집행을 받으러 가는 것처럼 과장되게 발을 질질 끌며 걸었다. 엄마는 갈색 머리를 위로 묶고 있었고 지쳐보였다. 찰리는 의자에 앉아 낸에게 음흉한 공범의 미소를 지었다. 사라는 고개를 들고 낸이 와 있는 것을 보고 놀랐다.

"오, 낸 왔니?"

"안녕하세요, 그라임 부인." 낸이 명랑하게 말했다.

디에드레 간호사가 들어왔고 낸을 무섭게 노려보더니 침대로 가 미나의 링거주사를 뺐다. 낸은 머리가 희끗한 간호사를 재빨리 피해 찰리 옆의 의자에 앉은 다음 필통 안의 물건들을 가지고 노는 찰리 옆에서 핸드폰으로 문자를 보냈다.

간호사는 미소를 짓지도 말을 걸지도 않았고, 어떤 얘기도 해주지 않았다. 미나는 그녀가 환자를 대하는 방법은 낸의 말처럼 끔찍하다고 생각했다.

하지만 치킨크림수프와 몰래 먹은 샌드위치 덕분에 미나는 기운을 차리게 되었다. 미나는 아주 기분이 좋았다. 그래서 낸이 자신의 머리를 만지는 것을 허락했고, 끔찍하게 싫어하는 보라색으로 손톱을 칠하는 것도 내버려 두었다.

미나 엄마의 핸드폰이 울렸고, 그녀는 복도로 전화를 받으러 나갔다. 몇 분 뒤 엄마는 병실로 들어왔다. 화가 나서 인상을 쓴 얼굴이었다.

"미안하다, 얘야. 내 직장 상사였어. 내가 청소했던 집에 문제가 있었나봐. 나보고 지금 당장 가보라고 하는 거야. 내가 딸이 병원에 있다고 했는데도 막무가내였어. 낸이랑 둘이 있어도 괜찮겠니? 네 옷가지도 좀 챙겨올게. 특별히 원하는 옷이 있니?"

미나는 손을 저으며 말했다. "의사가 괜찮다고 할 때까지는 어디 가지도 못할 건데요 뭐. 아무 청바지 하나랑 깨끗한 셔츠 하나만 갖다 주세요." 사라는 미나를 안아준 다음 찰리와 함께 떠났다.

몇 분 뒤 낸은 병실에 있는 게 지루해 잡지를 찾으러 나갔고, 병실에는 미나 혼자 남았다. 미나는 혼자 남게 되어 얻은 평화를 즐기며 침대에 몸을 기대고 창밖으로 병원 뜰을 쳐다보았다. 새로 지은 병원 건축물은 경탄을 불러일으켰다.

메모리얼 병원은 문을 연 지 여섯 달밖에 되지 않았고, 이 건물은 엄청나게 부유한 후원자들이 만들어 낸 결과물이었다.

보통 병원들이 네모난 모양에 지루한 벽돌건물이라면 이 병원은 숫자 8모양으로 배열되었고, 겉면은 아름다운 반사유리로 덮여 있었다. 건물 안의 어떤 방도 날카로운 모서리나 코너가 없었고, 마음을 진정시켜주는 곡선으로 흐르고 있었다. 8자의 각각의 원 안에는 식물원이 있었고 모든 병실에서 마음을 편안하게 해주는 호사스러운 전망을 갖게 했다. 이곳은 부유하고 유명한 사람들을 대상으로 지어진 병원이었고, 의도적으로 병원처럼 보이지 않게 디자인한 곳이었다.

낸은 곧장 돌아오지 않았고, 미나는 최근에 일어난 일들에 대해 곰곰이 생각해볼 수 있었다. 미나는 자신이 의식불명 상태에서 제라드의 이름을 불렀던 것이 떠올라 당황스러워 얼굴이 붉어졌다. 아마도 제라드가 자신의 의식에 마지막으로 남아 있던 사람이라서 그랬을 거라고 생각했다. 미나는 브로디가 그것을 보지 않았기를 바랐다. 미나는 브로디와 자신이 함께했던 시간들을 떠올렸고, 그 시간들을 브로디가 잃어버린 것을 생각하고 가슴이 찢어지는 것 같았다.

미나의 눈에서 눈물이 한 방울 흘렀고 미나는 재빨리 눈물을 닦았다. 미나는 브로디가 몹시 그리웠다. 브로디가 자신의 손을 잡고 키스를 했던 것이 몹시 그리웠다. 그의 목소리도 그리웠다. 심지어 기계로 둘러싸인 병실에서도 미나는 브로디 카마이클의 부드러운 바리톤 목소리가 자신의 이름을 속삭이는 것이 들리는 것 같았다.

미나는 괴로움에 눈을 감았고 입술을 깨물며 속삭였다. "그만해. 사라져."

미나는 지나친 자신의 상상력이 만들어 낸 망상을 쫓아내려 했다. 미나는 자신이 미쳐가고 있다고 생각했다. 자신의 귀에 브로디의 목소리가 들렸고, 너무 진짜 같았기 때문이다. 그것도 바로 옆에 있는 것처럼 느껴졌다.

"나는 네가 옆에 누가 있기를 바랄 줄 알았어." 그 목소리가 미나에게 말했다.

미나는 눈을 번쩍 떴고, 놀라서 헉 소리를 냈다. 브로디가 손에 꽃다발을 들고 미나의 병실 침대 옆에 서 있었다.

제 13장

돌아오지 않는 기억

꽃다발은 극락조화(birds of paradise: 선명한 오렌지색 꽃으로 극락조라는 새를 닮았다)였다. 브로디는 미나의 엄마가 가져온 위문 카네이션 옆에 꽃다발을 두었다. 브로디의 극락조화는 엄마의 꽃을 값싸고 생기 없게 보이게 했고, 둘의 삶의 수준이 얼마나 다른가를 다시 한 번 떠올리게 했다.

브로디는 미나를 향해 섰고, 그의 양손은 몸 옆에 힘없이 떨어져 있었다. 브로디는 말하기 전에 목을 몇 번 가다듬었다. 미나보다 더 긴장한 게 분명했다.

미나는 마치 미친 듯이 뛰는 심장을 늦추기라도 하는 듯 자신도 모르게 손이 가슴으로 향했다.

브로디가 용기를 내어 먼저 말했다. "몸은 좀 어때? 잘 지냈어?" 브로디는 더 가까이 다가오지는 않았다. 두려워하는 것 같았다. 브로디의 금발머리는 그가 손으로 몇 번이나 빗은 듯 보였고, 두 눈은 걱정이 가득했다.

"나는 괜찮아." 미나가 속삭였다. 미나는 완벽한 소년을 앞에 두고 너무 겁이 나 다른 말을 할 수가 없었다.

미나의 대답에 브로디의 몸 전체에 흐르던 긴장감이 사라졌다. "잘됐다. 다행이야." 브로디는 자기 손을 내려다보더니 양손을 청바지 주머니에 넣었다. 미나는 '저 바지가 60만 원짜리 청바지일까' 하고 멍하게 생각했다.

브로디는 미나와 눈을 마주치는 것을 두려워하며 계속 자신의 발을 내려다보며 질문했다. "왜…… 왜 그 애의 이름을 부른 거야?"

"누구를, 뭐?" 미나는 자신이 들은 말에 충격을 받아 말을 더듬었다.

땅만 보고 있던 브로디가 고개를 들고 미나의 눈을 똑바로 쳐다보았다. "미안해. 이렇게 물어보려던 게 아니었는데. 너희 둘이 만나는 거야? 둘이 사귀는 거야?" 브로디는 상처받고 혼란스러운 듯했다.

미나는 마치 돌멩이가 가슴에서 쿵 하고 떨어지는 느낌이었다. "네가 무슨 얘길 하는 건지 모르겠어." 미나가 더듬거렸다.

"네가 제라드의 이름을 말했어. 뉴스에서. 나는 분명히 들었어. 심지어 나는 그걸 녹화까지 해서 몇 번이고 돌려봤어. 내가 알고 싶은 건 왜 그랬냐는 거야."

미나의 손이 떨리기 시작했다. 미나는 브로디를 보지 않으려고 눈을 감고 몸을 돌렸다. 미나는 자신이 아는 것들을 브로디에게 말할 수 없었고, 자신의 감정을 숨기는 것도 힘들었다. 미나는 이 상황을 감당하기 힘들었고, 한 방울의 눈물이 볼을 타고 흘러내렸다.

브로디는 미나가 눈물을 흘리자 놀라서 뒤로 물러섰다. 그리고 다시 가까이 다가와 둘 사이의 거리를 좁혔다. 브로디는 미나의 손으로 팔을 뻗으려고 했지만 무엇을 해야 할지 몰라 손을 거두었다. "미안해! 너를 힘들게 할 생각은 아니었어. 나는 최근에 일어난 일들 때문에 혼란스러웠던 것뿐이야. 너무 많은 일이 있었고 나는 내 감정을 통제할 수가 없었어."

미나는 생각을 정리하고 횡설수설하지 않으려 애썼다. 하지만 브로디와 이렇게 가까이 있으면서도 자신의 감정을 말할 수 없어서 미나는 너무 마음이 아팠다.

"아무도 안 믿겠지만 나는 저주 받았어." 이런 말을 하려는 게 아니었음에도 미나 자신도 모르게 이 말이 튀어나왔다.

미나가 입을 열자 브로디는 안심한 듯했다. "미나! 너는 저주받지 않았어. 이렇게 살아 있잖아, 안 그래? 그건 네가 엄청 운이 좋다는 증거인 것 같은데, 저주받은 게 아니라." 브로디는 갑자기 조용해졌다.

브로디는 미나의 침대 옆으로 의자를 끌고 와 자리에 편히 앉았다. 브로디는 낸이 보다 둔 잡지를 들고 보는 둥 마는 둥 획획 넘기기 시작했다.

"왜 여기에 있는 거야?" 미나는 브로디가 병실에 들어와 곁에 있으면서 자연스럽게 행동하는 것에 혼란스러웠다.

잡지를 넘기던 브로디의 손이 멈추었고, 그는 잡지를 덮고 미나의 눈을 쳐다보았다. "나도 잘 모르겠어. 나는 네가 그 이유를 말해주길 바랐어."

미나는 혼란스러워서 고개를 흔들었다. "병원까지 운전해 와서 경비원과 간호사들 몰래 병실로 들어온 건 너야. 나는 아직도 네가 어떻게 여기 들어왔는지도 모르겠어. 아무튼 네가 내 병실로 들어왔다고. 내가 너를 찾아간 게 아니라. 네가 여기 있는 이유는 네가 알아야지, 내가 아니라."

브로디는 예전에 미나에게 자주 그랬던 것처럼 히죽 웃었고, 미나의 심장을 녹였다. "그러게 내가 여기 왜 있는 걸까?" 브로디는 난감하다는 듯 두 팔을 들었다. "나는 너에 대해 잘 몰라. 그런데도 네가 실종됐다는 소식을 들었을 때 내 세상이 무너져 내린 것 같았어. 그런 감정이 이틀 내내 나를 떠나지 않았어. 나는 먹지도, 자지도, 생각도 할 수 없었고, 어쩌면 네가 그 이유를 알지도 모른다는 결론에 이르렀어. 내게 주문을 건 거니?"

"내 생각에 너는 동화를 너무 많이 읽은 것 같아." 미나는 얼굴을 붉히며 얼른 대답했다. 하지만 즉시 자신의 단어 선택을 후회했다.

브로디는 고개를 저었다. "우리 학교에 다니는 한 소녀가, 야생에서도 혼자 살아남을 정도로 강인한 게 분명한 아이가 기적적으로 구조되었어. 그런데 그 소녀가 도움이 필요한 순간에 부른 사람의 이름은 학교에서 말도 안 되는 이유로 내가 싫어하는 단 한 명의 남자애였던 거야!" 브로디의 몸이 굳었고 그는 천천히 미나를 보며 얼굴을 찡그렸다. "나는 질투를 잘 하는 사람도 아니고 제라드도 잘 알지 못해. 그런데 나는 걔가 정말, 정말 싫어. 그리고 네가 그 애와 같이 있는 생각만 해도 나는 뭔가를 주먹으로 치고 싶어. 내가 제라드나 너한테 그런 기분을 느낄 어떤 권리도 없는데 말이야. 그건 마치 우리가 예전에 어딘가에서 만났던 것 같은⋯⋯." 브로디는 말끝을 흐렸다.

"아냐, 네가 생각하는 그런 게 아니야." 미나는 사실을 숨기려고 급히 대답했다.

"내가 무슨 생각을 하는지 네가 어떻게 알아?" 브로디가 자리에서 일어나 미나에게 갔고, 두 손으로 미나의 몸 양쪽으로 침대를 누르며 미나를 그의 근육질 팔 사이에 가두었다. 브로디는 미나와 아주 가까이 있었고, 미나는 익숙한 스킨 향을 맡을 수 있었다.

미나는 고개를 들어 브로디의 단단한 턱을 보았고, 침을 꿀꺽 삼키고는 브로디한테서 고개를 돌렸다. 그러고는 브로디가 이렇게 가까이 있다는 사실과 브로디의 턱선, 브로디의 입술을 모른 척하며 이불 솔기를 만지작거렸다.

"말해줘. 왜 나는 너를 안고, 키스하고 싶은 욕구를 갑자기 느끼는 건지. 너를 잘 알지도 못하는데 말이야." 브로디는 스스로를 역겨워하며 뒤로 물러섰다. "내게 무슨 문제가 있는 걸까? 이런 말을 하다니 너는 내가 무슨 정신병자라고 생각하겠지. 초대도 받지 않고 네 병실을 찾아와 말도 안 되는 질문을 하고 답을 해달라고 하니 말이야. 나는 네가 그 질문에 대한 답을 알고 있길 바랐어. 내게 무슨 문제가 있다고밖에는 생각할 수 없어. 정말 미쳐가고 있는 것 같아." 브로디는 미나에게서 등을 돌렸고 좌절하며 두 손으로 머리를 헝클어뜨렸다.

미나는 긴장해서 입술을 핥았다. "어쩌면 너도 저주에 걸렸나?"

브로디는 깊게 한숨을 쉬었고 어깨너머로 미나를 쳐다보았다. "그런 가봐. 그렇지 않으며 내가 여기에 왜 있겠어?"

그 말은 벽에 못을 박는 것처럼 미나의 가슴을 찔렀다. 가슴 아픈 말이었지만, 그 말에는 진실이 있었다. 브로디는 이번에도 스토리에 의해 조종당하고 있는 것일 수도 있었다. 그 가능성을 생각하자 화가 치밀었다. 미나는 이 세상에, 페이들에게, 사랑에 빠진 열여섯 소녀에게 일어난 모든 부당한 일들에 화가 났다. 브로디는 문을 향해 걸어가기 시작했다.

"브로디, 잠깐만!" 미나가 소리쳤다.

브로디는 문을 잡은 채 멈추었다. 긴장된 모습으로 등을 보인 채 미나의 말을 기다리고 있었다. "나는 그게 네 이름이었기를 바랐어." 미나가 불쑥 내뱉었다. "내가 불렀던 이름이 네 이름이었기를 바랐어." 미나는 브로디의 반응을 기다렸다. 브로디가 뒤를 돌아 자신에게 키스해주기를 바랐다. 하지만 브로디는 뒤로 돌지 않았다.

브로디의 넓은 어깨는 긴장이 풀렸고, 그는 고개를 숙이고 바닥을 바라봤다. "나도 네가 그랬었기를 바라." 브로디는 목이 멘 듯했다. "내가 왜 이런 감정을 느끼는지 말해줄 수 있니? 내게 무슨 문제가 있는 건지 말해줄 수 있어?"

미나는 브로디에게 모든 것을 털어놓고 싶은 열망으로 마음이 아팠다. 미나는 설명을 하려고 입을 열었다. 하지만 그 순간 창유리에 비친 어떤 이미지가 미나를 깜짝 놀라게 했다. 창문에 제라드가 비춰져 있었고, 그는 겁에 질린 것 같았다. 미나는 주위를 둘러보았지만 병실 안에 제라드는 없었다. 미나는 다시 창문을 흘낏 보았다. 제라드의 모습은 희미했고, 아득한 저편에 있는 것 같았다. 제라드는 미나에게 말을 하고 있는 것 같았다. 그러나 미나는 아무 말도 들을 수 없었다. 제라드는 미나에게 뭔가에 대해 경고하려고 하고 있었다.

미나는 몸을 돌려 브로디가 뭔가 알아차렸는지 보았지만 그는 여전히 창문에서 등진 채 서 있었다. 미나는 창문을 다시 쳐다보았지만 제라드의 모습은 사라지고 없었다. 제라드와 함께 그가 미나에게 전하려던 메시지도 사라져 버렸다.

하지만 제라드의 등장에 미나는 생각을 다시 했다. 미나의 삶, 미나의 목표들, 미나에 대한 모든 것이 위험했다. 브로디를 좋아하는 만큼 브로디를 이 일에 끌어들일 수는 없었다.

미나는 결국 고개를 떨구고 크게 한숨을 쉬었다. 브로디는 여전히 대답을 기다리고 있었다. 하지만 곧 대답이 나오지 않자 브로디의 몸은 다시 굳어졌다.

"알겠어." 브로디가 말했다.

누구도 아무 말도 하지 않았다. 브로디가 병실을 나가버렸기 때문이다.

제14장

마법이 또다시 다가오다

　삔 발목에 힘을 줄 수 없었기 때문에 미나는 창밖 비상계단을 통해 옥상 은신처로 올라가는 게 불가능했다. 미나는 방 창문 아래의 기다란 의자에 앉아 슬픔에 잠겨 어두운 창밖을 내다보고 있었다. 미나의 방 창문은 옆 건물 벽과 고양이를 키우는 오른 부인의 창문과 마주보고 있었기 때문에 볼만한 풍경은 없었다.

　미나네 집을 찾아오는 방문객들은, 미나의 빠른 쾌유를 빌며 만두를 갖다 주는 아래층 중국식당 주인 왕 부부와 도를 넘은 뉴스 기자들로 한정돼 있었다.

　기자들이 미나네 현관 앞에 네 번이나 찾아와 문을 두드리자 사라는 이성을 잃기 직전이었다. 집주소를 등록시켜놓지 않았음에도 사람들이 귀신같이 그들을 찾아내고 있었다. 미나의 엄마는 이런 상황에서 딸을 어떻게 저주로부터 보호할지 알 수 없었다. 눈치가 매우 빠른 왕 부인은 커다란 대나무 발과 식당 안에 있던 키 큰 식물들을 보도로 끌고 나왔다. 그녀는 미나네 집으로 올라가는 계단 입구를 기다란 발로 가리고, 그 앞에 다양한 화분을 놓아 마치 멋진 장식처럼 보이게 했다.

그러고는 시식용 공짜 오렌지치킨을 쟁반에 들고 나와 밖에 앉아서 미나네 집을 찾는 다른 기자들에게 엉터리 영어로 일부러 잘못된 방향을 알려주었다. 미나에 대한 신문기사로 콜라주를 만들어 식당 앞유리를 도배하고 유명인이 식당 위층에 산다고 자랑했던 몇 달 전 모습과는 정 반대였다. 이 사건이 신나는 뉴스가 아니라 비극에 가까웠기 때문에 이 조그만 중국인 여자의 보호본능을 일으킨 것인지도 몰랐다. 이유야 어찌되었든 미나네 가족은 파파라치로부터 그들을 지켜주는 왕 아줌마에게 감사해하고 있었다.

하지만 얼마 지나지 않아 뉴스 기자들은 숲에서 실종됐던 소녀에 대해서는 잊어버렸고 더 큰 사건들을 보도하는 일에 관심을 돌렸다. 그 지역의 교통국 직원이 밤사이 사라져 버렸다. 처음에는 이 사건을 자신의 수당에 만족하지 못해 불만을 품은 공무원의 도피 사건으로 가볍게 다루었다. 하지만 다음 날 그 지역의 스타벅스에서 젊은 여성 바리스타도 사라져버렸다.

삼일 동안 세 명의 사람이 흔적도 없이 사라져 버렸다. 사람들은 이 사건에 대해 떠들기 시작했고, 납치일지 모른다는 소문이 돌았다. 하지만 몸값을 요구하는 편지도 없었고 시체도 나타나지 않았기 때문에 언론과 경찰은 이 일련의 사건을 개인적인 도피 정도로 대단치 않게 여겼다.

미나는 그 뉴스들에 신경을 쓸 여유가 없었다. 아직도 그리모어를 찾지 못해서 어찌할 줄을 몰랐기 때문이다. 엄마가 미나를 억지로 집밖으로 내보내 학교와 병원에 가도록 하지 않았다면, 미나는 공포에 질려 어디에도 가지 못하는 은둔자가 되었을 것이다.

마틴 선생님은 미나에게 지켜야 할 사항을 분명히 말했다. 미나는 되도록이면 일주일 동안 보호대를 차고, 목발을 짚고 다녀야 했다. 그러나 학교에서는 그렇게 하고 돌아다니는 것이 거의 불가능했다. 목발이 계속해서 아이들의 가방과 신발에 부딪쳐 미나를 넘어뜨렸다. 종종 미나는 등을 바닥에 대고 누워 복도 천장의 부패한 노란색 페인트를 보아야만 했다.

다행히도 낸이 옆에 있으면서 부주의하게 미나와 부딪치는 남자애들한테 큰 소리로 욕을 해댔다. 또한 낸은 사진을 찍어 기록하면서 민망하게 넘어지는 일을 재미있는 모험으로 만들었다. 미나가 넘어진 횟수는 네 번이 되었고, 아직 점심시간도 안 된 시간이었다.

"오오. 이번 게 최고였어. 이번에는 네가 공중에 떴던 것 같은데." 낸이 미나를 일으켜 세우고 엉덩이와 등을 털어주면서 말했다. "준비됐어?" 낸이 물었다. 낸은 미나를 향해 핸드폰 카메라를 잘 갖다 대었고, 미나는 포즈를 취하며 다섯 번 넘어졌다는 상징의 손가락 다섯 개를 들었다. "치즈!"

미나는 미소를 지으려고 했지만 얼굴에는 어색한 찡그림만 나왔다. 낸은 미나의 책을 집어 들고 미나의 사물함 안에 넣었고, 미나가 학생식당에 줄을 서도록 도왔다.

학생식당은 붐볐다. 미나가 들어서자 시끄럽게 먹고 떠들던 소리가 조용한 웅성임으로 잦아들었다. 아이들은 미나와 낸을 쳐다보고 손가락으로 가리키고 속삭였다. 미나가 태연하게 행동하고, 흥미롭거나 구경거리가 될 만한 행동을 전혀 하지 않자 아이들은 곧 평범한 점심 식사를 하는 일로 돌아갔다. 미나는 이렇게 관심이 쏟아졌다가 무관심해지는 패턴에 익숙해져 있었다. 오전 수업 시간에 이미 다 겪은 일이기 때문이다.

인기를 의식한 게 분명해 보이는 애들 몇 명이 미나에게 도움을 주려고 다가왔지만, 낸이 모두 쫓아 버렸다. 미나도 자기 좋을 때만 다가오는 친구는 원하지 않았다. 그런 부류는 어울려서 유명해지려는 목적의 아이들이었다. 낸은 그런 애들을 관심병 환자라고 불렀다.

미나는 점심을 직접 고르려고 했지만, 낸은 자신이 제일 좋아하는 TV프로의 결말에 대해 이야기하느라 바빠서 혼자 알아서 음식을 담았다. 낸은 델리샌드위치 두 개와 쿠키, 우유두 개, 사과 하나, 감자튀김 두 봉지를 골랐다. 낸은 이제 주제를 바꾸어 발데마르에 대해 열변을 토하기 시작했고, 미나는 한숨을 쉬었다. 미나는 의자들과 테이블들의 정신없는 미로를 겨우 통과했고, 자신이 제일 좋아하는 테이블에서 피난처를 찾을 수 있었다.

브로디가 식당에 있는 것을 보았지만, 그 사실이 미나를 더 기분 좋게 하지는 않았다. 브로디는 식당으로 들어와 급식쟁반에 음식을 담았고, 친구들을 다 지나쳐 가더니 미나가 보이는 자리에 혼자 앉았다. 그의 행동이나 찡그린 표정은 그가 전혀 상냥하게 굴 상태가 아니라는 것을 보여주었다.

낸은 브로디의 언짢은 상태를 알아차렸고, 미나에게 말했다. "인기대장님이 오늘은 무슨 일이래?"

브로디는 포크를 든 채 친구들이 그에게 하는 말을 모두 무시하며 미나를 쳐다보았다. T. J.가 브로디에게 말을 걸려고 했지만, 브로디는 그를 완전히 무시했다. 사반나는 브로디와 눈을 마주치려고 했지만, 사반나의 어떤 행동도 미나를 향한 브로디의 불타는 성난 눈빛을 막지 못했다.

미나는 브로디가 경험하는 혼란을 누구보다 잘 이해했다. 하지만 브로디의 절망감이 자신을 향하게 될 것이라고는 전혀 예상하지 못했다. 미나는 꼼지락대고 안절부절못했고, 브로디의 노려보는 시선 때문에 우유갑을 여는 것조차 힘들었다. 미나는 긴장해서 먹을 수도 없었다.

낸이 그것을 알아차렸다. "브로디 카마이클!" 낸이 화난 어조로 낮게 말했다. "매너 좀 지켜. 아주 연약한 상태의 아이를 불안하게 하지는 말아야지." 낸은 강한 남부 억양으로 브로디를 꾸짖었다.

브로디는 낸의 갑작스러운 공격에 완전히 얼이 빠졌다.

미나는 낸의 줄무늬 셔츠 자락을 잡고 낸의 관심을 돌리려고 세게 당겼다. 낸은 미나와 자신의 음식을 급식쟁반에 담고는 식당 문을 향해 걸어갔다. 미나는 천천히 뒤를 따라갔다. 미나는 주위를 두리번거리거나, 놀라서 입을 벌리고 있는 브로디를 뒤돌아보지 않으려고 애쓰며 걸었다.

"낸, 같이 가." 복도로 나갔을 때 낸이 보이지 않자 미나가 낮은 목소리로 낸을 불렀다.

"여기야!" 낸은 문이 열려있는 생물학 교실에서 고개를 내밀고 소리쳤다.

미나는 교실로 들어가 한 실험테이블의 등받이 없는 의자에 앉았다. 그 사이 낸은 그들의 점심을 펼쳐놓았다. 낸은 화가 난 나머지 뒤섞인 점심을 분리하면서 음식들을 계속 으깨고 찌그러뜨렸다. 미나는 부서진 쿠키 두 개와 뭉개진 감자튀김이 든 봉지 하나, 그리고 아주 많이 흔들어진 저지방 우유를 갖게 되었다.

"어떻게 저렇게 뻔뻔할 수가 있지!" 낸이 씩씩댔다. "걔는 미나, 네가 우리 곁에 있는 게 얼마나 다행한 일인지 모르다니? 우리를 그렇게 노려보는 행동은 어떤 변명도 충분하지 않

아. 어떤 이유로도 개는 우리를 그렇게 노려봐서는 안 돼." 낸은 빨대의 껍질을 벗겨 자신의 우유갑에 찔러 넣으려고 했다. 하지만 그건 미나의 초콜릿우유였다.

미나는 재빨리 우유를 바꾸었고, 낸은 열변을 계속했다. "내 말은 말이야. 세상에 미나! 네가 발견되지 않았다면 네 얼굴이 우유갑에 실렸을지도 모른다고!" 낸은 우유갑을 얼굴 가까이에 들어보았다.

"낸." 미나가 낸을 진정시켰다. "난 괜찮아. 브로디는 우리가 다퉜기 때문에 화가 나서 그런 거야. 내 생각에 그는 단지 혼란스러워하는 거야. 사실 브로디는 병원으로 나를 찾아 왔었다고."

낸은 브로디가 직접 미나를 보러 왔다는 말에 믿을 수 없다는 듯 눈이 동그래졌고 입이 쩍 벌어졌다. 미나는 재빨리 대화 주제를 바꾸었다. "그리고 요즘에는 우유갑에 더 이상 어린애들 얼굴을 싣지 않아."

낸은 곰곰이 생각하느라 금발 눈썹을 찡그렸고 자신의 우유갑을 자세히 살폈다. "정말 확실해? 나는 어느 영화에서 봤던 것 같은데."

미나는 크게 웃었다. "확실해. 비슷한 게 있다면 앰버경고(Amber Alert: TV나 라디오 등을 통해 실종된 어린이나 유괴범에 대한 정보를 신속하게 대중에게 알리는 아동납치경보시스템)였을 거야."

"아." 낸이 약간 실망한 듯 말했다. "네 얼굴이 우유갑에 실린 걸 보고 싶었는데."

"낸 테일러!" 미나는 웃음을 터뜨리며 고개를 저었다. "넌 대체 왜 그러니?"

낸은 장난스럽게 씩 웃었고, 비로소 얼굴이 밝아졌다. "그건 브로디가 병원에 왔던 걸 나한테 말 안 한 벌이야! 너는 이 일을 그렇게 쉽게 피해갈 수 있다고 생각하는 건 아니겠지. 어떻게 멋진 왕자님이 병실을 방문했는데 내게 말을 안 할 수가 있어? 그런데 그때 나는 어디 있었던 거야?"

미나는 살짝 더듬거리며 말했다. "아마도 잡지를 찾으러 나갔던 것 같아."

"하지만 난 네 베프인 걸. 내게 말했어야 한다고 생각하지 않니? 내가 그런 걸로 너를 놀릴 것도 아닌데 말이야. 많이는 아니지." 낸은 귀엽게 입을 삐죽거렸고, 미나는 낸에게 사과를 하지 않을 수 없었다.

"미안해. 나도 갑작스러운 일이라 너무 놀랐었어."

"네가 브로디를 좋아하기 때문이지. 이해해." 낸이 한숨을 쉬었고 한 손에 턱을 괴었다. "브로디는 거의 발데마르만큼 섹시 점수가 높지. 내 생각에 둘은 섹시 점수에서 동점인 것 같아. 1에서 10까지 점수를 매긴다면 그들은 확실히 12점이야."

미나는 쿠키를 한 입 베어 물었다. "하지만 점수는 10점이 최고잖아." 미나는 쿠키 부스러기를 입에 문 채 웅얼거렸다.

"섹시 점수에서는 안 그래." 낸이 설명했다. "부자이거나 유명인사이면 추가점이 생기거든. 걔들은 둘 다에 해당되니까 12점인 거지."

"하지만 우리가 12점이 아니니까 우리랑은 상관없는 얘기인 것 같은데."

낸은 쿠키에 들어간 M&M 초콜릿들을 모두 빼내더니 하나씩 입 안에 던져 넣었다. "말도 안 되는 소리. 우리는 매력 점수에서 높은 점수를 받으니까."

미나는 황당해서 눈썹을 치켜 올렸다. "매력 점수?"

"당연하지. 매력 점수는 섹시 점수보다 더 좋은 거야. 우리는 매력 점수에서 높은 점수를 받아. 우리는 재미있지, 별나지, 성격 무지 좋지, 그리고 엄청나게 매력적이잖아." 낸은 손가락으로 장난스럽게 속눈썹을 위로 톡톡 쳤다. "이 점수는 섹시 점수보다 훨씬 중요해."

"어떻게?" 미나는 기가 막혀서 물었다.

"음. 섹시 점수에서 상위권인 여자애들은 결국엔 나이가 들고 더 이상 섹시하지 않게 될 거야. 그래서 섹시 점수가 낮아지지. 하지만 매력 점수가 높으면 그건 영원히 지속되거든. 네가 나이가 든다 해도 말이야. 그러니 매력 점수가 확실히 더 중요하지."

미나는 너무 심하게 웃어서 쿠키에 목이 막힐 뻔했다. 낸은 언제나 세상을 보는 눈이 남달랐다. 둘은 그들 반 아이들의 섹시 점수와 매력 점수를 매기면서 점심 식사를 마쳤다.

그러다 미나는 낸의 어깨너머로 뭔가 움직이는 것을 보았고 얼굴의 웃음이 가셨다. 익숙한 찌릿찌릿 거리는 느낌이 미나의 등골을 타고 올라갔고, 미나 몸의 모든 근육이 긴장했다. 그것은 마법의 힘이 일을 벌이고 있다는 경고였다.

뭔가가 다시 움직였다. 미나는 잠겨 있는 생물학 진열장 안에서 뭔가가 파닥거리는 것을 못 본 척하려고 애썼다. 미나는 이 유리 진열장 안에 보관되어 있는 것들을 알고 있었다. 닭, 개구리, 심지어 머리 둘 달린 돼지를 병 안에 보존시킨 것들이 있었다. 그것들은 오랫동안 포르말린을 채운 병 속에서 맥없이 떠 있었다.

케네디 고등학교 학생들은 이 머리 둘 달린 돼지한테 트윙키(Twinky: 바보, 얼간이라는 뜻이 있다)라고 별명을 붙였다. 미나는 그 별명이 마음에 들지 않았었고, 유리병 안 액체 속에 떠 있는 그 생물들을 무시하려고 했었다. 하지만 지금 미나는 그것들을 더 이상 무시할 수 없었다. 이 죽은 표본들이 움직이기 시작했기 때문이다.

머리 둘 달린 트윙키가 머리를 흔들며 유리병 속에서 버둥대기 시작했다. 그것의 입이 크게 벌어졌고, 꽤액 소리가 교실에 작게 울리는 것 같았다.

미나는 낸과 대화를 하다 말고 더듬거렸고, 다 먹지 않은 점심을 재빨리 치우기 시작했다. 미나는 곁눈질로 개구리가 든 병들 중 하나에서 개구리 한 마리가 즐겁게 앞뒤로 헤엄치는 것을 보았다.

낸이 불평했다. "야, 나 아직 그거 다 안 먹었다고." 낸이 미나의 쟁반에서 감자튀김을 빼앗았다.

"아니, 우리 식사는 끝났어." 미나가 서두르며 말했다. 미나는 쟁반을 들고 낸을 생물학 진열장에서 멀어지게 하려고 했다. 진열장은 유리병 안에서 살아난 생물들이 날뛰는 바람에 흔들리고 있었다.

하지만 쟁반 두 개와 목발을 모두 들 수가 없었고, 쟁반 하나를 떨어뜨려 음식을 쏟기 직전이었다. 낸이 쟁반을 받아들었고 남은 음식들을 근처 쓰레기통에 버렸다. "그렇게 여기서 나가고 싶었으면 그냥 그렇다고 말하면 되잖아." 낸이 약간 짜증을 내며 말했다.

그 순간 미나는 핑계가 떠올랐고, 그런 자신이 자랑스러웠다. "방금 생각난 건데. 3학년생이 말하는 것을 들었거든. 3학년들이 오늘 이 테이블 위에서 여러 가지 뇌를 해부했었대." 새빨간 거짓말이었지만 그 말은 낸을 문 쪽으로 움직이게 했다.

"으, 역겨워! 여기로 점심을 갖고 오는 게 아니었어. 저 진열장 안의 프랑켄슈타인 동물들 옆에서 우리가 밥을 먹었다니 믿기지 않아."

낸은 고개를 방금 말한 진열장을 가리키려고 했다. 그 순간 미나는 분명 딸깍 소리를 들었다. 미나는 보지 않고도 그것이

닭이 유리병을 부리로 쪼면서 필사적으로 나오려고 하는 거라는 것을 알았다. 미나는 딸깍거리는 소리가 점점 커지자 낸을 밀며 문으로 향하게 했다.

"무슨 소리 안 났어?" 낸이 고개를 돌려 교실 쪽을 보았다.

"아니." 미나가 재빨리 대답했다.

"뭔가 딱딱거리는 소리가 난 것 같은데." 낸이 미나를 쳐다보았다.

"아, 이 소린가보다." 미나는 목발의 쇠 지지대를 초초하게 손가락으로 쳤다.

낸이 고개를 갸우뚱했다. "아냐, 유리 소리 같았어. 정말이야." 그 순간 첫 번째 예비종이 울렸고 낸은 더 이상 고집을 피울 수 없었다.

미나는 생물학 교실을 나와 문을 단단히 닫았고, 낸이 자신을 따라오길 바라며 다음 교실을 향해 한 발로 미친 듯이 깡충깡충 뛰어가기 시작했다. 하지만 낸은 따라오지 않았다. 미나는 낸이 뒤에 있지 않다는 것을 깨닫고 뛰는 것을 멈추었다. 미나는 뒤로 고개를 돌려 금발머리의 자신의 친구를 보았다. 낸은 생물학 실험실 문밖에 서서 움직이지 않고 있었다.

낸은 혼란스러운 표정으로 어떤 소리에 귀를 기울이는 듯이 얼굴을 찡그리고 있었다. 하지만 서둘러 움직이는 학생들 발소리와 사물함을 쾅쾅 닫는 소리 때문에 어떤 소리도 듣지 못한 게 분명했다. 낸은 마치 문을 열려는 듯 가까이 갔다.

미나는 공포에 질려 낸을 무력하게 쳐다봤다. 순간 미나는 급히 머리를 굴렸고 넘어지는 척 했다. 미나는 너무 절박한 나머지 다가오는 학생 앞으로 목발을 던졌고 크게 비명을 지르며 복도 한가운데서 차갑고 단단한 바닥에 엉덩방아를 찧으며 쾅 넘어졌다. 날아간 목발에 발이 걸린 운 없는 프랭크는 미나 위로 넘어졌고 미나는 민망함에 얼굴이 화끈 달아올랐다.

"아야!" 미나가 소리쳤다.

"미안! 으악, 또 미안." 프랭크는 자신의 백팩, 미나의 목발, 그리고 그들을 일으켜 세우려고 내민 손들이 뒤엉킨 상태에서 빠져나오려고 애쓰면서 웅얼댔다. 하지만 어쨌든 이 구경거리는 역할을 다 했다. 낸이 생물학 교실 문손잡이를 놓고 미나를 구하러 달려왔기 때문이다.

소동이 끝나고 멍하니 지켜보던 구경꾼들이 복도를 비우자 낸은 환하게 웃으며 핸드폰을 꺼냈다.

"여섯 번째!" 낸은 그들 둘을 향해 핸드폰 카메라로 사진을 찍었다.

제15장

사라진 제라드

현관문을 두드리는 소리가 났다. 미나와 찰리는 바닥에 카드를 펼쳐놓고 카드게임을 하는 중이었고, 문 여는 것을 미루며 서로를 쳐다보았다.

"네가 가봐." 미나가 말했다.

찰리는 팔짱을 낀 채 히죽 웃으며 고개를 저었다.

"찰리, 나는 목발을 짚어야 하잖아. 그리고 네가 안 보는 사이에 내가 네 카드를 볼 것도 아니고 속임수를 쓸 것도 아닌데 뭘."

그러나 이는 거짓말이었다. 찰리가 흥분해서 손을 너무 빨리 움직여서 미나는 찰리의 수화를 이해하기 어려웠다.

"그래, 하지만 그건 그때 한 번 뿐이었어."

찰리는 수화를 계속했다.

"맞아. 우노(Uno)게임에서 속임수를 한 번 더 썼어."

찰리가 그래도 멈추지 않자, 미나는 도중에 끼어들었다. "그래 맞아. 나는 카드게임 할 때마다 속임수를 썼어. 하지만 내가 속이는 걸 너한테 들키지 않는다면 그게 정말 속임수일까?" 미나가 웃었다.

현관문을 두드리는 소리가 계속되었다. 찰리는 미나를 노려보며 자신의 카드를 한 장도 빠짐없이 챙겨 들고 현관으로 갔다. 찰리는 카드를 가슴에 품은 채 미나를 피해 지나갔다. 미나는 찰리의 카드를 향해 장난스럽게 팔을 휘두르며 카드를 떨어뜨리려고 했다.

현관 앞에 있는 사람은 점점 인내심을 잃어갔고 자물쇠로 열쇠를 집어넣는 소리가 났다. 미나는 바닥에 놓아 둔 목발을 무기로 사용하려고 쥐었다. 문이 활짝 열렸고 아주 자그마한 중국인 여성이 양손에 짐을 가득 든 채 들어왔다. 집주인 왕 부인이었다. "미이나, 왜 이렇게 오래 기다리게 한 거야. 이리로 얼른 안 오면 몸보신 만두는 못 먹을 줄 알아."

왕 부인은 커다란 그릇과 장을 볼 때 쓰는 작은 천 가방을 들고 작은 부엌으로 종종거리며 들어왔다. 찰리는 카드게임은 잊어버리고 왕 부인이 식탁 위로 올려놓는 음식들을 기대에 차서 바라보며 식탁 의자로 뛰어올랐다.

처음에 미나는 왕 씨네 중국집 위에 사는 것이 싫었다. 가족

중 누구라도 밤에 창문 닫는 것을 잊어버린 날에는 옷에 중국 음식 냄새가 배었기 때문이다. 하지만 이제 미나는 다른 곳에서 사는 건 상상도 할 수 없었다. 왕 부인은 미나와 그녀의 동생에게는 대리 할머니와 같은 존재였다. 왕 부인은 명절마다 선물을 주었고, 일 년 내내 마음껏 먹을 수 있는 각종 만두를 챙겨주면서 그들을 응석받이로 만들었다. 그런 행동들은 금전적으로 어려운 미나의 가족에게는 정말 고마운 축복이었다.

"아하, 미이나, 쉬고 있었구나? 침대에 누워 있어야지. 귀여운 남자애를 만나려면 더 건강해져야 해. 알았지?" 왕 부인은 미나네 부엌을 마음대로 돌아다니며 접시와 식기류를 꺼내어 식탁을 차리면서 존재하지도 않는 미나의 연애생활에 대해 자신의 의견을 주저 없이 말했다.

미나는 동생이 앉아 있는 식탁 옆으로 절뚝이며 갔고, 원하지 않는 연애조언을 계속해서 들었다. 미나는 만두가 든 용기를 열었고, 왕 부인의 조언을 건성으로 들으며 한 개를 통째로 입 안에 넣었다.

왕 부인은 미나에게 자기 남편인 왕 씨처럼 여자를 위할 줄 아는 남자를 찾지 못한 것을 질책했다. "우리 남편 리우 같은 멋진 남자를 만나. 그럼 다시는 숲에 혼자 남는 일은 없을 거야. 그 제라드 녀석은 안 돼. 그 애는 골치 아파."

미나는 깜짝 놀라 목에 만두가 걸렸다. 왕 부인은 주저하지 않고 만두 조각이 미나의 목구멍에서 빠질 때까지 미나의 등을 세게 때리기 시작했다. 미나와 엄마는 제라드가 미나를 숲에 버렸다는 이야기를 누구에게도 한 적이 없었다. 제라드는 페이였기 때문에 미나와 엄마는 지금보다 더 큰 문제를 일으키고 싶지 않았다. 그래서 그 사실은 신문이나 뉴스, 어디에서도 언급되지 않았다.

미나는 왕 부인은 같은 건물에 살고 있고, 왕 부인이 있는 곳에는 어떤 비밀도 있을 수 없기 때문일지도 모른다고 생각했다. 아니면 지난주에 옥상에서 제라드와 자신이 함께 있는 것을 보았는지도 모른다고 생각했다. 미나는 질문을 더 하고 싶었지만 그때 현관문이 열리며 사라가 약간의 식료품을 손에 들고 안으로 들어왔다.

사라는 음식을 보고 아주 흥분했다. "오, 메이. 너무 멋진 깜짝 선물이네요! 너무 고마워요." 사라는 이 자그마한 중국인 여자에게 다가가 포옹을 했다.

왕 부인은 재빨리 중국어로 뭐라고 말했다가 영어로 다시 말했다. "미이나에 대해 들었어. 미이나가 아주 빨리 나으려면 좋은 음식이 필요해."

미나의 엄마가 자신이 사온 식료품을 정리하느라 분주한 사이 왕 부인은 미나에게로 조용히 뒤뚱거리며 다가왔다. 왕부인은 앞치마에 손을 넣어 겉봉에 금색의 한자가 적힌 조그만 하얀 종이봉투를 꺼냈다. "이거, 오늘 밤에 마셔. 아줌마처럼 건강하게 만들어줄 거야." 왕 부인은 격려하듯 자신의 가슴을 가볍게 쳤다. "이것은 우리 집안의 비밀 조제약이야. 의사가 처방해 주는 약보다 더 좋아. 아주 좋아." 왕 부인은 천천히 손가락을 입술에 갖다 대고는 미나에게 윙크를 했다.

미나는 당황해서 더 물어보려고 했지만 왕 부인은 자신이 가져온 가방들을 챙겼다. 그러면서 왕 부인은 엉터리 영어와 중국어를 섞어서 정신없이 말하며, 그녀의 시선을 끌려고 하는 미나의 노력을 보란 듯이 무시했다.

미나의 엄마는 식탁을 차리려는 것을 도우려고 했지만, 왕 부인은 허락하지 않았다. 왕 부인은 사라의 손을 찰싹찰싹 때리며 내쫓았고, 중국어로 궁시렁대며 짜증을 냈다. 왕 부인은 그녀의 아주 높은 기준에 맞춰 가지런하고 질서정연하게 푸짐한 식탁을 차려 놓고 스스로 만족한 채 짧은 인사를 하고 미나를 피하며 집을 나갔다.

미나는 어안이 벙벙한 채 식탁 아래에서 그 작은 종이봉투를 손으로 더듬었고, 봉투 겉면의 금색 한자를 손가락으로 계속 만졌다. 미나는 왕 부인에게 이게 뭐냐고 묻고 싶었고 엄마에게도 물어보고 싶었다. 하지만 왕 부인이 일부러 엄마 몰래 준 것을 보아 그러면 안 될 것 같았다. 미나는 순간 이것이 독일지도 모른다고 생각했다. 하지만 다시 생각해보면 왕 씨 부부는 미나네 가족에게 친절 외의 다른 행동을 보인 적이 없었기 때문에 그건 아닐 거라고 생각했다.

미나는 왕 부인이 마음을 바꾸고 다시 돌아오지 않을 거라고 확신하자 엄마에게 학교에서 일어났던 일에 대해 말하기 시작했다.

"엄마, 그 일이 다시 시작되고 있어요." 미나는 뜨거운 수프가 담긴 그릇을 휘저으며 무심하게 말하려고 애썼다.

"얘야, 뭐가?" 사라가 물었다. 사라는 볶음국수가 담긴 통을 열어 기대하며 기다리고 있는 찰리에게 1인분을 퍼주었다.

미나는 오렌지치킨 한 조각을 포크로 찔러 들고 호호 불었다. "어, 아시잖아요. 그거, '스'로 시작하는 그거요." 미나는 밥을 한 숟가락 떠서 먹었다.

엄마의 손이 허공에서 얼어붙었다. 내면의 혼란이 그녀의 표정과 떨리는 손에 드러났다. 하지만 그라임가의 이 두 여성은 찰리한테 감정을 숨기는 일에 전문가가 되어가고 있었다. 사라는 긴장해서 침을 꿀꺽 삼켰지만 나머지 음식들을 배분하는 일을 계속했다.

"아, 그렇구나."

"네, 학교에서, 음, 생물학 실험실이 흥미로웠어요. 거기 유리병에 든 표본들이 평소와 달랐다고 할까요. 말하자면 그것들이 아주 활기가 넘쳤어요." 미나는 이렇게만 말을 하고는 입을 다물었다.

미나는 찰리가 식탁에 앉아 있는 모습을 보았다. 찰리는 헐크 티셔츠에 배트맨 벨트와 망토를 걸치고 보통 때처럼 과하게 입고 있었다. 찰리의 작은 발은 찰리가 제일 좋아하는 장화를 신은 채 즐겁게 앞뒤로 흔들리고 있었다. 찰리는 국수를 먹으면서 시끄럽게 후루룩거렸다. 다 먹고 나자 찰리는 씨익 웃었다.

찰리는 절대 바보가 아니었지만 미나는 찰리를 걱정하게 하고 싶지 않았기 때문에 찰리가 있는 곳에서는 절대 얘기하고 싶지 않은 것들이 있었다. 미나는 엄마에게 그들 가족이 더 이상은 도망 다닐 수 없다고 설득시켰었다. 미나 자신이 그림의 임무를 맡아 그림 과제들을 완수하면서 가문의 저주를 푸는 일에 제 몫을 다해야 한다고 말했었다. 그리고 사라는 마지못해 동의했지만, 한 가지 조건을 내걸었었다. 가능하면 찰리를 절대 놀라지 않게 하는 것이었다.

미나의 엄마는 찰리의 머리를 다정하게 쓰다듬었다. "내가 많이 걱정해야 할 일이 있니?"

사라의 갈색 눈에 눈물이 고였지만 그녀는 우유를 꺼내러 냉장고로 갔고 눈물을 잘 숨겼다. 미나는 엄마가 식탁으로 돌아오기 전에 앞치마로 눈물을 급히 닦는 것을 보았다. 사라가 식탁에 앉았을 때 그녀의 눈은 빨갰고 심각한 표정이었다.

"아니요, 그냥 사소한 일이었어요. 어떤 큰일도 없었어요." 한 번은 미나가 애완동물 가게에 들어갔을 때 온갖 종류의 동물들이 별나게 행동하기 시작했었다. 동물들이 우리에서 나오려고 했고, 새들은 미나에게 끔찍한 경고의 말을 했었다. 또 한 번은 미나가 진짜 동화 속 '거위치는 소녀'가 된 것처럼 거위가 뒤를 계속 쫓아온 적도 있었다.

"나는 일이 다시 일어나기 전에 시간이 좀 더 많이 있길 바랐었는데…… 지금 우리에게는 그리모어도 없으니까……." 사라는 말끝을 흐렸다. 사라는 다음 몇 분 동안 아이들이 밥을 먹는 것을 쳐다보며 조용히 식탁에 앉아 있었다. 그런 다음 자신이 먹다 남긴 계란탕 그릇을 집어 들고 싱크대에 놓았다.

미나는 아무 말도 하지 않는 편이 낫다는 것을 알았다. 미나는 엄마가 자신의 접시를 미친 듯이 씻고는 남은 음식을 치우고 두통이 있다며 방으로 들어가는 것을 아무 말 없이 지켜보았다.

찰리는 식사를 마치고 식탁에서 벌떡 일어나 작은 거실로 달려갔고, TV를 켜고 저스티스 리그(Justice League of America: 온갖 슈퍼히어로들이 등장해 팀을 결성하는 미국 만화를 원작으로 한 애니메이션) 만화를 열중해서 보았다.

미나는 식탁에 홀로 남아 수프 그릇을 바라보았고, 아무것도 먹을 수 없다는 것을 깨달았다. 미나는 자신의 그릇을 식탁에 그대로 놔둔 채 자리에서 일어나 자신의 작은 방을 향해 낑낑대며 한 발로 뛰어갔다.

미나의 엄마는 가정집을 청소하는 일을 했지만, 미나의 방에 들어와 십 대 딸이 만들어 낸 참사를 청소하지는 않았다. 바닥 여기저기에는 한 번 입은 옷들 더미, 더러운 빨래 더미, 잡지 더미가 널브러져 있었다. 미나는 어질러져 있는 물건들의 미로를 힘겹게 지나가면서 방을 청소해놓지 않은 것을 후회했다.

미나는 의자를 당겨 중고물품 세일에서 산 중고 책상 앞에 앉았다. 그것은 여기저기 칠이 벗겨져 페인트칠이 필요한 상태였지만, 미나는 그럴 짬을 내지 못했다. 미나는 얇은 크림색 종이봉투를 열었고, 작은 티백 하나가 달랑 들어 있는 것을 보고 놀랐다. 미나는 티백을 꺼내 자세히 살피면서 찻잎의 성분이 뭔가 보려고 했지만, 특별히 이상한 것을 발견하지는 못했다. 모든 것이 평범해보였기에 미나는 전기포트의 스위치를 누르고 물이 끓기를 기다렸다.

전기포트는 토스트기와 팝타르트(Pop Tart: 토스트기에 구워 먹는 쨈이 들어간 페스트리 과자) 다음가는 최고의 발명품이었다. 미나는 자신의 전기포트를 거의 매일 사용했다. 미나는 깨끗해 보이는 컵을 하나 찾아서 닦아냈다. 미나는 그 도자기 머그잔에 뜨거운 물을 조심스럽게 부었고, 천천히 티백을 집어넣고 살짝 흔들었다. 미나는 물이 찻잎 색깔과 같은 초록색이나 갈색으로 변하기를 기다렸지만 그러지 않았다. 티백에서 금색 액체가 스며 나와 물 표면에 뜬 채 반짝였고, 저녁의 어스름한 빛을 반사했다.

미나는 그 금빛 액체가 컵 안에서 소용돌이를 일으키더니 천천히 물 아래로 가라앉아 사라지는 것을 숨 죽이고 지켜봤다. 머그컵이 갑자기 너무 뜨거워져서 미나는 하마터면 컵을 떨어뜨릴 뻔했지만 얼른 정신을 차리고 책상 위에 컵을 내려놓았다. 그러고는 약간 데인 양 손바닥을 청바지에 비볐다. 티백은 그대로 잠겨 있었지만 컵에서 나오던 김이 금세 사라졌고, 갑자기 컵 표면이 서리로 뒤덮이기 시작했다.

미나는 깜짝 놀라 책상을 밀어 책상과 저주받은 티백에서 멀어졌다. 하지만 미나의 바퀴 달린 의자는 1미터도 못 가 빨래더미에 걸려 넘어졌고, 미나는 바닥에 떨어졌다. 미나는 넘어지면서 의자에 청바지가 끼자 그것을 빼려다 제일 아끼는 청바지를 찢었다. 미나는 숨을 가쁘게 쉬며 책상 위를 올려다보았고, 이 비정상적인 현상으로부터 허둥지둥 기었다 뛰었다 하며 침대 위로 피신했다. 미나는 침대 위에 웅크리고 앉았고, 컵을 경계하며 바라봤다. 미나는 컵이 곧 언제라도 수백만 개의 조각으로 산산이 부서질 거라고 생각했다.

몇 분이 지나고 컵이 아직 그대로 있자 미나는 좀 더 살펴보기로 마음먹었다. 미나는 다시 책상 앞에 앉았다. 미나는 컵을 살펴보려고 아주 조금씩 다가갔다. 그런데 서리는 사라지고 없었다. 미나는 이 모든 것이 어쩌면 자신의 상상인지도 모른다고 생각했다. 미나는 플라스틱 스푼을 쥐고 컵 안에 집어넣었다. 스푼을 꺼내면서 미나는 스푼이 반쯤 녹아 없어졌을 거라 생각했지만 스푼은 멀쩡했다.

미나는 어리둥절한 채 머그컵 안의 차 냄새를 맡았지만, 평범한 얼그레이 티 향이 났다.

산들바람이 불더니 책상 위 종이들이 살짝 날렸다. 미나는 책상 옆의 창문을 흘깃 보고 창문이 열린 것을 발견했다. 미나는 손을 뻗어 창문을 닫았다. 미나는 '어쩌면 갑자기 불어온 찬 바람에 뜨거운 차가 담긴 컵 표면에 물방울이 생겼던 건지도 몰라, 아니면 서리가 전혀 없었던 건지도 모르지. 지나친 내 상상력이 만들어 낸 환상이었을 수도 있고'라고 생각했다.

미나는 용기를 내어 차 안에 손가락을 담갔다가 꺼내 입 안에 넣고 맛을 봤다. 차는 약간 달콤했고, 끝 맛에 향신료 향이 살짝 났다. 설탕이나 꿀을 넣지 않았기 때문에 미나는 이상하다고 생각했다. 잠시 망설인 뒤 미나는 왕 부인이 절대로 자신에게 해가 될 만한 것을 줄 사람이 아님을 알기에 크게 마음을 먹고 차를 마시기로 결심했다. 어쩌면 이 차는 동양의 신비한 민간요법 같은 것일지도 몰랐다.

차를 마시자 미나는 몸에 긴장이 풀리면서 눈꺼풀이 무거워졌다. 미나는 하품을 하며 침대로 기어 올라가 누웠고, 부어오른 발목 아래에 베개를 받치는 것을 잊지 않았다. 미나는 발목 보호대를 빨리 벗어버리고 싶었지만, 의사선생님이 적어도 일주일은 더 있어야 한다고 말해서 어쩔 수가 없었다. 아직 일곱 시밖에 되지 않았지만, 미나는 더 이상 눈을 뜨고 있을 수가 없었다. 미나는 잠과의 싸움에서 졌고 결국 잠이 들었다.

"미나, 목발은 어떻게 했어?" 낸은 핸드백과 챕스틱을 사물함에 넣으며 물었다. 쉬는 시간이었고, 다음 수업이 시작될 때까지 2분 정도 남아 있었다.

"오늘 아침에 일어났더니 발목 상태가 너무 좋은 거야. 그 끔찍한 목발을 짚고 돌아다닐 필요가 없을 정도로. 사실 몸이 너무 상쾌해서 학교까지 내 자전거를 타고 왔어." 미나는 의기양양하게 씨익 웃었다.

미나가 아침에 눈을 떴을 때 발목의 붓기가 다 빠져 있었고, 발목은 완전히 말짱했다. 미나는 팔짝팔짝 뛰어도 보고 스트레칭도 하고 집의 계단을 뛰어 오르내리면서 테스트까지 했다. 미나의 엄마는 미나에게 마틴 선생님의 지시대로 목발을 사용하라고 설득하려고 했지만 실패했다. 미나는 밖으로 나가 자신의 빨간 슈윈 자전거를 타고 신나게 달렸고, 학교까지 신기록을 세우며 도착했다. 심지어 미나의 담임교사인 늙은 마녀, 포터 선생님도 오늘만은 미나에게 지각 카드를 주지 못할 것이었다.

교실로 들어갔을 때 미나는 포츠 코치가 포터 선생님의 자리에 있는 것을 보고 깜짝 놀랐다. 그 늙은 교사는 말도 없이 일찍 퇴직을 한 모양이었다. 학교에는 그런 소문이 돌고 있었다. 그게 사실이든 아니든 포터 선생님은 사라졌고 더 이상 방과 후 남기 벌을 받을 일은 없었다. 미나는 황홀했다.

하지만 이날은 최고의 날에서 최악의 날로 바뀌었다. 병원 창문에서 제라드의 모습을 살짝 본 이후로 제라드가 여전히 모습을 드러내지 않았기 때문이다. 보통 때라면 이런 일은 미나를 걱정시키지 않았을 것이다. 제라드가 자기 편할 대로 불쑥 모습을 드러내는 일에 익숙해져 있었기 때문이다.

하지만 삐죽삐죽한 머리를 한 소녀, 에버가 방과 후에 미나에게 접근하자 미나는 걱정이 되기 시작했다.

"야, 병신아!" 짜증스러운 목소리가 어디선가 낮은 목소리로 미나를 불렀다.

미나를 '병신'이라고 부르는 사람은 딱 한 명이었다. 미나는 눈알을 굴리며 뒤로 돌았고, 학교 건물 옆에서 미나에게 오라고 손짓하는 에버를 보았다.

"뭐라고?" 미나가 짜증이 나서 물었다. 미나는 학교 벽돌건물의 측면으로 5미터 정도 걸어갔다. 둘은 코너를 돌아 학생들의 눈에 띄지 않는 곳에 섰다.

에버의 짧은 검은 머리는 빗질이 거의 안 된 것처럼 보였다. 에버의 눈은 겁에 질려 동그랬고, 울었는지 아이라이너가 번져 있었다. 오늘 에버는 사립학교 교복 같은 옷 말고 검은 레깅스에 격자무늬 치마, 청재킷을 입고 있었다.

"요즘에 제라드 봤어?" 에버가 웅얼거렸다. 에버는 초조해하며 지나는 학생들을 훑었다.

미나는 제라드의 이름을 듣자 기분이 나빠서 얼굴을 찡그렸다. "아니 못 봤어. 그리고 나는 걔 유모가 아니야." 미나가 쏘아붙였다. 미나는 화가 나 있었다. 에버가 자신을 병신이라고 부른 것에 화가 났다. 게다가 이렇게 무례하게 굴면서도 여전히 자신을 도와주길 바라는 것에 더 화가 났다. 미나는 몸을 돌려 자리를 뜨려고 했다.

에버는 걱정으로 정신이 없는 게 분명했다. 에버는 자기도 모르게 미나의 팔을 잡았다. "나는 제라드한테서 일주일 넘게 소식도 못 듣고 보지도 못했어. 그건 제라드답지 않아."

미나는 에버를 진저리나는 표정으로 쳐다봤고, 에버의 손에서 팔을 빼냈다. "아니, 그건 내가 아는 제라드랑 아주 비슷한데. 자기가 원할 때만 나타났다 사라지고 자기 좋을 대로만 하는 것. 그래, 딱 제라드네."

에버는 분노했고 양손의 주먹을 꽉 쥐었다. 미나는 에버가 자신을 정말 싫어한다는 것을 알 수 있었다.

"그건 전혀 제라드답지 않은 행동이야. 제라드는 언제나 내가 부르면 며칠 안에 찾아와 내 안부를 확인했어. 그게 우리의 안전시스템이라고."

"그럼 나보다 네가 더 잘 알겠네." 미나가 쏘아붙였다. "사실 나는 걔를 다시 안 볼 수 있다면 정말 좋겠어."

에버는 헉 소리를 냈다. "그렇게 말하지 마! 너희 병신들은 니들이 누구와 상대하고 있는지 전혀 몰라. 내가 너희 모두를 싫어하는 이유가 바로 그거야."

"더 이상은 못 참아!" 미나는 화가 나서 달려들었고, 에버를 단단한 건물 벽에 밀어붙였다. "왜 자꾸 나를 병신이라고 부르는 거야? 그건 정말 무례하다고. 나한테서 도움받길 원한다면 설명하는 게 좋을 거야. 바로 지금." 미나는 자신의 말에 에버가 놀란 것은 그녀가 제라드를 걱정하느라 너무 심란한 상태이기 때문이란 것을 알고 있었다.

에버는 얼른 정신을 차리고 얼굴에 빈정대는 미소를 지었다. "이런. 나는 네가 알고 있는 줄 알았는데. 그게 우리 페이들이 너희 멍청한 그림들을 부르는 말이야."

미나의 얼굴에서 분노가 사라졌다. "너도 페이니?" 미나는 자신이 그 사실을 진작 알았어야 했음에도 왜 몰랐는지 이해할 수가 없었다. 제라드가 페이이니 다른 많은 페이를 알고 있을 것이고, 그들은 뭉쳐서 자신들만의 조직을 만들고 있을 게 분명했다. 그러나 이 어린 페이가 왜 자신이 제라드의 행방을 알고 있을 거라고 생각하는지 미나는 이해할 수 없었다.

에버는 벽에서 떨어져 한 걸음 앞으로 나왔는데 키가 약간 더 커 보였다. 에버는 반항적으로 턱을 쳐들며 햇빛 속으로 들어갔다. 미나는 에버 주위로 희미한 빛이 나는 것을 본 듯한 느낌이었다. 에버가 오른쪽으로 90도 몸을 돌리자 그녀의 등이 보였고 그것이 보였던 것이다.

진한 자줏빛과 푸른빛의 진주광택이 나는 아름다운 날개 한 쌍이 에버의 등에서 솟아났다. 날개는 끝이 뾰족했고 미나가 상상했던 요정의 날개보다 더 삐죽삐죽했지만, 미나는 그것이 에버의 날카로운 성격과는 잘 어울린다고 생각했다. 에버는 눈을 감았고 햇빛 밖으로 나왔다. 에버는 잠시 집중을 하더니 날개를 사라지게 했다.

"너는 요정이니?" 미나가 놀라워하며 물었다.

"하! 세상에, 절대 아니야! 걔들은 언제나 행복하고, 재잘거리는 멍청한 바보들이야. 나는 픽시(pixie: 귀가 뾰족한 작은 사람 모양의 요정)라고."

"픽시랑 도깨비가 그렇게 잘 지내는 줄은 몰랐네." 미나는 자기도 모르게 생각한 것을 소리 내어 말했다.

"도깨비라고!" 에버가 비웃었다. "아니. 도깨비와 픽시들은 철천지원수야. 그놈들은 우리의 날개를 뜯어버리고 마치 사탕처럼 먹어버려. 역겨워! 절대 아니야. 나는 도깨비 근처에는 절대로 안 가."

이 새로운 정보에 미나는 어리둥절했다. '에버는 왜 제라드의 진짜 모습을 모르는 거지? 그게 아니라면—' 미나는 자신의 생각을 에버에게 확인해보려고 했지만 픽시가 얼른 말을 꺼냈다. "너랑 대화해서 정말 즐거웠어. 여자애들처럼 수다도 떨고. 그런데 이젠 그만할래. 내가 제라드랑 얘기할 수 있게 해줄 거야 말 거야?"

미나는 에버가 바라보는 게 불편해서 자세를 바꾸었다. "어, 그래, 물론이야. 네가 원할 때마다 제라드와 얘기를 해도 돼. 허락해 줄게. 그리고 제라드를 보면 그날 나를 그렇게 숲에 버려두고 간 것을 고마워한다고 전해줘."

에버의 얼굴이 창백해졌다. "미나, 하나도 재미없어." 이것은 에버가 처음으로 미나의 이름을 부른 것이었다.

"이봐, 에버. 내가 제라드랑 어떤 관계라고 생각하는지는 모르겠지만 우린 그렇게 가까운 사이가 아니야. 나는 너를 도와줄 수가 없어." 미나는 돌아섰고 백팩을 어깨에 멨다.

"아니, 잠깐만. 미안해." 에버는 매우 상심한 듯했고, 구두 앞부리를 자갈에 비비면서 자신의 검은 부츠를 내려다보았다. 에버는 크게 한숨을 쉬더니 미나를 바라보았다. 에버가 감추고 있던 약한 모습이 얼굴에 드러났다. "너를 병신이라 부르고 네게 무례하게 굴어서 미안해. 그건 픽시로서의 내 방어기제였어. 알다시피 우리는 먹이사슬에서 낮은 곳에 있는 편이니까."

미나는 놀라서 눈을 깜박였다. "음, 사과를 받아들일게."

에버는 안도의 한숨을 내쉬었다. "좋아. 다행이야. 이제 제라드가 괜찮은지 알아봐……."

"에버." 미나는 화가 나서 한숨을 쉬며 에버의 이름을 불렀다. "아까부터 말했잖아. 나는 제라드가 어디에 있는지 몰라. 어디에 있는지 모르니까 잘 있는지도 알 수 없어."

"하지만 네가 그를 불러냈잖아! 네가 부르면 제라드는 너에게 갔다고." 에버는 매우 혼란스러워했다.

"아니, 나는 제라드를 불러낸 적이 없어. 나는 걔 전화번호조차 몰라." 미나는 이 대화에 진절머리가 났다. 미나는 어쩌면 바보는 그림이 아니라 페이들일지 모른다고 생각했다.

조금 전까지 용서를 빌고 미안해하던 에버의 모습은 순식간에 사라지고 크게 소리를 지르는 화난 픽시로 변해 버렸다. 그녀는 화가 나서 목소리가 더 커졌고, 두 눈은 이글거리고 눈빛이 어두워졌다. 미나는 차가운 바람이 부는 것을 느꼈다. 바람이 불어 땅에 있던 낙엽들이 날아올랐고, 에버 주위로 소용돌이쳤다.

"이 병신! 그걸 잃어버린 거야, 그렇지! 어떻게 그렇게 멍청하고 경솔한 짓을 할 수가 있어?"

"무슨 얘길 하는 거야?" 미나가 소리쳤다. 하지만 에버는 등을 돌렸고 주머니에서 은색 립스틱처럼 보이는 것을 꺼냈다. 에버는 립스틱 뚜껑을 열었고, 허공에 사람크기만 한 타원을 그리기 시작했다. 그 은색 립스틱은 불꽃을 내며 휙휙 움직였고, 에버가 그린 자리에는 반짝이는 선이 나타났다. 잠시 후 그 타원이 빛을 내기 시작했고, 타원 뒤에 보이던 학교 잔디가 사라지고 빛으로 가득한 문이 나타났다.

"에버, 그게 뭐야? 뭘 하고 있는 거야?" 미나는 문에서 쏟아져 나오는 눈부신 빛을 손으로 가리며 물었다. 어렴풋이 저 너머에서 은색과 하얀색 나무들의 윤곽이 보였다.

"네가 그리모어를 잃어버렸잖아, 이 멍청아! 큰 혼란이 일어나서 뭔가 나쁜 일이 생기기 전에 누가 여왕한테 가서 알려야 해." 에버는 빛나는 문을 향해 다가갔고 들어가기 전 뒤를 돌아 미나에게 마지막으로 쏘아붙였다.

"나는 그림들 중에서 네가 가장 큰 문제를 일으킬 거라는 것을 항상 알고 있었어. 나는 제라드에게 너는 그리모어를 가질 자격이 없다고 말했어. 나는 처음부터 네가 잘못된 선택이었다는 것을 알았고, 내 말이 맞았어."

에버가 빛나는 문 안으로 들어가자 에버도 페이 세상으로 가는 문도 모두 사라져버렸다. 미나는 혼자 남겨졌다. 미나는 나쁜 일이라는 게 뭘까 궁금해하며 그 자리에 오래도록 서 있었다.

제 16 장

오두막 파티

낸의 오두막 파티로 가는 길은 지루하고 별다른 일이 없었다. 사라는 그리모어를 잃어버려 상심한 미나를 계속 위로했지만 도움은 되지 않았다. 사라가 운전하는 녹색 4도어 스바루 스테이션왜건(뒷좌석을 젖혀 차내의 뒤쪽에 짐을 실을 수 있는 승용차)은 이제 고속도로에서 벗어나 길도 잘 보이지 않는 흙길로 들어섰다.

"이쪽으로 가는 게 정말 맞니?" 사라가 미나에게 물었다.

미나는 공책을 찢은 종이를 똘똘 뭉친 것을 꺼내 다시 확인했다. 여덟 번째였다.

"네, 고속도로를 타고 남쪽으로 49킬로미터 간 뒤에 분기점에서 우회전, 아나와취(Anawatchie) 길에서 좌회전, 그리고

6.5킬로미터 더 가서 길 오른쪽에 나오는 첫 번째 비포장도로로 들어가면 돼요. 오두막은 길 왼쪽에 있고요."

비포장도로는 언덕을 따라 내려가다가 길이 더 좁아졌고 왼쪽으로 급커브를 돈 뒤에 곧 철제 다리가 나왔다. 얼핏 보아도 이 다리는 자동차 두 대가 지나기에는 좁아보였고 그들의 스바루 자동차는 보통 차보다 약간 더 컸다. 사라는 차의 속도를 줄이고 창문을 열고 다른 차가 오는 소리를 확인한 다음 액셀을 밟고 속도를 내며 다리를 건넜다.

"세상에, 겨울에는 이 길로 운전은 못할 것 같다." 사라는 긴장한 채 싱긋 웃었다.

"음, 그럴 일은 없을 거예요. 오두막은 겨울에는 열지 않거든요." 미나는 유쾌한 기분이 아니었다. 사실 아주 언짢은 상태였다. 마지막으로 에버가 했던 말이 미나의 머릿속을 떠나지 않았고, 그리모어 없이는 휴식도 위안도 찾을 수 없었다. 미나는 퇴원한 후에도 병원에 가서 많은 간호사와 의사, 병원 직원들에게 물어도 보았고 분실물보관소를 샅샅이 뒤져보기도 했었다. 하지만 아무것도 나오지 않았다. 그 누구도 미나의 공책을 본 사람은 없었다.

사라는 공책을 잃어버린 것을 위로하려고 애썼지만 본인도 딸만큼이나 걱정하고 있었다. 사라는 그리모어를 찾으려고 매일 병원을 들렀다. 결국 미나와 엄마는 그리모어를 숲에서 잃어버린 것이라고 결론 내렸다. 달리 설명할 길이 없었던 것이다. 미나는 마지막으로 그리모어를 갖고 있던 때를 떠올리려고 했지만, 미나는 곰이 공격하던 때와 병원에 실려 온 때 사이였던 것만 기억할 수 있었다. 사실 미나는 제라드가 자신을 숲에 버려두고 간 뒤의 기억이 전혀 없었다.

미나에게 위로를 주는 단 한 가지 사실은 잭 삼촌은 그리모어 없이도 혼자서 페이 동화 몇 개를 성공적으로 끝냈다는 것이었다. 자신은 잭 삼촌보다 좀 더 영리하게 굴고 기지를 더 잘 발휘하기만 하면 된다고 생각했지만 이내 잭 삼촌이 죽은 사실을 떠올렸다.

"애야, 머릿속이 복잡하다는 것을 알아." 사라가 다정하게 미나에게 말했다. "하지만 모든 게 다 잘 될 거야. 분명히."

사라는 길에서 눈을 떼지 않은 채 조심스럽게 손을 뻗어 딸의 머리를 쓰다듬었다.

하지만 미나가 불안해하는 것은 그 때문이 아니었다. 차 안에 있기는 했지만 사방이 나무로 둘러싸인 곳에 있는 게 미나를 정말로 심란하게 했다. 미나는 숲에 버려졌던 일이 자꾸 떠올라 숨을 쉬기 힘들었고 집중이 되지 않았다. 그런데 길이 다시 넓어지더니 저 멀리 아주 맑고 푸른 호수와 아주 커다란 3층짜리 삼나무 집이 보였다.

그것은 미나가 상상했던 작은 나무오두막이 아니었다. 숲 한 가운데 있는 통나무로 만든 거대한 사냥용 오두막이었다. 차를 점점 가까이 몰고 가자 미나는 그들이 파티에 일찍 온 편

219

이 아니라는 것을 알게 되었다. 적어도 스무 대의 자동차들이 풀이 난 진입로를 따라 주차해 놓은 게 보였다. 미나의 반 친구들 중 많은 아이가 이미 수영복을 입고 호숫가의 작은 나무 부두에서 물속으로 뛰어들고 있었다. 또 다른 많은 아이가 돌을 쌓아 만든 고급 캠프파이어 자리 옆에서 놀고 있었다. 흙바닥에서 비치발리볼을 하는 아이들도 있었다.

미나네 자동차는 아주 낯익은 검은색 SUV를 지나쳤고, 미나는 긴장해서 심장이 쿵쾅거렸다. 브로디도 벌써 와 있었다. 미나는 마음을 진정시키려고 애썼지만, 엄마와 어린 동생이 태워다준 자동차에서 내릴 때는 약간 창피했다.

"내일 저녁에 데리러 올게. 재미있게 놀아." 미나가 차에서 내릴 때 사라가 큰 소리로 말했다. 미나는 아무도 다음 날까지 남지 않아 다행이라 생각하며, 주말 동안 입을 여분의 옷을 넣은 기다란 원통가방을 들었다. 사라가 차를 돌려 가족 전통대로 경적을 두 번 울리고는 손을 흔들며 작별인사를 했고, 미나의 창피함은 절정에 달했다.

엄마와 동생이 탄 차가 멀어지고 더 이상 엄마 차의 미등이 보이지 않자, 미나는 용기를 내어 근처에서 웃고 떠들고 있는 친구들 무리에 다가갔다. 그런데 가장 가까이 있던 여자애들 중에는 사반나 화이트와 프리실라 로즈가 있었다.

"아아. 귀여워라, 그라이미. 엄마가 차를 태워주셨구나. 아직도 엄마가 침대 정리를 해주고 점심도 싸 주시니?" 사반나는 자신이 한 농담에 기분 나쁘게 깔깔거렸다.

미나는 짜증이 나 목뒤의 털이 쭈뼛 서는 것을 느꼈다. 웨이브 진 밝은 금발머리의 이 여왕은 고약한 성미에도 불구하고 빨간 반바지에 흰색 줄무늬의 빈티지 티셔츠와 샌들을 신고서 여전히 놀랍도록 아름다웠다.

"어, 아니, 사반나. 오늘은 기사가 쉬는 날이라서 엄마가 태워주신 거야." 미나가 되받아쳤다. 미나는 자신의 재빠른 응수에 놀랐다. 하지만 여자애들은 곧바로 다른 공격을 퍼붓기 시작했다.

미나는 사반나와 그녀의 추종자들을 무시하면서 이를 갈며 계속 걸어갔다. 그러나 어디로 가야 할지 알 수가 없었다. 미나는 스티브와 프랭크가 호숫가에서 서로 밀치고 있는 것을 보았다. 장난스러운 몸싸움은 결국 둘 다 호수에 빠지자 끝이 났다. 미나는 낸이 집 안에 있을 거라고 생각해 집 안을 살펴보기로 했다.

오두막으로 가는 길은 디딤돌이 놓여 있었고, 길가는 치자꽃으로 장식되어 있었다. 멋진 테라스가 오두막을 두르고 있었고, 테라스에는 흔들의자와 벤치들, 임시 그네가 배치되어 있었다. 미나는 테라스를 따라 건물 뒤쪽으로 갔다. 뒤에도 앉아서 쉴 수 있는, 값비싼 야외 벽난로와 담요가 준비된 또 다른 야외공간이 나왔다. 미나는 살짝 질투가 났다. 미나는 뒷문을 통해 안으로 들어갔고 집의 중심인 부엌이 곧장 나왔다.

부엌은 최신식 가전제품들과 대리석 조리대, 세 개의 오븐, 실내용 그릴, 그리고 거대한 아일랜드 조리대가 있었다. 미나는 낸이 아일랜드 위에 앉아 두 명의 다른 아이들에게 신나서 얘기하고 있는 것을 발견했다.

"미나, 다행이다. 드디어 왔구나. 누가 왔는지 봐봐." 낸은 같이 있는 사람들을 가리켰고, 미나는 한 명을 즉시 알아보고 자리에 멈추었다. 브로디가 어떤 여자애와 같이 있었다. 그러나 짧은 금발머리의 아이는 여자애가 아니라 브로디의 사촌 발데마르였다.

브로디와 발데마르 둘 모두 미나를 향해 몸을 돌렸다. 브로디는 재빨리 다른 곳으로 시선을 돌려 눈을 피했고, 발데마르는 미나에게 걸어와 마치 오랜만에 본 친구인 것처럼 따뜻하게 반겼다.

"만나서 반가워, 니나." 발데마르는 두 팔을 벌렸고 짧지만 어색한 포옹을 했다.

"나도 만나서 반가워, 발데마르. 근데 내 이름은 미나야." 미나가 정정했다.

"그래, 나도 그렇게 말했는데, 아가씨. 잘못 들었나 보구나. 그리고 오늘은 그냥 피터라고 불러." 발데마르는 뒷걸음질 치며 아일랜드에 몸을 기대다가 우연히 낸의 어깨를 밀었다. 낸의 볼이 빨갛게 달아올랐고, 피터를 향해 눈을 반짝였다가 얼른 눈을 돌렸다.

브로디는 인사를 하며 고개를 끄덕였고, 미나와 눈이 마주쳤다. 브로디의 눈에서 뭔가 묻고 싶은 눈빛이 살짝 보였다. 미나는 그날 밤 브로디가 미나에게 다가와 말을 걸 거라는 것을 확신했다. 미나는 뒤를 돌아 음식과 음료가 가득 차려진 테이블을 보았다. 미나는 이것과 똑같은 음식이 가득한 테이블을 밖에서도 보았었다. 미나는 낸의 엄마와 마틴 선생님은 정말로 파티를 제대로 열 줄 아는 사람이라고 생각했다. 미나는 잠시 여기가 어딘지 잊고 있었지만, 그때 보트 엔진에 시동이 걸리는 소리가 나서 창밖의 호수를 쳐다보았다.

마틴과 베로니카가 아이들을 고속 모터보트에 태워 호수로 나가는 것이 보였다. 마틴은 보트를 호수 중간까지 천천히 몰고 간 다음 전속력으로 보트를 몰기 시작했고, 형광오렌지색 구명조끼를 입은 네 명의 십 대아이들은 신나서 비명을 질렀다. 미나는 그들을 넋을 잃고 바라보았다. 보트가 위험천만한 속도로 호수를 가로지르며 경쾌하게 미끄러져 나아갔고, 아이들은 하얀색 보트 위에서 통통거리는 작은 오렌지색 공들처럼 보였다.

미나는 낸이 왜 피터와 부엌에 숨어 있는지 그 이유를 분명히 알 수 있었다. 피터가 눈에 띄게 되면 아이들이 피터가 가는 곳마다 몰려들 테니 낸이 그렇게 한 것이다. 낸은 가능한 오랫동안 피터를 손님들에게 숨길 작정이었다. 미나는 낸이 어떻게 사람들이 피터를 알아보지 못하게 할 것인지 알 수 없었지만, 그 일을 자신이 할 필요가 없다는 것에 안도했다.

브로디가 미나를 따라 음식 테이블로 왔고, 종이접시에 한 입 크기의 네모난 샌드위치들을 담기 시작했다. 미나는 2리터짜리 콜라병을 들고 파란색 플라스틱 컵에 탄산이 부글거리는 맛있는 음료를 따랐다. 그 순간 낸이 허를 찌르는 질문을 했다. "미나, 요즘 제라드 못 봤어? 걔도 초대했는데 요즘에 학교에서 안 보이데."

낸은 순진하게 물었지만 미나는 그 질문을 듣고 깜짝 놀라 들고 있던 콜라병을 놓쳤다. 콜라병은 컵으로 떨어졌고 컵과 콜라병 둘 다 바닥으로 떨어졌다. 2리터짜리 콜라병이 자국을 남기며 테이블 아래로 굴러들어갔다.

"젠장!" 미나는 얼른 무릎을 꿇고 테이블 아래로 기어들어가 콜라병을 세웠다. 미나는 냅킨 뭉치를 들고 콜라가 쏟아진 난장판을 되는 대로 닦아냈다. 하지만 바닥을 닦기에 냅킨이 한참 부족했다.

브로디가 테이블 아래로 몸을 숙여 미나에게 냅킨을 한 뭉치 더 건넸다. 그러고는 다른 냅킨 뭉치를 들고 빠른 속도로 퍼지고 있는 물웅덩이를 닦았다. 미나는 당황해서 손이 떨리고 볼과 목이 화끈거림을 느꼈다. 미나는 닦는 것을 멈추고 브로디를 힐끗 보았다. 브로디는 그의 푸른 눈을 돋보이게 하는 파란색 셔츠를 입고 있었다. 브로디가 아주 가까이 있어 그의 향수 냄새를 맡을 수 있었다. 브로디는 미나가 쳐다보는 것을 느낀 게 분명했다. 미나를 똑바로 바라보며 살짝 미소를 지었기 때문이다.

미나는 쳐다보고 있던 것을 들킨 게 너무 창피해서 벌떡 일어나다가 머리를 테이블에 부딪쳤다. 테이블이 오른쪽으로 7센티미터 정도 움직였다. 신사적인 브로디도 어쩔 수 없었다. 이 장면을 보고 웃지 않을 사람은 없었다.

미나는 쏟아진 음료와 축축한 냅킨 위로 다시 털썩 주저앉았고, 브로디는 덤벙대는 미나를 보고 키득거렸다. "괜찮아?" 브로디가 웃음을 참으며 물었다.

미나는 머리를 움켜쥐고 테이블을 적의 가득한 눈빛으로 노려보았다. "아니, 절대로 괜찮다고는 말 못하겠어."

미나의 머리 위로 테이블이 움직였다. 낸과 피터가 무거운 떡갈나무 테이블을 들어 옮겼기 때문이다. 낸은 자루걸레를 찾아왔고 피터는 커다란 종이 타월 한 롤을 가져왔다. 둘은 미나와 브로디 사이에서 미나가 만든 난장판을 순식간에 치웠다.

자신이 저질러 놓은 난장판을 록스타와 브로디가 치우게 만든 창피함은 말로 설명할 수 없었다. 더 끔찍한 것은 자신이 갈색 음료에 흠뻑 젖어버렸다는 사실이었다. 음료가 미나의 온 셔츠와 반바지에 잔뜩 묻어 있었다. 미나가 울기 직전이 되었을 때 또다시 낸이 미나를 구해주었다.

"저기." 낸이 미나의 손을 잡고 옆으로 데려가며 속삭였다. "위층으로 올라가. 오른편 첫 번째 문이 손님방이야. 네가 오늘 밤 잘 곳. 여분의 옷 가져왔지? 가서 갈아입고 네 옷은 위층에 있는 세탁기에 던져놔." 낸이 격려하듯 미나의 어깨를 토닥거렸고 미나를 위층으로 떠밀었다.

미나는 터덜터덜 계단을 올라갔다. 걱정과 긴장감 때문에 발이 무거웠다. 미나는 침실을 찾았고, 자신의 가방을 열고 제일 처음 보이는 반바지와 티셔츠를 꺼냈다. 옷이 잘 어울리는지 신경 쓸 생각도 없었다. 천천히 화장실로 들어가 새 옷으로 갈아입고 젖은 옷은 빨았다. 미나는 부엌으로 돌아가는 시간을 늦추려고 느릿느릿 움직였다.

사람들이 가득한 파티에서 미나는 완전히 혼자라고 느꼈다. 미나는 젖은 옷을 가능한 깨끗이 빤 다음 수건에 손을 닦았고 용기를 내 거울을 보고 눈화장을 살폈다. 하지만 거울 속에서 미나를 바라보고 있는 것은 미나의 부드러운 갈색 눈이 아니었다. 다른 누군가의 두 눈이었고, 그 눈은 화가 나 있었다.

제 17 장

질투의 화신

미나는 비명을 질렀다. 미나는 욕실 세면대에서 얼른 뒤로 물러났고, 등 뒤 벽에 쾅 하고 부딪쳤다. 욕실거울에는 미나의 모습이 없었다. 거울은 희미해졌고, 거울 반대편의 다른 이미지가 비치고 있었다.

제라드의 모습이었다. 미나는 제라드가 거울에 비친 모습을 두 번째로 보는 것이었다.

제라드는 화가 나서 미나에게 고함을 치고 있었다. 미나는 제라드가 하는 말을 들을 수 없었지만, 그의 표정과 입모양만 봐도 알 수 있었다. 제라드는 좌절하며 두 손으로 그의 검은 머리를 잡아 뜯었고, 미나를 손으로 가리켰다. 그리고 계속 소리를 질렀다.

미나는 무슨 말인지 모르겠다는 듯 어깨를 으쓱했고 양쪽 귀를 가리키며 들리지 않는다고 몸짓을 했다. 제라드는 욕을 했다. 미나가 보기에는 그랬다. 제라드는 좌절했고 절박해 보였다. 제라드는 주먹을 꽉 쥐고 계속해서 거울을 때렸다. 미나는 제라드가 거울을 칠 때마다 거울이 살짝 흔들리는 것을 보았다. 어쩌면 미나가 그렇게 상상한 것일지도 몰랐다. 어쨌든 제라드는 거울 안에 갇혀 있는 것 같았다.

제라드는 갑자기 조용해졌고 거울을 향해 걸어왔다. 제라드는 앞으로 몸을 숙여 입을 거울 가까이 댔다. 크게 숨을 들이쉬더니 보이지 않는 벽에 대고 천천히 따뜻한 입김을 불었고 커다란 원 모양으로 김이 서리게 했다. 제라드는 재빨리 손가락으로 뭔가를 미친 듯이 쓰기 시작했다.

미나가 있는 쪽의 거울에 단어들이 나타났다. 짧고 간단한 단어였다.

나를 구해줘!

미나는 손으로 글자들을 만졌고 거울에서 차가운 결로가 느껴졌다. 미나는 이것이 어떻게 가능한지 어리둥절해하며 거울을 만졌고 점점 옅어지는 김이 서린 부분에 미나가 만진 자국이 남았다. 제라드가 하고 있는 일이 거울을 통과해 미나 쪽 거울에 영향을 주고 있었다. 미나는 제라드가 한 대로 거울에 입김을 불었다. 미나는 제라드의 눈이 희망으로 커지는 것을 보았다.

미나는 손가락으로 세 글자를 썼다.

어떻게?

하지만 거꾸로 쓰는 것을 깜박했고, 그 글자는 제라드에게 거꾸로 보였다. 하지만 제라드는 재빨리 글자를 읽고 실망해서 어깨가 축 처졌다. 제라드도 방법을 알지 못했고 미나가 알기를 바랐던 것이다. 제라드는 거울에서 뒤로 물러나더니 그를 둘러싸고 있던 어둠 속으로 들어갔다. 제라드는 떠나고 있었다.

"안 돼!" 미나가 소리쳤다. "포기하지 마!" 미나는 절박하게 손에 닿는 아무 물건을 잡아들었다. 청동꽃병이었다. 미나는 세면대 선반 위로 올라갔고 꽃병을 머리 위로 들었다가 내리쳤다.

제라드는 미나의 행동을 보고 고개를 젓고 두 팔을 흔들며 말렸지만 이미 늦은 상태였다. 꽃병이 거울을 때렸고, 거울은 산산조각 났다. 거울을 내리친 충격 때문에 틀이 있는 거울이 통째로 아래로 떨어졌다.

미나는 거울이 걸려 있던 자리를 쳐다봤고, 아무것도 없이 벽만 있는 것을 보고 혼란스러웠다. 미나는 바닥에 떨어진 거

229

울 조각들을 살펴봤지만 어떤 조각에서도 제라드의 모습은 볼 수 없었다. 미나는 꽃병을 세면대 선반 위에 다시 올려놓고 뒷걸음질 쳤다. 미나의 등이 욕실 벽장에 닿았고 미나는 아래로 미끄러지며 거울 조각들이 흩어진 자리에 앉았다. 미나는 긁히고 피나는 양손은 신경 쓰지 않은 채 거울 조각 하나를 들고 제라드의 이름을 불렀다. 아무것도 보이지 않았다. 제라드는 모습을 드러내지 않고 그대로 사라져버린 것이다.

계단을 쿵쾅대며 오르는 소리가 들렸고, 욕실 문이 열렸다. 마틴이 욕실로 달려들어 왔고 미나의 손에서 유리조각을 빼내려고 했다. 미나는 마틴과 다투며 유리조각을 다시 찾으려 했다.

"그만해!" 마틴이 화가 나서 말했다. "네가 스스로를 다치게 하도록 내버려 두지는 않을 거야. 알겠니? 네게 무슨 일이 일어났든지 간에 그게 네 삶을 빼앗을 이유는 되지 않아." 마틴은 손을 뻗어 수건을 집어 미나의 손바닥의 베인 곳에 대고 눌렀다.

미나는 마틴의 말에 가만히 있었다. 마틴은 미나가 거울을 깨서 자살을 하려고 했다고 생각했다. 사실이 아니었지만 모든 증거가 그렇다고 말하고 있었다.

"아니에요. 생각하시는 그런 게 아니에요! 나는 죽으려 한 게 아니라…… 어떻게 설명해야 할지 모르겠는데, 나는……." 마틴은 서랍을 열고 소독약을 베인 곳에 부었고, 미나는 입술을 깨물었다. 마틴은 아까 그 서랍에서 붕대를 꺼내 상처 부위를 감기 시작했다. 이 훌륭한 의사는 구급용품을 아주 잘 구비해 놓고 있었다.

마틴은 잠시 멈추고 미나를 조심스럽게 바라봤다. "그럼 여기서 무슨 일이 일어났던 건지 말해보렴. 그러하지 않으면 네 엄마한테 전화해서 너를 집으로 보낼 거야. 네가 낸과 제일 친한 친구라 해도 상관없어. 나는 낸에게 나쁜 영향을 줄 친구랑 어울리게 할 수는 없어."

마틴은 "나쁜 영향"이란 말을 하며 붕대를 너무 꽉 잡아당겼고, 미나는 다리를 움찔했다. 미나는 갑작스런 통증에 놀라 뒤에 있는 욕실 벽장에 머리를 쿵 찧었다.

"아야!" 미나가 머리를 조심스럽게 비비며 웅얼거렸다. "제가 원래 너무 덤벙대서 그런 거라면 믿으시겠어요?"

"그럼 깨진 거울 조각은 왜 쥐고 있었던 거니?" 마틴이 미나에게서 빼앗았던 거울 조각을 들고 말했다. 거울 조각에 아직도 핏자국이 약간 묻어 있었다. 하지만 그것이 미나의 말을 뒷받침해줄 증거가 되었다.

"보세요, 피가 조금밖에 안 묻어 있잖아요. 내가 손을 씻고 있었는데 갑자기 거울이 나를 향해 떨어졌어요. 나는 거울이 떨어질 때 머리를 보호하려고 두 손으로 막았어요. 내 몸을 보세요. 팔의 바깥쪽에 유리에 긁힌 자국들 몇 개만 제외하면 몸에는 상처가 없잖아요. 손바닥이 베인 건 이 난장판을 치우려다 그런 것이에요. 그때 아저씨가 들어온 거고요."

미나는 양 팔을 들어 손목을 보여주었고, 팔을 뒤집어 손등도 보여주었다.

"상처가 손등에만 있잖아요. 제가 내 몸을 보호하려고 했다는 증거죠. 저는 원래 엄청 덤벙대고 불운이 따라다녀요. 정말이에요."

"흠." 마틴은 이렇게 말하고는 천천히 욕실과 깨진 거울을 신중하게 살펴보았다.

"낸은 어디에 있어요?" 마틴이 다른 일로 미나를 또 혼내기 전에 미나가 재빨리 물었다.

마틴은 미나를 쳐다보지 않고 계속해서 거울이 있던 벽을 꼼꼼히 살폈다. 미나는 마틴이 자신의 말을 믿을지 말지 고민하며 여러 가지 가능성을 재고 있다는 것을 알 수 있었다. "베로니카랑 부두에 나가 있어. 보트 탈 준비를 하면서."

"아." 미나는 실망하여 신음했다. 미나는 가장 친한 친구가 자기에게 말도 않고 밖으로 나갔다는 사실에 놀랐다. 낸은 미나를 잊어버린 게 분명했다. 정신이 팔린 것이다.

"자, 서둘러." 마틴이 중얼거리며 미나를 일으켜 세웠다. "낸은 네가 안 오면 베로니카가 보트를 출발 못하게 할 거야. 곧 어두워질 테고 그럼 모닥불을 피워야 하거든." 마틴의 기분이 금세 밝아졌다.

미나가 움직이려하자 마틴은 미나의 한쪽 어깨를 단단히 잡았다. 미나는 마틴을 쳐다보았고, 마틴은 속삭임에 가까운 낮은 목소리로 말했다. "네가 모든 사실을 얘기했다고는 믿지 않아. 나는 베로니카를 사랑하고 그녀의 딸을 내 딸처럼 사랑해. 네가 낸에게 나쁜 영향을 주거나 해를 입힐 행동을 하나라도 한다면 가만히 두지 않을 거야."

"네, 알아요. 하지만 저는 정말로—" 미나가 설명을 하려고 했다.

마틴은 한 손을 들어 미나의 말을 끊었다. "이 대화는 끝났어." 마틴은 욕실 문을 열고 미나가 먼저 나가도록 기다렸다. 미나는 발걸음을 재촉해 빨리 계단을 내려갔다. 제대로 혼이 난 기분이었고 수치스러웠다. 미나는 캠프파이어 터에 모여 있는 아이들을 지나 달려갔고, 눈물이 찔끔 나왔다. 하지만 울지는 않았다.

미나가 부두에 도착하자 베로니카가 미나를 향해 손을 흔들었다. "예쁜이, 이제야 왔구나. 우리는 네가 안 와서 걱정했단다." 베로니카가 다정하게 말했다.

베로니카는 긴 금발머리를 하나로 땋아 한쪽 어깨 앞으로 내리고 있었다. 고속 보트를 타서 흥분해서 베로니카의 볼이 빨갰고, 그 순간 낸이랑 똑같이 보였다. 한편 낸은 빨간색 물방울무늬 수영복을 입은 채 피터가 하는 말에 온통 마음을 빼앗긴 채 보트 위의 기다란 의자에 앉아 있었다.

하지만 보트 위에는 베로니카와 그 두 명이 전부였다. 브로

제17장 질투의 화신

디는 보트 위에 없었다. 이유는 알 수 없지만 미나는 브로디도 그들과 함께 보트를 탈 것이라고 생각했었다. 미나는 부두 쪽을 바라보았고, 브로디가 아직 불을 안 붙인 캠프파이어 자리에서 사반나와 프리와 함께 있는 것을 보았다. 마틴이 그들 곁에 막 도착해서 불쏘시개를 정리하며 불을 피울 준비를 하고 있었다.

미나는 마음이 바뀌어 보트에서 내리려고 했다. 그 순간 베로니카가 보트에 시동을 걸고 후진을 하여 부두에서 출발했다. '너무 늦었다. 잘 됐네.' 미나는 속으로 냉담하게 말했다. 이제 미나는 사랑에 빠진 잉꼬 같은 한 쌍과 함께 보트에 갇히게 될 것이었다. 미나는 절박하게 육지로 돌아가고 싶었다. 보트를 타고 가는 길은 아름다웠다. 석양이 낸과 피터의 마법 같은 로맨틱한 저녁의 완벽한 배경이 되었다. 미나는 낸이 피터를 얼마나 경이로워하는지 볼 수 있었고, 피터 역시 똑같이 낸에게 넋을 잃은 것 같았다.

둘은 손을 잡고 있었고 피터는 낸의 한쪽 귀에 대고 속삭이고 있었다. 그들 중 누구도 아름다운 석양에 주의를 기울이지 않았다. 보트가 육지에서 충분히 멀어지자 베로니카는 보트의 속도를 최고로 올렸다. 보트는 호수를 크게 돌면서 앞에 일어난 파도의 물마루를 탔고, 보트는 물 위로 계속 날아올랐다.

낸과 피터는 롤러코스터를 타는 것처럼 의기양양하게 두 팔을 들고서 흥분해서 소리를 질렀다. 미나는 보트에 꼭 매달린 채 매 순간을 증오했다. 미나는 자신이 처한 상황이 싫었다. 짊어져야 할 자신의 운명도 싫었고, 남자친구를 만난 낸의 완벽한 운도 미웠다. 미나는 기억을 잃은 브로디와 새로 시작하는 일이 더 쉬울 줄 알았지만 훨씬 더 어렵다는 걸 느끼고 있었다. 미나는 브로디와의 인연은 어쩌면 그렇게 깊은 게 아닐지도 모른다고 생각했다. 미나는 가죽 좌석을 손톱으로 긁었다.

'이럴 순 없어. 이번에는 뭐가 다른 거지? 내가 부자가 아니어서인가? 내가 아주 예쁘지 않아서? 왜 나는 부자로 태어나거나 낸처럼 예쁜 얼굴로 태어나지 못했을까?' 미나는 이런 생각에 빠져 있다 낸이 깔깔대는 소리를 들었고, 그 소리에 짜증이 나서 몸을 움찔했다. 보트 위에 있는 시간은 미나에게는 고문이었다. 미나는 자신의 제일 친한 친구를 볼 때마다 분노와 여기 온 것에 대한 후회, 강렬한 질투심이 일었다. 낸은 모든 것을 아주 쉽게 얻었다. 어쩌다 보니 록스타의 옆자리에 앉게 됐고, 우연히 충동적인 키스를 했다. 그리고 이제는 남자친구를 얻게 되었다. 낸은 미나처럼 가문의 저주에 위협당하지 않고 자유롭게 자신의 삶을 살 수 있었다. 부모님과 어떤 대학에 갈 것인가를 놓고 마음껏 싸울 수도 있었다. 그리고 낸은 페이한테 공격당할까봐 두려워하는 일 없이 누구와도 자유롭게 연애를 할 수 있었다.

복부를 칼로 찌른 것처럼 강렬한 질투와 불만감이 미나를 강타했다. 미나는 토할 것만 같았다. 미나는 베로니카에게 손

235

제17장 질투의 화신

짓을 했고, 베로니카는 미나가 파랗게 질린 것을 보고 보트를 부두로 돌렸다.

"왜 들어가는 거예요?" 낸이 혼란스러워하며 물었다.

베로니카는 어깨너머로 소리쳤다. "미나가 아픈 것 같아. 오늘 밤엔 이걸로 충분할 것 같은데. 마침 캠프파이어 하러 돌아갈 시간이고." 베로니카는 보트의 방향을 돌리고 속도를 줄였다. 보트는 미끄러지듯 부두로 향해갔다.

낸은 눈에 띄게 실망했고 미나에게 불만스러운 눈빛을 던졌다. 미나는 그 표정이 무슨 뜻인지 잘 알고 있었지만, 전혀 개의치 않았다. 마틴이 보트를 매는 것을 도와주러 부두로 달려왔고, 미나는 얼른 보트에서 내려 부두로 올라갔다.

미나는 이곳을 떠나 집으로 가고 싶었다. 이것은 미나가 상상했던 그런 밤이 아니었다. 미나는 캠프파이어를 그냥 지나치려고 했다. 하지만 늦게 도착한 세 사람을 못 보고 지나칠 수는 없었다. 특히 그중 한 명이 스컹크 같은 삐죽삐죽한 머리를 하고 있었다. 그들은 죽은 사람도 깨울 정도로 시끄러운 소리를 내고 있었다. '데드 프린스'의 나머지 멤버들이 거기에 있었고, 파티가 정말로 시작되는 것 같았다.

음악이 쾅쾅거렸다. 매그너스는 이번에도 피크닉 테이블 위의 음식을 마음껏 먹고 있었다. 나가는 전기 연결코드를 찾아 집에서 밖으로 끌고 나왔고, 기타들을 연결할 앰프에 꽂았다. 콘스탄틴은 베이스를 들고 나와 즉흥연주를 시작했다. 아이들은 비명을 지르며 밴드를 향해 모여들었다. 나가와 콘스탄틴은 테이블 위에 서서 옷을 갈기갈기 찢으며 나름 음악이라고 하는 엄청난 소음을 만들어냈다.

미나는 여러 가지 감정이 뒤섞인 채 멀리 떨어져 그들을 바라보았다. 낸과 피터는 부두에 내려 흥분하며 그들을 반겼다. 마틴은 낸을 따로 불러냈고 화난 듯이 양손을 흔들며 말을 했다. 불청객들 때문에 화가 난 것이 분명했다. 낸은 두 손을 허리에 짚은 채 마틴에게 소리를 질렀다. 베로니카가 딸을 구하러 온 다음에야 싸움이 끝났다. 베로니카와 낸은 피크닉 테이블이 있는 곳으로 달려가 피터가 밴드 멤버들과 합류해 즉석 콘서트를 하는 것을 보았다. 피터는 순식간에 전혀 다른 사람이 되었다. 이제 그는 발데마르였다.

브로디는 제일 앞줄에서 낸과 함께 점프를 하며 노래를 따라 불렀다. 미나는 완전 혼자였고 잊힌 것처럼 느껴졌다. 오늘은 재미있는 날이 되어야 함에도 무슨 일이 일어난 건지 미나 자신도 이해할 수 없었다. 지금 미나는 오로지 버림받은 느낌이었다. 미나는 이곳에 있는 게 싫었다. 내면에서 분노가 일었다. 미나는 음식 테이블에서 포도 한 송이를 들고 포도알을 하나 떼어내 나무를 향해 던졌다. 매그너스를 제외하곤 아무도 알아차리지 못했다. 매그너스는 음식을 버린다고 뭐라고 웅얼거렸다. 매그너스는 밴드 멤버들이 떠들썩하게 노는 것에 참여하고 싶은 마음이 없는 것 같았다. 미나는 먹을 것을 던져

에너지가 분출되자 약간 기분이 풀렸고, 포도알을 하나 더 던졌다. 미나는 화가 난 채 나무를 사반나 화이트라고 상상하며 포도알을 하나씩 던지기 시작했다. 상상의 적을 향해 음식을 던지니 미나는 기분이 좋아졌다.

하지만 곧 미나의 표적은 웃고 있는 낸의 얼굴로 변했다. 미나는 자신의 생각이 흘러간 방향에 전혀 놀라지 않았고, 던질 만한 더 큰 물건에 손을 뻗었다. 미나는 큼직한 발사체를 쥐고 겨냥했고 그것을 던지려는 찰나 누군가 미나의 손목을 잡았다. 빨간 사과가 여전히 미나 손에 쥐어져 있었다.

매그너스는 미나의 손목을 잡고 미나의 손에서 사과를 빼었다. 그는 힘이 세긴 했지만 미나를 아프게 하지는 않았다. "질투와 분노에 휩쓸리지 마." 매그너스가 부드러운 목소리로 말했다. "그런 감정들은 네게 어떤 도움도 되지 않아." 매그너스는 사과를 입으로 가져가 한 입 베물었다. 매그너스가 사과를 삭각사각 씹어 먹는 소리를 들으며 미나는 자신이 한 일을 되돌아봤다. 하지만 미나는 창피함을 느낀 것이 아니라 더 큰 분노가 일었다.

"너는 내가 어떤 기분인지 내가 어떤 생각을 하는지 전혀 몰라. 아무도 내가 어떤 일을 겪고 있는지 알지 못해. 그러니 나한테 무슨 달라이 라마처럼 행동하라고 충고하지 마." 미나는 분노로 씩씩거리며 집으로 달려갔다.

오두막 입구에 도착했을 때 미나는 그녀의 주위에서 찌릿찌릿한 마법의 힘이 모이는 것을 느꼈다. 보통 때라면 스토리의 마법의 힘이 느껴지는 것에 겁을 먹었을 것이다. 하지만 지금 미나는 너무 화가 나 그런 것을 신경 쓸 겨를이 없었다. 미나는 캠프파이어가 일어나는 쪽을 바라봤다. 캠프파이어의 불꽃이 행복하게 미소를 짓고 있는 아이들의 얼굴을 비추었다. 아이들은 파티를 즐기고 춤을 추고 노래를 부르고 있었다. 모든 아이가 미나의 눈에 들어왔다. 브로디, 사반나, T. J., 프랭크, 스티브, 프리, 그리고 다른 아이들. 하지만 미나의 시선은 낸에게로 갔고 거기에 멈췄다.

낸은 새 남자친구에게 너무 빠져버린 채 자신의 제일 친한 친구를 완전히 무시하고 있었다. 갑자기 분노와 질투심이 미나를 압도했다.

"비나 와버렸으면." 미나는 낮은 목소리로 중얼거렸다. "그럼 다들 집에 갈 테고, 그럼 나는 내 제일 친한 친구를 되찾을 수 있을 거야."

그 순간 미나의 손가락에서 전기가 찌릿찌릿하더니 온몸으로 퍼졌다. 팔 뒤편의 털이 곤두섰다. 아무것도 없던 하늘에 구름이 모이더니 별과 달을 가렸다. 호수의 산들바람이 갑자기 변해 차가운 북풍을 몰고 왔다. 폭풍이 밀려오기 전의 냄새가 공기에 스며들었고 천둥이 내리쳤다.

아이들은 깜짝 놀라 비명을 질렀다. 번개가 하늘에 활 모양으로 번쩍하자 아이들은 위를 쳐다보았다. 한두 방울 떨어지던 빗방울이 군중들 머리 위로 퍼붓기 시작했고, 밴드 멤버들은 즉시 악기 코드를 뽑았다. 순식간에 모두가 흠뻑 젖었다. 미나는 사반나가 비를 피해 달려가 흠뻑 젖은 생쥐 꼴로 테라스에 도착한 모습을 보고 약간 우쭐한 기분이 들었다. 아이들 대부분은 처마가 있는 테라스로 달려갔다. 다른 아이들은 그들의 자동차로 갔다. 폭풍우가 잦아들지 않자 대부분의 아이들은 집으로 돌아갔다. 안락한 오두막도 흠뻑 젖은 옷과 신발을 입은 십 대 아이들을 달래주지 못했다.

미나는 눈앞에 벌어진 광경에 겁이 나면서도 흥분한 채 모두와 떨어져 있었다. '내가 방금 스토리의 마법의 힘을 조종해서 폭풍을 만들어 낸 거야? 어떻게 지금 내게 날씨를 조종하는 힘이 생긴 걸까? 그리모어를 갖고 있지도 않은데?' 미나는 이 상황이 이해가 되지 않았다. 미나는 약간 음흉한 미소를 지으며 자신의 방으로 향했다. 미나는 낸과 낸의 남자친구와는 더 이상 같이 있고 싶지 않았고, 브로디도 미나에게 말을 걸기색이 전혀 없었다.

미나는 문을 잠그고 침대 끝에 앉아 창문 밖을 내다보았다. 미나의 창문은 오두막 앞마당을 향하고 있었고, 임페리얼 호수의 아름다운 풍경이 보였다. 한 시간 뒤 미나는 차 한 대가 오두막 앞에 대는 소리를 들었다. 미나의 마음 깊은 곳에서 어떤 목소리가 미나에게 창문으로 가서 보라고 말하고 있었다. 미나의 눈앞에서 어떤 일이 일어나고 있는지 보라고 부추기고 있었다.

미나는 창유리에 얼굴을 가까이 대고 브로디의 SUV 자동차가 오두막 앞에 서는 것을 보았다. 자동차 앞유리에는 와이퍼가 열심히 움직이며 미친 듯이 퍼붓는 비와 싸우고 있었다. 차 안에서 음악 소리가 흘러나왔다. 브로디가 조수석 문을 열었고, 자동차 실내등이 켜졌다. 누군가 앞좌석으로 뛰어 들어갔고 브로디는 차에 탄 사람에게 뭐라고 말을 한 뒤 차 문을 닫았다. 차 안은 다시 깜깜해졌고 브로디는 운전석으로 달려갔다. 브로디가 운전석 문을 열었을 때 차 안이 다시 밝아졌고, 미나는 차에 탄 사람이 누구인지 볼 수 있었다. 낸이었다.

미나는 눈앞이 깜깜해져 창문에서 뒷걸음질 쳤다. 미나는 가슴으로 손을 가져갔다. 배신의 고통으로 심장이 터질 듯 아팠다. 어떻게 낸이 브로디랑 눈이 맞아 단둘이 밤에 도망칠 수 있는지 이해할 수 없었다. 낸은 미나가 브로디를 좋아하는 것을 잘 알고 있었다. 게다가 몇 시간 전만 해도 낸은 피터와 끌어안고 있었다. 미나는 어떻게 제일 친한 친구가 그런 짓을 할 수 있는지 혼란스럽기만 했다.

이성을 잃은 상태에서 미나가 내린 유일한 결론은 낸이 미나를 진짜 친구로 생각한 적이 없었다는 것이었다. 낸은 브로디에게 접근하려고 미나를 이용하려고만 했던 것이 분명했다. 낸과 브로디가 차 안에서 함께 노래를 부르던 모습, 둘이 깔깔대며 웃던 모습, 미나의 생일에 대해 둘이 문자를 보내던 모습 등이 눈앞에 펼쳐지자 미나는 모든 것이 이해가 가기 시작했다.

SUV 자동차가 움직이면서 자갈이 튀어 오르는 소리가 났다. 미나는 다시 창으로 달려갔고, 자동차가 길을 따라 멀어지는 것을 바라보았다. 미나는 눈물을 흘렸다. 창을 따라 흘러내리는 빗방울과 경쟁하듯 눈물이 펑펑 쏟아져 내렸다.

"제발, 멈춰 줘." 미나가 소리쳤다. 딱히 누구를 대상으로 한 것은 아니었다. "이 고통을 멈춰줘. 나는 이런 감정을 느끼고 싶지 않아. 멈추게 해줘!" 미나는 자신의 고통에 너무 집착한 나머지 창문에 희미하게 나타난 제라드의 모습이 미나에게 경고하는 것을 보지 못했다. 제라드는 격렬하게 고개를 젓고 있었다.

"나는 이 감정이 사라져버렸으면 좋겠어. 더 이상 아프고 싶지 않아. 이 고통을 멈추게 해줘." 미나는 다른 사람이 자신의 고통을 듣기를 바란 것은 아니었지만 누군가 들었고, 그것도 아주 잘 들었다. 마침내 미나는 울다 잠이 들었다. 방에서 보이지 않는 어떤 힘이 살랑이는 바람을 일으켜 자신의 머리를 살짝 움직이게 한 것도 미나는 알지 못했다.

경찰차의 사이렌 소리에 미나는 잠이 깼다. 방 안이 빨강 파랑의 불빛으로 번쩍이고 있었다. 미나는 창문으로 달려갔고 경찰차 두 대가 오두막집 앞에 서는 것을 보았다. 비는 그쳤고, 마틴과 베로니카는 자갈 진입로에서 제복을 입은 경찰 두 명과 얘기를 하고 있었다.

미나는 무슨 일인지는 들을 수 없었지만 나쁜 일이 일어났다는 것을 알 수 있었다. 경찰은 아까 낸과 브로디가 차를 몰고 갔던 길을 손으로 가리켰다. 베로니카는 비명을 지르며 바닥에 주저앉아 크게 흐느끼기 시작했다. 마틴은 자신의 약혼녀를 붙잡고 그녀를 달래며 부드럽게 속삭였다. 마틴은 베로니카를 안고서 하늘을 올려다보았다. 마틴의 얼굴에서 눈물이 흐르고 있었다. 미나는 공포에 질려 뒷걸음질 쳤다. 미나는 창을 노려보았고 심장이 마구 뛰었다. 천천히 창유리에 안개가 생기면서 슬로우 모션으로 환영이 펼쳐졌다. 미나는 모든 것을 볼 수 있었다.

마치 미나가 차 안에 있는 것처럼 창유리에 이미지들이 번쩍이며 돌진해왔다. 폭우 때문에 급한 커브길의 대부분이 쓸려 내려갔고, 브로디는 길이 없어진 것을 알지 못한 채 커브를 급하게 돌았다. 차가 미끄러져 아래로 떨어지며 굴렀다. 낸이 비명을 질렀고, 브로디는 팔을 뻗어 낸을 보호하려고 했다. 자동차는 바닥에 이르러 나무와 쾅 하고 충돌하며 찌그러졌다. 미나는 모든 것을 분명히 볼 수 있었다.

브로디는 신음했고 운전대에 부딪친 이마에서 피가 쏟아졌다. 브로디는 손을 뻗어 낸을 깨웠지만 낸은 반응하지 않았다. 브로디는 낸의 팔을 살짝 흔들었지만, 아무런 반응이 없었다. 브로디가 크게 소리를 지르기 시작했다. 하지만 유리창에 비친 환영으로는 브로디가 말하는 것을 들을 수 없었다. 브로디는

243

제17장 질투의 화신

안전벨트를 풀고 낸의 목에 손을 갖다 대어 맥박을 확인했다. 미나는 브로디가 박살난 차 안을 샅샅이 뒤져 핸드폰을 찾는 것을 보았다. 브로디는 119에 전화를 했다. 브로디는 교환수에게 다급하게 말했다. 미나는 브로디의 입술을 주의 깊게 보았다. 미나는 충격에 자리에 주저앉았고, 숨을 쉴 수가 없었다.

미나는 고개를 들어 김이 서린 유리창을 보았다. 브로디가 교환수에게 마지막으로 한 말이 슬로우 모션으로 반복되고 있었다.

미나는 그 말이 무엇인지 쉽게 알 수 있었다.

"낸이 죽었어요."

제18장

낸의 죽음

미나는 계단을 뛰어 내려갔고 서두르다 일층 탁자 위의 램프를 쓰러뜨렸다. 문이 요란하게 삐걱거리며 열렸고, 미나는 흐느끼고 있는 베로니카와 얼이 빠진 마틴을 지나쳐 달려갔다. 경찰이 미나에게 뭐라고 외쳤지만 미나는 듣지 않고 계속 달렸다. 미나는 길을 따라 달려갔고, 심장이 쿵쾅대고 신발이 진흙에 미끄러졌다. 얼마 달리지 않아 약 400미터 앞에 더 많은 경찰차와 앰뷸런스, 소방차들이 있는 것이 보였다.

'이건 모두 내 잘못이야!' 미나의 마음속 깊은 곳에서 외치고 있었다. 어떻게 해서든지 미나가 고통을 멈춰달라고 한 것을 스토리가 들은 것이 분명했다. 하지만 이건 미나가 원했던 결말이 아니었다. 미나는 절대로 누군가를 다치게 하고 싶은 것이 아니었다. 특히 자신이 가장 아끼는 두 사람은 더더욱 아니었다.

미나는 달리며 발작을 하듯 울었고 어둠 속에서 앞을 볼 수가 없었다. 비탈길로 내려가 숲을 가로질러 간다면 길을 따라 둘러서 가는 것보다 거리를 반으로 줄일 수 있었다. 몸이 긁히고 베이는 것은 문제가 되지 않았다. 미나는 긴 비탈을 내려가면서 넘어지고 뒹굴었고 엉덩방아를 찧으며 미끄러졌다. 응급차량의 빨강, 파랑, 하양 불빛이 숲을 비추었기 때문에 숲은 기괴한 모습이었다. 시끄럽게 윙윙거리는 소리가 적막한 숲에 울렸고, 불꽃이 튀며 숲을 환하게 했다. 소방대원들이 차를 뜯어서 낸을 꺼내려고 하고 있었다. 응급대원들은 아직 낸을 보지 못하고 있었다. 미나는 자신이 본 환영이 잘못된 것인지도 모른다고 희망을 걸며 낸이 아직 살아 있다고 속으로 외쳤다.

"낸! 브로디!" 미나는 소리를 지르며 계속해서 아래로 내려갔다. "미안해. 미안해." 미나는 이 말을 계속 중얼거리며 쓰러진 나무를 넘었다. "내가 널 구해 줄게!" 미나는 내내 기도를 하며 앞을 가로막는 나뭇가지를 밀쳐내고 계속 나아갔다.

갑자기 밀려든 찌릿한 느낌이 미나를 엄습했고 미나는 전기가 번쩍이는 듯한 거대한 타원이 나타나는 것을 보았다. 미나는 이전에도 이와 같은 원이 나타나는 것을 본 적이 있었다. 에버가 페이 세계로 가는 문을 만들었을 때였다. 지금 페이 세계에서 무엇인가가 여기로 넘어오고 있었다.

미나는 뒷걸음질 쳐서 번쩍이는 문에서 멀어져 나무 뒤에 숨었다. 미나는 손으로 입을 막고 가쁜 숨을 안정시키려고 했다. 너무 무서워서 무엇이 나올지 쳐다볼 수도 없었다. 착한 페이가 나올 확률은 50퍼센트뿐이었다. 누가 나오든 그리모어가 없는 지금 미나는 평범한 열여섯 살 소녀일 뿐이었다.

빛이 점점 밝아졌다. 미나는 언덕 아래의 경찰들이 이 천상의 빛을 보게 되지는 않을까, 아니면 구조작업에 몰두하고 있을까 궁금했다. 미나는 브로디가 차에서 나왔는지도 아직 알지 못했다.

이쪽 세상으로 넘어온 존재가 무엇이든 간에 그것이 문을 건너면서 페이 세상에서 나오던 빛이 가려졌고, 잠시 주위가 어두워졌다. 숲 속은 최근에 베어낸 치자꽃 향으로 가득했다. 잠시 후 숲이 완전히 깜깜해졌다. 이제 미나는 페이 한 명과 단 둘이 숲 속에 있었다. 미나는 눈을 감고 움직이는 소리에 귀를 기울였다. 비명을 지르면 누군가 달려와 주기를 간절히 바랐다. 차량에 구멍을 내고 있는 저 기계 소리 너머로 미나의 목소리가 들린다면 가능할 것이다.

낙엽이 밟히는 소리가 났다. 누군가가 나무 뒤에 숨은 미나를 향해 걸어오고 있었다. 미나는 자신이 죽을 거라는 생각이 들었지만, 적어도 싸우지 않고 죽지는 않을 거라고 다짐했다. 미나는 나무에 등을 대고 조용히 미끄러져 내려와 발 옆에 있는 막대기를 향해 손을 뻗었다. 미나는 막대기를 쥐고 심호흡을 한 후 속으로 셋을 센 다음 막대기를 높이 쳐들고 나무 뒤에서 뛰어나갔다. 하지만 미나는 눈앞의 광경에 얼어붙었다.

새파란 실크를 몸에 두른, 별빛같이 환한 머리에 창백한 얼굴의 천상의 여인이 미나 앞에 서 있었다. 머리 위에는 은색 왕관이 있었다. 그녀는 미나가 무기로 들고 있는 막대기를 보았다. 그녀는 믿을 수 없다는 듯 아름다운 눈썹을 치켜 올렸다. 그녀는 손가락을 까딱했고 미나의 손에 있던 막대기가 미나 뒤쪽의 숲 어딘가로 날아갔다.

"당신은 누구죠?" 미나는 깊은 경외감에 휩싸인 채 물었다.

"나는 메이브(Maeve: 아일랜드 켈트 신화에 나오는 여왕의 이름)다. 나는 너와 거래를 하려고 왔다." 메이브는 감정 없이 간단히 말했다.

미나는 그 여성을 주의 깊게 살펴보았다. 미나는 페이와는 거래를 해서는 안 된다는 것을 알고 있었다. 미나는 고개를 저었고, 메이브라는 페이 여인은 손가락 하나를 천천히 들었다. 미나의 고개가 흔들리던 것이 멈췄다. 미나는 더 이상 자신의 몸을 통제할 수 없었다.

"나라면 조건을 다 듣고 대답을 하겠어. 일단 거래가 이뤄지면 되돌릴 수 없으니까." 메이브는 창백한 흰 손을 뻗어 우아한 손가락으로 박살난 차와 응급팀이 미나의 친구들을 구하느라 정신없는 곳을 가리켰다. 미나는 오두막에서 내려오는 길을 따라 자동차 불빛이 내려오는 것을 보았다. 마틴과 베로니카가 분명했다.

"좋아." 미나가 긴장한 채 작은 목소리로 말했다. "당신의 조건을 들어 보겠어. 하지만 내 친구들을 내게서 **뺏어가려고** 하지 마."

메이브는 팔을 내리고 두 눈을 감았다. 이 아름다운 여인 주위에 은은한 빛이 나타났다. 메이브는 눈을 뜨더니 감정 없이 이렇게 말했다. "저 소녀는 이미 죽었다. 남자 애는 약간의 뇌진탕이 있지만 생명은 무사할 거야."

"거짓말이야!" 미나가 진흙에 무릎을 꿇고 주저앉으며 소리를 질렀다. "낸이 죽었을 리가 없어. 그게 사실일 리 없어."

"아니, 사실이다, 얘야. 너는 네 과제를 실패했고, 그리모어 관리인으로서의 네 의무도 실패했어." 메이브가 말했다. "하지만 네게 희망을 줄 수는 있지. 만약 내 거래에 동의한다면."

미나는 메이브의 말에 몸이 굳었다. "우리 엄마는 페이를 절대 믿어서는 안 된다고 했어."

"그럼 너는 네 친구를 영원히 잃게 되는 거지." 이 페이 여왕은 분노의 이글거리는 눈으로 단호히 말했다. 메이브는 몸을 돌렸고 페이 세상으로 떠날 문을 만들려고 드레스에 손을 넣어 은색 스틱을 꺼냈다.

"잠깐만. 당신이 원하는 게 뭐지?" 미나는 절박했고 낸을 되살릴 수 있는 일이라면 무엇이든 할 작정이었다.

메이브는 몸을 돌려 미나를 노려보았다. 메이브가 감정을 숨기는 것이 점점 힘들어지는 게 눈에 보였다. "네 이전의 그림들에게는 한 번도 제안하지 않은 거래를 너에게 제시할 거다. 하지만 이전의 그림들은 너처럼 그렇게 중대한 실수를 하거나 상상 못할 일을 저지르지도 않았지."

"그리모어를 잃어버린 것 말이야?" 미나가 말했다. "나는 그 일이 당신을 기분 좋게 했을 줄 알았는데. 내가 그림 과제를 완수하는 게 이제 힘들어졌으니까."

메이브의 두 눈이 이글거렸고 찬바람이 불어와 미나의 머리카락이 얼굴을 때렸다. "조용. 이 하찮은 인간. 네 무지함 때문에 무고한 페이들이 생명을 잃고 있어. 그리모어는 감옥이야. 그 책은 페이들을 안에 가두는 일에 사용되고 있어."

미나는 모욕감을 느꼈고 메이브의 분노에 견줄 만한 분노가 치솟았다. "그래, 나도 알아. 제라드가 내게 설명해줬어. 또 당신과 스토리가 그림 과제를 조종하고 있고, 그림들이 당신을 위해 당신의 적들을 책에 가두게 한다는 것도 들었어. 당신은 나와 우리 가족을 이용해서 당신에게 성가신 일을 처리하게 하지."

메이브는 흥분을 가라앉혔고, 바람이 미나를 공격하는 것을 멈추었다. "그래. 여왕이 걱정을 하면 왕을 지키기 위해 졸을 희생하지."

체스판 비유를 듣고 미나는 잠시 생각을 했다. 누군가 비슷한 얘기를 한 적이 있었지만 이 순간에는 누군지 생각이 나지 않았다.

"그리모어는 적의 손에 들어갔다. 누구인지는 모르지만 그 놈들은 그리모어를 무고한 페이들을 가두는 데 이용하고 있어. 너도 이런 상황을 모른다고 주장하진 않겠지. 그걸 잃어버린 사람이 바로 너니까. 그리고 사라진 페이들의 목숨에 대해 대가를 치러야 할 사람도 너야. 더 많은 페이가 사라지는 것은 시간문제일 뿐이야. 내가 누구에 대해 말하는 건지 너도 알지?"

미나는 메이브가 무슨 얘길 하는 건지 확실히 알 수 없어 곰곰이 생각했다. 그러다 생각이 떠올랐다. "그 사라진 사람들 말이야? UPS택배 배달부랑 교통부 직원, 그리고 바리스타 여자?"

"네 선생님도." 메이브는 진지하게 대답했다.

"우리 담임선생님, 포터 선생님? 우리는 선생님이 그냥 퇴직했다고 들었는데."

메이브는 고개를 저었다. "모두 무고한 페이들이고 부당하게 가둬졌어."

"모두가 무고하다고는 말하지 않겠어." 미나는 포터 선생님이 자신에게 얼마나 잔인했는지를 생각하며 큰 소리로 말했다. 하지만 포터 선생님이 페이였다면 미나를 그렇게 싫어한 것이 이해가 되었다. 미나가 그림이었기 때문이다.

메이브는 다시 분노가 치솟았다. "모두가 무고해. 모두 네

251

제18장 낸의 죽음

실수 때문에 갇혀버렸다. 그들이 대가를 치르고 있어. 특히 내 아들이."

"당신의 아들이?" 미나가 물었다.

하지만 메이브는 미나의 말을 무시했다.

"이미 일어난 일을 내가 되돌릴 수는 없다. 하지만 결과를 바꿀 수는 있어. 나머지는 네게 달렸다. 네가 그리모어를 되찾고 다시 잃어버리지 않겠다고 약속하기만 한다면 말이다. 왜냐하면 그 책은 내게 가장 소중한 것을 붙들고 있기 때문이야."

"당신이 낸을 살릴 수 있다는 말이야?"

"완전히 살려낼 수는 없다. 하지만 네게 그녀를 구하기 위해 싸울 기회를 줄 수는 있어. 네가 기꺼이 하려고 한다면."

"좋아!" 미나가 소리쳤다. 눈물이 볼을 타고 흘러내렸다. "나는 기꺼이 할 거야. 낸을 살리기 위해서라면 무엇이든 할 거야."

"그럼 동의하는 거니?" 메이브가 물었다.

"그래, 동의해." 미나는 조건을 전부 이해하지도 못했다는 사실을 깨닫기도 전에 대답을 해버렸다.

메이브는 팔을 넓게 펼쳤다. 메이브의 눈이 영묘한 힘으로 빛이 났다. 밤하늘의 별들도 더 밝아 보였고, 자연적으로 가능한 것보다 더 가까이 있는 것처럼 보였다. 낙엽들이 바스락거리더니 메이브의 발밑에서 시작해 천천히 공중으로 떠올랐고 메이브 주위에서 소용돌이를 일으키기 시작했다.

"그럼 어서 가라!" 메이브가 미나에게 속삭였다.

"뭐라고요? 어디로 가요?"

"가!" 메이브가 명령했다.

미나는 숲에 있는 이 페이 여인을 남겨두고 달려갔다. 미나는 박살난 자동차를 향해 언덕을 계속해서 달려 내려갔다. 자동차에서 낸을 꺼내 들것에 싣는 것이 보였다. 검시관이 고개를 저었고, 낸 주위로 모여들었던 응급대원들이 낸의 곁을 떠났다. 낸을 소생시키려던 시도가 성공하지 못한 게 분명했다.

그들은 들것에 실은 낸을 앰뷸런스 안으로 옮겼고, 마틴은 발작을 일으키는 베로니카를 꼭 붙들었다. 응급대원들은 낸을 살려낼 수 없었기에 더 이상 서두르지 않았다. 그들은 낸을 병원 영안실로 데려갈 것이었다.

"안 돼요. 기다려요!" 미나가 휘청거리며 들어서면서 소리쳤다. 미나는 자신이 광기 어린 무서운 몰골일 거라는 것을 알았다. "낸은 죽지 않았어요!" 미나는 낸을 향해 달려갔고, 소방관 한 명이 미나의 등을 붙잡아 미나를 막았다.

베로니카는 미나의 외침에 더 크게 흐느꼈다. 마틴은 짜증스럽게 미나를 쳐다봤다.

"마틴 아저씨, 아저씨는 의사잖아요. 제 말을 믿으셔야 돼요. 낸은 죽지 않았어요."

미나는 다시 소리쳤고, 자신을 잡고 있는 남자에게서 벗어나려고 몸부림쳤다.

마틴은 불쾌한 표정이었고 미나에게 말을 하려고 다가왔다. "내가 의사이기 때문에 낸이 죽었다는 것을 아는 거야. 내가 직접 확인했어. 검시관도 그렇게 말했고. 미나, 더는 문제를 일으키지 마. 경고하는 거야." 마틴이 위협했다.

"마틴 아저씨, 제발 제 말을 믿으세요! 낸은 죽지 않았어요. 낸을 포기하지 마세요." 미나는 소방관의 정강이를 걷어찼고 앰뷸런스를 향해 달려갔다. 미나는 너무 정신이 없어 두 번째 앰뷸런스에 앉아 있는 사람을 보지 못했다. 그가 자리에서 일어나 미나의 앞을 막았다.

브로디는 미나의 팔을 잡았고 미나를 끌어당겨 안았다. "그러지 마. 그들을 더 힘들게 하지는 마. 낸은 죽은 지 삼십 분이 지났어. 낸은 내가 앰뷸런스를 부르기 전부터 죽어 있었어." 브로디는 미나를 내려다보았다. 미나의 얼굴은 슬픔과 비통함이 가득했고, 빨갛게 충혈 된 눈을 보아 한동안 울고 있었던 것 같았다.

"아니야, 네가 틀렸어. 너는 나만큼 낸을 잘 알지 못해. 낸은 강인하다고. 낸은 몇 년 뒤에 줄리아드 음대에 갈 거야. 낸은 죽지 않았어!"

"미나." 브로디가 미나의 이름을 불렀고 그의 푸른 눈에 다시 눈물이 솟았다. "미나, 너는 낸을 보내줘야 해. 낸은 떠났어."

"브로디 카마이클, 나를 놓아줘. 당장!" 미나는 명령했고 거칠게 어깨를 밀치며 브로디를 떨쳐냈다. "네가 낸을 살리려고 노력하지도 않다니 믿을 수가 없어."

브로디는 미나의 말에 마음이 아픈 것 같았다. "노력했어. 낸을 살릴 수 있는 모든 일을 다 했어."

미나는 화를 내며 턱을 쳐들었다. "분명 노력이 충분하지 않았나 보네. 네가 낸을 죽인 걸 보면." 미나는 브로디를 밀치고 여전히 울고 있는 베로니카에게 달려갔다.

"제 말을 들어보세요. 테일러 아줌마, 들어보세요. 낸은 안 죽었어요. 저 사람들한테 낸을 병원 영안실로 데려가게 하지 말고 당장 응급실로 데려가라고 말하세요!"

베로니카는 귀신처럼 창백했고 입술을 떨고 있었다. 베로니카의 눈은 멍한 상태로 미나를 쳐다보지 않았지만, 미나는 본능적으로 베로니카가 미나의 말을 듣고 있다는 것을 알았다. 미나는 자신의 요구사항을 반복해서 말했고 결국 베로니카는 동의한다는 듯이 고개를 끄덕였다.

베로니카는 자리에서 일어나 자신의 약혼자를 노려보았다. "미나 말이 맞아요. 저 사람들이 내 아기를 영안실로 데려가게 하지 말아요. 낸은 안 죽었어요." 베로니카는 마틴을 밀어내고 앰뷸런스의 뒷문을 열었다. 베로니카는 안으로 들어가서 검은색 지퍼 백 안에 들어가 있는 굳은 딸의 몸 옆에 앉았다. 베로니카는 미나에게 옆에 타라고 손짓했다.

미나는 어리둥절한 브로디와 분노하는 마틴을 무시한 채 앰뷸런스 안으로 올랐고, 베로니카 건너편에 앉았다. 베로니카는 앰뷸런스 운전자와 논쟁을 하는 중이었다.

"아니요! 당장 우리를 응급실로 데려가요. 지금 당장 사이렌을 울려요. 내 딸을 살려야 해요!"

구급대원들이 마틴을 뒤돌아보며 허락을 구했다. 마틴은 앰뷸런스 뒷문을 닫고 들어와 자신의 약혼녀 옆에 앉았다. 마틴은 가망 없는 딸을 놓고 싸우고 있는 완고한 낸의 어머니를 신중히 바라보았고, 지친 듯 한숨을 쉬었다. "음, 그녀 말 들었죠. 출발해요!"

두 명의 구급대원은 어깨를 으쓱하고는 사이렌을 켜고 병원을 향해 구급차를 출발시켰다.

미나는 낸이 들어 있는 검은 백의 지퍼를 열었다. 이제는 울음을 멈춰야 했다. 낸의 얼굴은 피로 뒤덮여 있었다. 머리 부상으로 인한 것이었다. 미나는 생명에 치명적이거나 낸의 죽음에 분명한 원인이 될 만한 상처를 하나도 찾지 못했다. 이 사실이 미나에게 희망을 갖게 했다. 미나는 앰뷸런스 안을 살펴보았고 청진기를 발견하고 마틴에게 건넸다. "포기하지 마세요." 미나가 마틴에게 응원하듯 말했다.

"미나, 우리한테는 전자 심전도측정기가 있어." 마틴은 오래전에 포기한 채 맥없이 말했다. "구급대원들이 낸을 소생시키려고 했지만 소용없었어."

미나는 고개를 저었다. "기계도 실수할 수 있어요. 사람도 실수할 수 있고요. 저것을 믿지 마세요." 미나는 심전도측정기를 손으로 가리켰다. "이걸 들으세요." 미나는 손을 뻗어 마틴의 가슴을 만졌다. "아저씨의 심장은 뭐라고 말하고 있나요? 내 심장은 믿으라고, 신념을 가지라고 말하고 있어요."

마틴은 은색 청진기를 받아들었다. 그의 두 눈에서 눈물이 흐르고 있었다. 마틴은 청진기를 귀에 꽂고 몸을 숙여 낸의 생명력 없는 심장에 청진기를 대고 소리를 들었다. 미나는 숨을 죽이고 기도를 하며 기다렸다. 앰뷸런스는 고속도로로 접어들어 속도를 냈다. 베로니카는 구급대원들에게 사이렌을 켜라고 부추겼고, 그들은 베로니카의 절박함을 받아들였다.

아무 반응 없이 몇 분이 흘렀다. '왜 그런 거지?' 미나는 생각했다. 메이브는 낸의 생명을 구해줄 거라고 약속했다. 마틴은 산소마스크를 내려 낸의 입과 코에 씌우고 산소통의 노즐을 조절한 다음 앰부백을 누르며 낸에게 인공호흡을 실시했다. 마틴은 낸의 심장에 귀를 대고 흉부압박을 하기 시작했다. 하지만 낸에게서 생명이 돌아오는 어떤 신호도 없었다. 마틴은 심폐소생술의 기본을 계속했다. 앰뷸런스는 고속도로를 벗어나 병원으로 가는 간선도로에 진입했다.

여전히 낸에게서는 어떤 반응도 없었다.

"힘내, 아가야." 베로니카가 딸의 손을 두 손으로 잡고 속삭였다. "어서, 아가야. 숨을 쉬어."

"넌 할 수 있어, 낸." 마틴도 달래듯 말했다. "네 엄마와 나를 위해 힘내 주렴." 마틴은 흉부압박을 계속했다. 하지만 다시 30초가 지나고 미나는 마틴의 얼굴에서 패배를 읽었다. 앰뷸런스가 병원에 도착해 응급실 입구로 향했고, 미나는 다시 울기 시작했다. '이렇게 결말을 약속하지는 않았잖아. 이건 거래에 없던 거야.' 미나는 마음속으로 소리쳤다.

마틴은 청진기를 벗으려고 했지만, 베로니카는 그의 두 손을 붙잡았다. "제발, 로버트, 한 번만 더 들어봐요." 베로니카의 목소리에는 절박함이 묻어났다.

마틴은 베로니카를 쳐다보지 못하고 고개를 떨어뜨렸다. 하지만 베로니카의 말대로 했다. 마틴은 다시 몸을 숙여 청진기의 동그란 금속을 낸의 가슴에 갖다 대고 귀를 기울였다.

미나와 베로니카는 숨을 멈추고 마틴이 잘 들을 수 있도록 조용히 했다. 앰뷸런스가 응급실 문 앞에 서고, 중증 외상팀이 그들을 맞았다. 마틴은 낸의 가슴에 엎드려 격렬히 울기 시작했다. 베로니카는 흐느끼려는 것을 참으며 입을 막았다. 그녀는 마틴을 위로하며 어깨를 만졌다.

"괜찮아요, 로버트. 당신은 최선을 다했어요."

앰뷸런스 뒷문이 열렸고, 외상팀 의사들이 낸이 실린 들것을 잡고 밖으로 잡아당겼다. 그들은 낸의 몸을 응급실 안으로 가져갔다.

마틴은 고개를 저었다. "미안해요. 나는 믿지…… 믿을 수가……." 마틴은 고개를 들어 베로니카를 바라보았다. 마틴의 눈에 가득한 것은 슬픔이 아니라 다른 어떤 것이었다.

마틴의 어깨가 조용히 떨리자 베로니카는 절망하여 가슴을 손으로 죄며 물었다. "왜 그래요?" 마틴의 어깨는 더 심하게 흔들리기 시작했다. "들었어요." 마틴이 웃었다. 그의 눈가에서 눈물이 흐르기 시작했다. "처음에는 믿지 않았어요. 하지만 나는 낸의 심장이 뛰는 걸 들었어요! 베로니카, 낸은 살아 있어요!"

낸은 바퀴달린 침대에 옮겨져 응급실로 실려 갔고, 의사들이 한 명 한 명 달려와 살아서 숨을 쉬는 낸을 살펴보았다. 두 사람은 그 모습을 경이로운 눈으로 바라보았다. 앞좌석에 있던 응급대원들은 뒷좌석의 어울리지 않은 조합의 세 사람을 뒤돌아보며 환호했다.

제19장

페이 여왕과의 거래

낸의 심장이 뛰기 시작했고, 낸은 스스로 호흡을 하고 있었다. 하지만 낸은 깊은 혼수상태였다. 미나가 바랐던 완전한 회복은 아니었지만 죽는 것보다는 나았다. 베로니카에게는 문제되지 않았다. 중요한 것은 자신의 딸이 살아 있다는 사실이었다.

미나가 혼란스러웠던 것은 낸이 아직도 혼수상태라는 사실이었다. 미나는 거래를 했던 순간이 잘 기억나지 않았지만, 메이브와 나눴던 정확한 대화를 기억해내려고 했다. 미나는 자신이 낸을 위해 싸웠지만 충분하지 못한 듯했다.

미나는 혼란스럽기보다는 화가 났다. 미나는 학교에서 에버를 찾아 문제가 뭔지 따졌다.

"픽시, 어떻게 된 거야!" 미나는 일 교시가 시작되기 전에 에버의 귀에 대고 낮은 목소리로 화를 냈다. 복도에서 사물함을 쾅쾅 닫는 소리 덕분에 미나의 말이 다른 아이들에게는 들리지 않았다. "나는 메이브랑 대화를 나눴어. 보아하니 그녀는 거래에 대한 자신의 약속을 지키지 않는 것 같아."

에버는 이글거리는 눈으로 미나를 향했다. "어떻게 감히 네가 페이트들에 대해 그렇게 말할 수 있어?"

"페이트들? 복수로 말하는 것은 또 뭐야? 지금 메이브가 페이의 통치계급 중 한 명이라는 말이야?" 미나가 어리둥절해하며 물었다.

"너는 얼마나 멍청한 거야? 당연하지. 그녀는 우리의 여왕이야. 우리 페이들이 왕과 왕비에 대해서 말하는 것을 들어본 적 없니? 우리가 왕과 왕비라고 말하는 존재들이 바로 페이트들이야." 에버는 사물함에서 책들을 꺼내고 문을 닫았다. 에버는 미나보다 앞서려고 하면서 빠른 걸음으로 걸었다.

미나는 에버가 그냥 도망치게 하지 않을 작정이었다. "아무래도 좋아. 나는 내가 메이브랑 한 이 거래에 대해 말하는 거야. 그런데 그녀는 자신이 한 약속을 지키지 않았어." 미나는 걸음을 빨리하면서 에버가 미나에게서 도망치지 못하게 했다.

"너는 그녀를 이름으로 불러서는 안 돼. 너희 그림들은 페이트들이나 여왕이라고 불러야 해. 그런데 너는 네가 한 약속은 지켰는지 자문해봤니? 페이트들은 바보가 아니야." 에버는 자신의 교실로 들어가려고 했고 미나가 따라 들어오지 못하게 문을 막아섰다.

"내게서 그렇게 쉽게 도망갈 수 있을 거라고 생각하지 마, 픽시." 미나가 낮은 목소리로 위협했다. "나는 네 종족들이 사라지고 있다는 것을 알아. 너는 네가 이 학교에 다닌다는 사실이 알려지길 바라는 거니? 너도 포터 선생님처럼 사라지고 싶어?" 미나는 무력한 여주인공 역할은 이제 그만둘 것이었다. 미나에게는 구해야 할 소중한 친구들과 지켜야 할 가족이 있었다.

에버는 미나의 빈 협박에 얼굴이 창백해졌다. "방과 후에 축구장에서 봐."

두 번째 시작종이 울렸다. 이제 수업이 시작될 것이고 미나는 확실히 지각을 하게 됐다. 하지만 신경 쓰지 않았다. 미나는 에버 쪽을 보았다. 교실 문이 닫혔고, 그 픽시는 교실로 들어가 자기 자리에 앉아 있었다. 미나는 조용히 복도를 걸어 그녀네 반 교실로 들어갔다. 콜버트 선생님이 대리교사를 하고 있었다. 미나가 조용히 자리에 앉자 그녀는 날카로운 눈빛을 보냈다.

백발의 담임선생님이 아니라 다른 선생님이 지시사항을 알려주니 집중하기가 힘들었다. 포터 선생님의 부재는 미나가 과제를 실패했다는 사실과 현재의 거래를 생각나게 했다. 아이들 사이에서는 사라진 선생님에 대한 새로운 루머가 돌기 시작했다. 조기퇴직이 아니라 납치되었을 가능성이 있다는 이야기였다. 하지만 아무도 진짜 무슨 일이 일어났는지는 알지 못했다. 미나만이 포터 선생님이 돌아오지 않을 거라는 것을 알았다.

브로디는 학교에 오지 않았다. 사실 미나가 듣는 수업 대부분이 출석률이 낮았다. 병원에서는 낸에 대한 24시간 간호가 이루어졌다. 다른 상황이었다면 미나가 그 자리를 지켰을 것이다. 하지만 미나는 마음 깊은 곳에서 자신이 병상을 지키는 일이 낸에게 도움이 되지 않을 거라는 사실을 알고 있었다.

마지막 교시가 끝나는 종이 울렸고, 미나는 책을 사물함에 넣고 밖으로 나와 축구장으로 달려갔다. 미나는 에버가 자신을 피해 도망쳤을 가능성도 크다는 것을 알고 있었다. 미나는 그 픽시가 자신을 싫어한다는 것을 알고 있었다. 마침내 에버가 모습을 드러냈을 때 미나는 놀랐다.

"그래, 그래. 그렇게 놀랄 것 없어. 여기 왔어." 에버는 미나 앞을 지나 차가운 철제 관중석에 앉으며 딱딱거렸다. "그래, 물어볼 게 아주 많을 거란 걸 알아. 자 물어보시오." 에버가 과장되게 손을 내두르며 더 빈정댔다.

"메이브는 내게 내 친구 낸을 구해줄 거라고 약속했어. 그러면 나는 그리모어를 훔친 페이를 찾아내기로. 그런데 메이브는 거짓말을 했어. 그녀는 낸을 구하지 않았어. 낸은 지금 병원에서 혼수상태로 있다고!" 미나는 지루해하는 에버의 앞을

왔다 갔다 했다.

"잠깐, 잠깐." 에버가 두 손을 들어 미나를 진정시켰고, 미나는 그 자리에 멈추고 에버를 바라봤다. "페이트들이 정확히 했던 말이 뭐야?"

미나는 생각을 하면서 얼굴을 찡그렸고, 메이브와 나눴던 대화를 에버에게 말했다.

에버는 곰곰이 생각하듯 손가락 끝을 양 관자놀이에 갖다 대고 눈을 감았다. "다른 건 없느냐, 인간아?"

"아, 그녀는 '그 애를 완전히 살릴 수는 없어. 하지만 네게 그 애를 살리도록 싸울 기회는 줄 수 있어'라고 말했어." 그리고 미나는 급히 말을 덧붙였다. "그리고 나는 그녀의 말대로 했어. 낸을 살리기 위해 싸웠다고."

에버는 믿을 수 없다는 듯 한쪽 눈을 뜨고 미나를 보았다. "그게 다야?"

미나는 기대감에 차서 에버를 바라보았다. "그래, 그게 다야. 이제 내게 무슨 일이 일어난 건지 말해줄 수 있어?"

에버는 벤치에서 폴짝 내려와 미나를 떠나 걸어가기 시작했다. "그래, 멍청아. 너는 거래에서 네 몫을 끝내지 않았어. 그리모어를 찾고 네 그림 과제를 끝내. 그나저나 상담비는 1,495달러야. 현금도 좋고 수표도 받아."

미나는 혼란스러워하며 고개를 좌우로 흔들었다. "하지만 메이브는 내가 그림 과제를 실패했다고 말했어. 그런데 끝낼

게 뭐가 있다는 거야? 나는 그녀가 낸을 돌아오게 할 줄 알았어." 미나는 에버가 관람석 계단을 내려가 운동장으로 가는 것을 따라갔다.

"내가 너한테 하나하나 다 설명해줘야 하니? 우리에게도 규칙은 있어. 하지만 우리는 그 규칙들을 편리하도록 바꾸는 것을 좋아해. 음, 보통은 우리한테 이롭겠지. 하지만 여왕이 그 애를 구하지 않으려고 하는 것은 아니야. 단지 그녀가 할 수 있는 일이 아니기 때문이야. 우리는 사람들이 생각하는 것처럼 그렇게 전능하지 않아. 하지만 우리는 이런저런 일들을 조종하는 것을 꽤 잘하지."

미나는 말문이 막힌 채 그 자리에 섰고 설명을 더 기다렸다.

에버는 뒤를 돌아 미나에게 걸어왔고, 미나의 머리를 톡톡 두드렸다. "모르겠니, 미나! 그녀는 네 그림 과제를 수정했어. 네 친구가 죽지 않고 대신 잠이 들게 했지. 너는 이 동화를 바른 방법으로 끝낼 또 다른 기회를 얻은 거야. 네가 과제를 완수하고 나면 네 친구는 멀쩡하게 깨어날 거야. 장담해. 단 네가 그리모어를 찾고 페이들을 납치하는 그놈을 멈추게 했을 경우에만."

미나의 머리에 섬광이 비쳤다. 미나는 자신이 그림 과제를 실패했고 그걸로 끝이라고 생각했었다. "그러면 어떻게 그리모어를 훔쳐간 사람을 찾지? 나는 심지어 누가 페이이고 아닌지도 구분할 줄 몰라. 내 말은, 누구라도 페이일 수가 있잖아."

"병신!" 에버는 메고 있던 백팩을 내려 지퍼에 달린 열쇠고리를 만지작거리기 시작했다. "자, 받아. 하지만 이건 그렇게 강력한 것은 아니야. 그리고 아무한테나 비추고 다니지는 말아. 그러다 엉뚱한 페이를 잘못 건드렸다가 큰 곤경에 처할 수 있어. 어쨌든 이게 도움이 될 거야." 에버는 미나에게 작은 파란색 봉이 달린 열쇠고리를 던졌다.

미나는 믿을 수 없다는 듯 손에 든 것을 보았다. "레이저 포인터? 도대체 이게 어떻게 도움이 된다는 거야?" 미나는 그것을 켜고 에버에게 불빛을 비추었다. 아무 일도 일어나지 않았다. 하지만 레이저 포인터를 에버의 등을 겨냥해 흔들자 공기가 가물거리더니 에버의 자주색 푸른색 날개가 나타났다. "와, 네 날개가 보여."

"그래. 우리는 가능한 사람들 눈에 띄지 않으려고 노력해. 하지만 강력한 레이저는 우리의 변장이 드러나게 만들 수 있어. 왕족들한테는 전혀 통하지 않지만."

"왕족들? 페이트들을 말하는 거야?" 미나가 자신 없게 물었다.

"페이트들과 혈족인 페이들을 말하는 거야. 그들은 모습을 자유자재로 변할 수도 있고, 레이저 포인터도 뚫지 못할 정도로 강하지."

미나는 콧방귀를 뀌며 웃었다.

미나는 생각에 잠겨 고개를 끄덕였다. "저기, 에버." 미나는 에버의 심기를 거슬리게 하지 않으려고 하며 조용히 말했다. "제라드가 사라진 일이 그리모어에 페이들을 가두고 있는 그 놈과 연관됐다고 생각하니?"

에버는 코웃음을 치며 눈알을 굴렸다. "너는 어떤 일이 일어나는지 반도 알지 못하고 있어. 하지만 그리모어가 있는 곳에 제라드가 있다는 것을 분명히 말해줄 수 있어."

"페이들을 납치하는 일의 배후에 제라드가 있는 것은 아니겠지……."

"절대! 제라드는 아니야." 에버는 몸을 돌려 미나를 보았다. "네가 제라드를 잘 안다면 그게 불가능하다는 것을 알 거야."

미나는 에버의 분노에 맞먹을 분노가 솟았다. "이것 봐. 나는 그게 가능하다는 것을 알고 있어. 제라드는 나를 납치해서 숲 속에 버리고 떠났어. 나는 그럴 만하니까 물어본 것일 뿐이야." 둘은 축구장 밖으로 걸어갔고 자전거 고정대로 갔다. 미나는 잠시 멈춰 서서 에버를 보았다. 에버의 터프한 겉모습 아래에 숨은 것을 보려고 했다. 두꺼운 눈화장, 젤을 바른 머리, 검은색과 보라색의 옷 아래에서 미나는 어리고 겁에 질린 소녀를 보았다.

"왜 아직 여기에 있는 거야? 내 말은, 왜 더 안전한 페이 세계로 돌아가지 않는 거야?" 미나가 물었다.

에버는 고개를 떨구었다. 에버의 검은 앞머리가 눈 위로 떨어지며 얼굴을 가렸다.

"누가 페이 세계가 더 안전하대? 우리는 모두 우리가 피해 도망치는 것들이 있어. 게다가 누가 여자애는 학교에 다닐 수 없다고 그래? 아무리 인간 학교라고 해도. 그게 법으로 금지된 것은 아니잖아." 에버가 날카롭게 받아쳤다.

"그런 뜻으로 한 말이—" 미나는 사과하려고 했다.

"분명 그런 뜻이었어. 너는 우리가 이곳에 어울리지 않는다고 생각하지. 우리가 페이 세계로 돌아가야 한다고. 음, 미나 그라임, 잘 들어. 나는 지금 집에 와 있어. 여기가 내 집이야. 그러니 네가 그림 과제를 끝내도록 도와주는 것이 즐겁지 않다는 것을 이해해 주길 바라. 그렇게 되면 우리는 강제로 페이 세계로 돌아가야 하니까. 우리 모두가 돌아가고 싶어 하는 것은 아니라고. 물론 우리도 돌아가서 해야 할 일들이 있을지도 몰라. 하지만 많은 페이는 여기에 사는 것을 더 좋아해."

"미안해. 나는 생각 없이—" 미나가 사과를 하려고 했다.

"너희들은 절대 생각을 하지 않지. 절대로. 아무도 하지 않아." 에버는 어깨를 으쓱하고는 두 손을 재킷 주머니에 넣었다. 에버는 손을 저으며 미나에게 가라는 시늉을 했다. 그러고는 유난을 떨며 MP3플레이어를 켜더니 다른 곳으로 걸어갔다.

제 20 장

백설 공주 스토리

　말도 안 되는 계획이었지만 이것은 미나가 지금 떠올릴 수 있는 유일한 방법이었다. 미나는 과잉보호하는 엄마와 어린 동생이 잠자리에 들 때까지 초조하게 기다렸다가 화장실로 몰래 들어가 거울을 훔쳤다. 정확히 말해 훔치는 것은 아니었다. 미나는 저번처럼 깨뜨리지만 않는다면 거울을 화장실에 다시 갖다 놓을 생각이었다. 거울은 컸지만 다행히 두꺼운 철제 액자가 감싸고 있어서 그것을 들고 밖의 비상계단을 올라 옥상 피난처로 가는 데는 어려움이 없었다.

　화장실에서 거울에 말을 걸다가 엄마와 동생을 놀라게 하지 않으려고 미나는 옥상에서 하기로 결정했다. 마침내 미나는 거울을 안전하게 옥상까지 가져갔고, 자신이 주워온 땅속요정

조각상, 노머 경 옆 자리에 올려놓았다. 미나는 몇 발짝 뒤로 물러나서 거울에 비친 자신의 모습을 바라보며 생각에 잠겨 얼굴을 찡그렸다. 보통 제라드는 미나가 가장 곤란한 시간에 느닷없이 모습을 드러냈다. 하지만 지금 미나는 제라드를 자신이 필요할 때 불러내려고 하고 있었다.

제라드는 그리모어를 가져간 범인을 알아내는 데 도움이 될 유일한 단서였다. 미나는 제라드가 다른 페이들처럼 그 안에 갇히지는 않았는지 걱정스러웠지만, 제라드는 미나에게 그가 어디에 있는지 누가 그를 납치했는지에 대한 실마리를 줄지도 몰랐다. 다만 제라드가 모습을 드러낼 때 가능한 이야기였다.

"여보세요?" 미나가 조심스럽게 거울을 향해 말했다. 미나는 거울 앞에서 어색하게 손을 흔들었다. "음음. 제라드. 야, 나 지금 여기 있어. 네가 원할 때 나오면 돼. 나는 네 도움이 필요해!" 아무런 반응이 없었다. 거울은 오직 미나의 모습만 비춰주고 있었다.

"이럴 줄 알았어. 너희 페이들한테서 다른 것을 기대해서는 안 되었어!" 미나는 거울에서 등을 돌렸고 쿵쾅대며 걸어가는 시늉을 했다. 어깨너머로 흘깃 보았지만 거울에는 어떤 변화도 없었다.

"이건 바보 같은 짓이야!" 미나는 화를 냈다. 미나는 다시 거울 앞으로 가서 거울의 틀을 만지면서 자신이 뭘 할 수 있을지를 곰곰이 생각했다. '내가 거울이나 다른 물건들에 대해 어떤 힘을 갖고 있거나 TV처럼 원할 때마다 켜고 끌 수 있는 게 아니잖아. 아니, 할 수 있나?' 순간 미나는 엄마가 했던 말이 자꾸 머릿속에 맴돌았다. 엄마가 말하는 것이 들리는 듯했다. "동화 속의 네 역할을 네가 선택할 수 있는 것은 아니야."

미나는 이제 알 것 같았다. 미나는 이제까지 자신이 나쁜 여왕으로부터 공주를 구해주는 수호자나 사냥꾼이 될 거라고 생각했다. 하지만 동화가 시작되게 한 것은 미나 자신의 격렬한 질투였다.

미나는 악당이 바로 자신임을 깨달았다. 스토리는 미나의 감정을 이용해 미나가 의도하지 않은 일을 벌이고, 미나의 제일 친한 친구를 해치려고 하고 있었다. 아마도 모든 것은 사반나 화이트를 위험에 빠뜨리려고 준비되고 있었을 것이다. 사반나는 어떤 상황에서도 완벽한 공주였기 때문이다. 하지만 미나가 실제로 가장 질투했던 사람은 낸이었다.

미나는 이게 사실이라면 자신이 거울을 조종할 힘을 갖고 있을 거라 추측했다. 미나는 자신이 백설 공주 이야기의 질투심 많은 여왕인지 알아볼 방법이 한 가지 있었다. 미나는 천천히 거울 앞으로 다가갔고, 거울에 비친 자신의 창백한 모습을 바라봤다. 미나는 그 대사가 무엇이었는지 기억해내려고 했다. 미나는 긴장해서 떨리는 목소리로 이렇게 말했다.

"거어……울아, 거울아. 이 세상에서 누가 제일 예쁘니?" 미나는 눈을 질끈 감았고, 심장이 빨리 뛰기 시작했다. 작게 윙윙거리는 소리가 거울에서 나왔고, 빙빙 도는 소용돌이가 나타났다. 미나는 수치심에 고개를 떨어뜨렸고, 눈에서 후회의 눈물이 흘렀다. 하지만 미나는 눈을 뜨고 거울이 미나에게 보여주려는 것을 봐야만 한다는 것을 알고 있었다.

거울에 병실이 비쳤다. 마치 거울은 병실 안의 반사되는 표면에 비치는 것만 보여줄 수 있는 듯 영상이 비스듬하게 보였다. 미나는 자신이 보고 있는 각도가 어디인지 알아보는 데 얼마 걸리지 않았다. 그것은 검은 TV스크린이었다. 미나는 이 방을 알고 있었다. 첫 날 가 보았기 때문이다. 미나는 병실 침대에 잠들어 있는 금발여자애를 알아보았다. 낸이었다.

동화는 사실 그대로 전개되고 있었다. 낸이 가장 예쁜 아이였고, 미나는 질투심 많은 여왕이었다. 미나가 거울에 비친 화면을 지우려고 하는 순간, 병실 문이 열리고 젊고 잘생긴 금발청년이 화면에 들어왔다. 그는 TV스크린에서 등을 돌린 상태였다. 그는 침대로 걸어갔고 침대 옆에 앉아 낸을 바라보았지만 얼굴이 선명하게 보이지 않아 그가 누구인지 알 수 없었다.

그는 부드럽게 말했다. 미나는 거울을 통해 그의 목소리를 들을 수 있자 깜짝 놀랐다. 아마도 거울을 제대로 사용한다면 소리를 들을 수도 있는 모양이었다. 이 젊은 남자는 손을 뻗어 낸의 손을 붙잡았다. 그는 똑같은 말을 계속 반복하며 속삭였다. "미안해."

미나는 깜짝 놀랐고, 상처받고 화가 나 몸이 굳어버렸다. 미나는 그 목소리를 알아보았다. 저 넓은 어깨를 기억했다. 브로디였다. 브로디는 낸의 침대 옆에 앉아서 낸을 격려하고 낸에게 말을 걸고 있었다. 그 자리에는 자신이 있어야 한다고 미나는 생각했다.

미나는 화가 나 뒷걸음질 쳤고 손을 흔들어 화면이 사라지게 했다. 실제로 명령대로 화면이 사라지자 놀랐지만 곧 납득했다. 미나는 두 주먹을 꽉 쥔 채 울지 않으려고 애쓰며 좁은 옥상을 서성거렸다. 미나는 그 상황을 마음에 두지 않으려고 했다. 지금은 낸을 걱정할 때가 아니었다. 미나는 낸이 적어도 당분간은 안전하다는 것을 알고 있었다. 거울 이론을 확인하고 자신의 그림 과제가 무엇인지 알고 나자 미나는 낸을 구할 해결책을 알 수 있었다. 하지만 그것이 그리모어를 찾고 제라드와 연락하는 일에 도움이 되지는 않았다.

"좋아, 생각해보자, 미나야. 생각을 해!" 미나는 긴장감과 혼란스러운 감정들을 안정시키려고 애쓰며 스스로에게 명령했다. 곧 미나는 눈물을 닦아내고 다시 거울 앞에 섰다.

"거울아, 거울아. 내가 세상에서 제일 싫어하는 사람을 보여주렴."

거울은 다시 소용돌이를 일으켰고, 거울에는 과하게 큰 입이 등장했다. 미나는 역겨워하며 뒤로 얼른 물러났다. 그 입은 미소를 지었고, 그다음에는 입을 오므리더니 거대한 립스틱이 나타나 펄이 들어간 핑크색을 입술에 덧발랐다.

"으악!" 마침내 화면이 뒤로 물러나 그 입술이 다름 아닌 사반나 화이트란 것을 발견하고 미나는 소리를 질렀다. 이 화면은 사반나의 콤팩트에 비춰진 것이었다.

"좋아, 다시 한 번 해보자." 미나는 손을 저어 화면을 지웠다.

"제라드가 나오게 하려면 어떻게 말해야 할까?" 미나는 의자에 앉아 노머 경을 바라보며 생각에 잠겼고, 마침내 아이디어가 떠올랐다. "네 덕분이야, 노머 경. 내가 알아낸 것 같아." 미나는 자리에서 일어나 거울로 다가갔다. 미나는 가슴을 펴고 억지로 자신감 있는 척하며 턱을 들었다.

미나는 다시 한 번 거울을 향해 큰 소리로 명령했다. "거울아, 거울아. 내게 노머 경이란 이름 인형한테 지어주기에 멍청한 이름이라고 생각하는 사람을 보여줘."

미나는 숨을 죽이며 기다렸다. 거울이 다시 소용돌이치더니 어떤 한 얼굴이 나타났다. 분명 행복한 얼굴은 아니었다.

"왜 이렇게 늦은 거야, 미나!" 거울 안에 있는 제라드가 투덜댔다.

제 21 장

거울 속의 제라드

제라드는 짜증을 내며 팔짱을 끼고 있었고, 그의 짙은 회색 눈은 험악했다. "그걸 알아내는 데 이렇게 오래 걸렸다는 걸 믿을 수가 없어. 내 쪽에서 너를 부르려고 하면 오디오가 작동이 잘 안 되었지. 너도 기억하겠지만 말이야. 하긴 내가 디즈니 만화영화를 따라하고 있는데 너한테 무엇을 기대할 수 있겠니?

미나는 눈앞의 거울에 나타난 제라드를 볼 때까지는 자신이 얼마나 제라드를 그리워했는지 깨닫지 못했다. 제라드의 짜증스러운 표정과 앙다문 입에도 불구하고 미나는 그를 보게 되어 진심으로 기뻤다. "제라드, 성공했어. 이게 됐어!"

"당연히 되지. 나는 정말 오랫동안 너한테 힌트를 주려고 해

왔어. 나는 네가 거울한테 말을 거는 데 이렇게 오래 걸릴 줄은 상상도 못했어. 나는 모든 여자애들이 거울에 대고 말을 하는 줄 알았어. 제길!" 제라드가 화난 척을 했지만, 미나는 제라드가 미나를 보게 되어 기뻐서 입꼬리가 살짝 올라가는 것을 보았다.

"제라드, 너 어디에 있는 거야? 그리모어가 너와 함께 있니? 너는 무사해? 다른 페이들도 너와 함께 있니?" 미나는 긴장해서 초고속으로 횡설수설했다.

제라드는 항복한다는 듯 두 손을 들었고, 자신의 주위를 조심스럽게 살펴보았다. 제라드는 피곤하고 지쳐보였지만 다친 데는 없어 보였다. "나는 괜찮아. 그리모어는 나와 함께 있어. 그리고 다른 페이들은 나와 같이 있지 않아. 그들은 모두 책 속에 갇혀버렸어. 하지만 우리가 그들을 풀어줄 수 있을 것 같아."

"제라드, 지금 어디에 있는 거야? 누가 널 붙잡고 있니?" 미나는 제라드가 한 것처럼 속삭였다. 제라드는 급박해 보였고 조용히 말해야 하는 것 같았기 때문이었다.

"미나, 나는 지금 병원에 있어. 우리는 곧 떠날 거야. 하지만 그는 내일 밤에 다시 돌아올 거야."

"누가 다시 돌아온다는 거야? 제라드, 누가 널 붙잡고 있니? 떠난다니, 그게 무슨 말이야?"

제라드는 한숨을 쉬었고 좌절감에 양손으로 머리를 헝클었다. "미나, 지금은 모든 걸 설명할 수 없어. 시간이 너무 많이 걸려. 너는 내 말을 믿어야 해."

"하! 내가 너를 다시 믿을 것 같아!" 미나는 마치 제라드를 찌르려는 것처럼 제라드가 비친 거울을 손가락으로 콕 찔렀다.

"미나, 나는 절대로 너를 버리고 떠나는 일은 하지 않아." 그가 다정한 목소리로 말했다. "나는 네 곁을 한 번도 떠난 적이 없어. 네가 나를 떠나지 않는 한."

"하지만 왜 너는 책 속에 갇히지 않은 거야? 오, 잠깐. 네가 그랬지. 책이 너한테는 효력을 발휘하지 못한다고. 왜 그 책이 너한테는 작용하지 않는 거야, 제라드?"

제라드는 미나의 말을 무시했다. "미나, 그놈이 낸을 죽일 거야."

"뭐라고? 누가 그렇게 끔찍한 일을 해? 제라드, 너는 경찰에 신고를 해야 해." 미나는 겁에 질려 당황하기 시작했고 불안해져서 목소리가 더 커졌다.

제라드는 양 눈썹을 치켜 올리며 당연한 이유를 말했다. "미나, 나는 경찰에 전화를 할 수 없잖아."

"음, 그럼. 내게 누가 낸을 죽이려고 하는지 말해줘. 내가 신고할게."

"그럼 경찰한테 정확히 뭐라고 할 건데? 그놈은 리퍼(Reaper: '죽음의 사신'이라는 뜻의 그림 리퍼(Grimm Reaper)를 줄인 말)야, 미나." 제라드가 슬픈 목소리로 말했다.

"리퍼? 제라드, 나는 그게 뭔지 몰라." 미나는 절망하며 말했다.

제라드는 거울 쪽으로 몸을 기울였고, 그의 눈은 슬픔으로 가득했다. "아니 너는 들어봤어. '그림 리퍼(Grimm Reaper: '죽음의 사신'이란 뜻으로 여기서는 그림을 거두어들이는 사람이라는 뜻이 될 수 있다)라고 들어봤을 거야. 하지만 너는 한 번도 네 가문과 연관을 지어 생각하지 못했겠지. 미나, 그림들은 보통 그림 과제를 실패해서 죽는 것이 아니야. 그들은 그림 리퍼를 만나서 죽어. 이놈들은 재미로 그림을 추적하고 사냥하는 그림 사냥꾼들이야. 나는 이놈 냄새를 특별히 기억해. 이놈은 네 아빠를 죽인 놈이야."

미나는 화가 나서 소리를 지르고 싶었다. 피가 끓어올랐고 이를 악 물었다.

"제라드, 언제야? 그놈이 낸을 죽이려고 하는 때가?" 미나의 목소리가 떨렸다.

미나는 제라드가 긴장해서 침을 꿀꺽 삼키는 것을 보았다. "미나, 오지 마. 이건 덫이야. 오면 안 돼."

"두 번 묻지 않을 거야, 제라드." 미나가 말했다.

"내일 밤이야. 자정. 생명을 거두는 시간."

제22장

브로디와의 재회

이것은 역사상 최악의 아이디어였다. 미나는 카마이클가의 3층짜리 대저택 입구에서 엄지손톱을 깨물며 서성거렸다. 미나는 이미 경비원에게 여기 온 이유를 거짓말했다. 저번처럼 엄마 회사인 해피메이드의 팸플릿을 갖다 주러 왔다는 똑같은 이유를 댔음에도 쉽게 들어왔다. 처음에 그 이유를 대고 대문 안으로 들어왔으니, 두 번째에도 그 핑계를 대지 않을 이유가 없었다. 그리고 성공했다.

이제 미나는 긴장감이 극에 달했고 여기에 있을 마땅한 진짜 이유도 없었다. 정말로 브로디와 이야기할 필요가 있다는 것을 제외하고는 별다른 이유는 없었다.

저택의 초인종을 눌렀지만 아무도 나오지 않았고, 미나는 그들이 일부러 자신을 피하고 있다는 생각이 들기 시작했다. 키 작은 조경용 나무를 다듬고 있는 정원사 한 명이 미나에게 손짓을 해 집 뒤편을 가리켰다.

미나는 그 뒤편에 뭐가 있는지 알고 있었다. 진입로를 걸어오면서 보았기 때문이다. 바로 마구간이었다. 카마이클가는 교외에 있었지만, 말을 키우는 데 필요한 시설이 모두 있었다. 질주, 장애물 넘기, 마술(馬術)쇼 등 어떤 것이든 할 수 있었고, 카마이클가 사람들도 직접 참가했다. 미나는 저택 옆을 지나는 납작한 돌들이 깔린 산책로를 따라갔고, 올림픽 수영장 사이즈의 야외 수영장 옆의 오솔길을 따라 아래로 내려갔다. 수영장 중간에는 네트가 설치되어 있었다. 아마도 브로디가 수구 연습을 할 수 있게 해 놓은 것인 듯했다.

수영장에는 아무도 없었고, 미나가 살펴볼 곳은 한 곳밖에 없었다. 바로 마구간이었다. 미나는 몸을 떨었다. 말을 싫어했기 때문이다.

물론 브로디가 단 한 가지 재능만 있을 리는 없었다. 그는 모든 것에 뛰어났다. 미나는 멀리서 브로디가 아름다운 순종말을 타고 코스를 돌고 있는 것을 보았다. 그는 말에게 명령을 내릴 때면 아주 상냥했다. 미나는 브로디가 말을 쉽게 다룬다는 것을 알 수 있었다. 브로디와 말 모두 준비가 되자 출발선 앞에 섰다. 그들은 차분히 서 있다 날듯이 달리기 시작했고 코스를 다 돈 뒤 원래 자리로 돌아왔다. 검은 승마바지에 승마용 장화, 승마용 헬멧을 쓴 브로디는 늠름하고 근사해 보였다.

미나는 자신이 입은 청바지, 단추가 달린 파란색 코트, 단화를 내려다보았고 자신이 이곳과는 어울리지 않는다고 느꼈다. 미나는 지저분하게 땋은 머리를 당겨서 정리하려고 애썼지만 소용없었다.

말이 장애물을 넘을 때마다 미나는 공포에 질려 숨을 멈추었다. 미나는 브로디가 말에서 떨어져 밟힐까봐 두려웠다. 하지만 말은 한 번도 점프를 못하거나 속도를 늦추지 않았다. 단 한 번 마지막 두 번째 점프에서 장애물 막대 하나를 떨어뜨렸을 뿐이다. 미나는 울타리 쪽으로 걸어가면서 브로디가 자신이 온 걸 발견하길 기다렸다. 둘이 마지막으로 대화를 나눴을 때 미나는 브로디 때문에 낸이 죽었다고 그를 탓했었기 때문에 브로디가 자신을 어떻게 맞이할지 알 수 없었다.

브로디가 탄 말이 미나가 온 것을 먼저 알아차리고, 미나 쪽으로 몸을 돌렸다. 브로디는 놀라서 고개를 들었고 미나를 보고 얼굴을 찡그렸다. 미나는 여기에 온 것이 실수라는 생각을 했다. 두 사람 중 누가 말하기도 전에 미나는 몸을 돌려 저택을 향해 다시 올라가려고 했다.

곧 미나 바로 뒤에서 말발굽 소리가 났다. 미나는 고개를 들었고 브로디는 말을 탄 채 미나 옆에 서 있었다. 미나는 먼저 말을 했다.

"그래, 너는 아프지도 않고 말짱해 보이는구나." 미나는 브로디를 힐난했다. 미나는 브로디의 눈이 쏙 들어간 것을 보았다. 며칠 동안 잠을 못잔 것 같았다.

"학교에는 왜 안 왔어?" 미나가 물었다.

"너를 볼 용기가 없었어." 브로디가 간단히 대답했다. 브로디는 죄책감에 고개를 숙였고, 미나는 손을 뻗어 그의 부드러운 금발을 만지고 싶었다. 그러나 미나는 자신을 억제했다.

"그날 일어난 일에 대해 너는 나를 책망했지. 낸은 너의 제일 친한 친구인데 내가 그 애를 죽였어."

미나의 눈가가 뜨거워졌지만 브로디와 낸이 차 안에 같이 있었다는 사실에 분노와 질투가 나서 눈물이 나는 것을 막았다. "그날 밤 둘이 뭐하고 있었던 거야?" 미나는 화가 나서 물었다.

브로디는 미나의 갑작스러운 화난 목소리에 놀라 잠시 말을 못했다. 죄진 듯한 표정으로 자신의 말을 쳐다보았다. "비가 퍼붓고 사람들이 오두막 안으로 들어가고 얼마 지나지 않아 피터의 밴드는 빨리 떠나야만 했어. 다른 도시로 가서 다음 공연을 해야 했거든. 몇 시간 안에 공항에 도착해야 했어. 둘 사이에 약간의 말다툼이 있었고, 피터는 낸에게 인사도 하지 않고 떠났어."

"믿기 힘든 얘긴데. 그날 저녁 내내 둘이서 얼마나 행복해했는데. 무슨 일로 싸웠는지 상상도 안 돼." 미나가 팔짱을 끼며 투덜거렸다.

"너를 두고 그런 거였어." 브로디가 어깨를 으쓱하며 말했다.

"뭐라고?" 미나는 죄책감에 가슴이 죄어드는 것 같았다.

"자세한 내용은 모르지만 낸이 너를 찾으러 가고 싶어 했는데 피터는 떠나야 했던 거야. 어쨌든 그래서 둘은 작별인사를 못했고, 피터는 한 달은 떠나 있을 예정이었지. 낸이 내게 작별인사를 할 수 있게 공항에 데려가 달라고 사정했어." 브로디는 미나를 쳐다봤다가 재빨리 눈길을 돌렸다.

"하지만 왜 너야? 왜 직접 운전을 하거나 다른 사람한테 부탁하지 않았지?" 미나가 따지듯 물었다. 얼굴에 질투심이 드러났다.

"왜냐하면 내가 오두막에 늦게 도착한 편이어서 내 차를 몰고 빠져나가기가 쉬웠거든. 낸은 자기 엄마가 알지 못하길 바랐어. 낸은 우리가 제시간에 그들을 따라잡으면 아무도 알기 전에 돌아올 수 있을 거라고 생각했어. 내가 멍청했어. 나도 알아. 그리고 이제 너는 낸을 죽인 것 때문에 나를 미워하겠지." 브로디는 목을 가다듬었고, 미나를 쳐다보지 못했다.

브로디가 이 일로 많이 힘들어하고 있는 것이 분명했다.

"정신 차려, 브로디. 낸은 죽은 게 아니라 혼수상태라고." 미나는 걸음을 멈추고 그의 팔을 붙잡고 꽉 쥐었다.

브로디는 팔을 흔들어 미나를 떼어내려 했다. "믿을 수 없어, 미나! 너는 그 자리에 없었잖아. 너는 차 안에 없었다고.

너는 낸을 보지 못했어. 내가 봤다고! 낸은 죽어 있었어." 브로디는 안절부절못하기 시작했다.

미나는 브로디를 진정시켜야 했다. 미나는 크게 한숨을 쉬고 브로디가 자신의 진심 어린 간청을 들을 수 있도록 천천히 분명하게 말했다. "너한테 그런 식으로 말해서 미안해. 나는 화가 나 있었어. 하지만 네가 그 일을 잊어야 한다고 말한 것은 진심이야. 낸은 죽지 않았어. 낸은 살아 있다고! 너는 과거의 일 때문에 자신을 괴롭혀서는 안 돼."

브로디는 화가 난 채 어깨를 으쓱했고, 일부러 대답하는 것을 피하며 먼 곳을 쳐다보았다.

미나는 확신을 갖고 말했다. 목이 메어 말이 잘 나오지 않았지만 억지로 말이 나오게 했다. "브로디, 나는 너를 원망하지 않아. 그 어떤 것에 대해서도. 그건 네 잘못이 아니야. 누군가 죄를 물어야 할 사람이 있다면 그건 나야."

브로디는 뒤로 돌아 미나를 쳐다봤다. 그의 푸른 눈은 놀란 듯했지만, 미나는 그 안에 숨은 괴로움과 죄책감을 볼 수 있었다. 미나는 손을 뻗어 브로디의 턱을 만졌다. 브로디는 미나의 손바닥에 얼굴을 기댔고, 미나의 손의 향기를 맡았다. 미나는 브로디가 미나에게 기대고 친밀한 접촉을 하자 숨이 막혔다.

브로디는 천천히 쥐고 있던 말의 고삐를 떨어뜨렸고, 미나에게 더 가까이 다가왔다. 미나는 브로디가 자신을 안으려하는 것을 알았고, 브로디가 두 팔을 몸에 두르자 미나는 브로디에게 안기었다. 브로디는 미나의 목에 얼굴을 파묻고 미나를 안았다. 미나는 눈을 감고 브로디의 품속의 아늑함을 만끽했다. 순간 브로디가 조용히 떨고 있는 것을 느꼈다. 브로디는 울고 있었다.

미나는 마음이 아팠지만 이 상황이 싫지는 않았다. 미나가 무엇보다 원했던 것은 브로디의 사랑이었고, 브로디에게 지금 필요한 것은 위로였다. 미나는 브로디의 등을 쓰다듬으며 자신이 모든 것을 바로잡겠다고 약속했다.

브로디가 몸을 떼어내자 미나는 그를 더 가까이 잡아당겨 키스하고 싶었다. 하지만 미나는 지금은 자신의 감정을 고백할 시간이 아니라는 것을 알았다.

미나는 크게 한숨을 쉬었고, 마침내 브로디에게 자신이 여기 온 이유를 말하기로 결심했다. "네 도움이 필요해. 바보 같은 소리 같겠지만, 내가 낸을 혼수상태에서 깨어나게 할 방법을 알 것 같아. 하지만 먼저 나를 어디로 좀 데려다 줬으면 좋겠어. 그럼 내 멋진 계획을 말해 줄게. 그런데 그 일은 네 유명한 사촌을 불러서 계획에 없는 콘서트를 하게 설득하는 일도 포함하고 있어."

제22장 브로디와의 재회

제 23 장

내 지키기 작전

브로디와 미나가 병원 주차장에 차를 세운 것은 일곱 시였다. 그들은 방문객 카운터에 등록을 했고, 하양 빨강의 방문객 카드 목걸이를 받았다. 미나는 병원 안의 기념품가게에 들러 눈에 보이는 제일 싼 토끼 인형을 사서 그것을 들고 낸의 병실로 갔다.

둘은 병문안 시간의 대부분은 낸 곁에 조용히 앉아 있거나 병실 문을 쳐다보며 간호사와 의사들이 회진을 하러 오는 것을 기다리며 보냈다. 지루한 일이었지만, 브로디는 전혀 상관하지 않았다. 브로디는 낸에게 계속 말을 걸고, 첫 간호사가 병실로 들어와 낸의 상태를 체크할 때도 너무 걱정이 되어 찾아온 친구처럼 연기했다.

미나는 브로디에게 자신의 계획을 전부 말하지는 않았다. 미나는 브로디를 믿게 할 정도로만 말했다. 미나는 브로디에게 그와 피터가 낸을 찾아와 사과를 하고 낸 곁에 있어준다면 낸이 깨어날 거라고 말했다. 미나는 그것만으로는 안 된다는 것을 알고 있었지만, 누군가가 낸을 해치러 병실로 몰래 들어올 때 낸 곁에 있어야만 했다.

첫 번째 간호사가 들어왔을 때 브로디는 자리에서 물러나 간호사가 낸을 보게 했다. 미나는 병실 구석에 있는 의자에 앉아 레이저 포인터를 꺼냈다. 간호사가 등을 돌렸을 때 미나는 얼른 레이저 포인터를 간호사의 머리부터 발끝까지 쏘았고 공기가 가물거리거나 어떤 변화가 있기를 기다렸다. 아무것도 없었다. 이 간호사는 페이가 아니었다.

간호사가 나가고 20분이 지나자 미나는 브로디에게 호출 버튼을 누르라고 했다. 다른 간호사가 들어왔고, 무슨 일이냐고 물었다. 브로디는 낸이 깨어나는 줄 알았다며 자연스럽게 거짓말을 했다.

미나는 이 간호사에게도 레이저 포인터를 쏘았지만 아무것도 보지 못했고, 간호사한테 들켜 못마땅한 눈길만 받았다. 그녀가 나가고, 미나는 무력감을 느꼈다. "이렇게는 안 되겠어. 간호사와 의사들을 한꺼번에 많이 불러야 해."

"왜?" 브로디가 물었다.

"왜냐하면 그들 중 한 명은 가짜인 것 같거든. 낸을 간호하는 게 목적이 아닌 사람이 있어." 미나는 브로디가 정말로 이해할 거라고는 생각하지 않고서 말했다.

"그게 정말 낸에게 도움이 될 것 같아?" 브로디가 물었다.

"응, 낸한테 배정된 모든 사람들을 볼 수 있다면. 그럼 나는 누가 가짜인지 찾을 수 있어." 미나는 의자에 털썩 앉았다.

"단지 그들을 보는 것만으로 알 수 있다고?" 브로디가 물었다.

미나가 고개를 끄덕였다. 브로디는 30초 정도 가만히 생각하더니 자리에서 일어나 낸의 심전도기계를 향해 걸어갔다. 브로디는 미나를 쳐다보고 미소를 지었다. "대혼란을 맞을 준비가 되었어?" 브로디는 낸의 가슴 쪽으로 손을 뻗었다.

"브로디! 뭐하는 거야?" 미나가 놀라 큰 소리로 말했다.

"영화에서 본 적이 있어. 뒤로 물러나 있는 게 좋을 거야. 나는 큰 말썽을 일으킬 예정이거든." 브로디는 미나에게 윙크를 하더니 낸의 가슴에 연결된 심장 검사장치의 선에 손을 뻗었다. 한번 툭 당기자 붙어 있던 것이 떨어졌고, 기계에서 작게 삐삐거리던 소리가 멈췄다. 기계 모니터의 그래프가 수평이 되었고 경보기가 울렸다.

브로디는 낸에게서 얼른 떨어졌지만, 미처 멀어지기 전에 간호사들이 달려 들어왔고, 그 뒤로 마틴 선생님이 들어왔다.

"이제, 잘 살펴봐." 브로디가 침대에서 뒷걸음질 치며 작은 소리로 말했다.

미나는 혼란함을 틈타 병실에 들어오는 모든 사람에게 레이저 포인터를 비춰보았다. 당직이었던 마틴에게도 마찬가지였다. 사람들이 밀려들어왔지만 아무것도 보지 못했다. 그들은 모두 인간이었다. 한 간호사가 전선이 떨어져 있는 것을 발견하고 다시 부착했고, 미나와 브로디에게 엄하게 주의를 주었다.

마틴은 미나와 브로디를 향해 몸을 돌렸고 그들이 병실에 있는 것을 보고 놀랐다. "너희 둘은 여기서 뭘 하고 있는 거야?"

"낸이 걱정이 돼서요. 누군가 낸을 해치려는 것 같아요." 미나가 급히 말을 쏟아냈다.

마틴은 미나가 황당한 말을 하자 불쾌해하는 것 같았다. "내가 말했지. 내 미래의 양딸에게 나쁜 영향을 주거나 해를 입히는 일을 한다면 내가 가만히 놔두지 않겠다고."

"하지만 아저씨." 브로디가 끼어들었다. "우린 낸에게 해를 입히는 일은 하지 않았어요."

마틴이 크게 화를 내며 들고 있던 차트를 의자 위에 던졌다. "어떻게 감히 네가 여기 서서 낸에게 해를 입히는 일을 하지 않았다고 말할 수 있지?" 마틴은 화가 나서 브로디에게 손가락질했다. "너는 낸이 타고 있던 차를 박살냈어. 그리고 너!" 마틴은 미나에게 몸을 돌렸다. "다른 사람이 뭐라 그러든 상관없어. 너는 더 이상 여기에 들와서 낸을 보거나 낸에게 말을 걸 수 없어. 내 말 알겠니?"

그때 디에드레 간호사가 들어왔고, 자신의 상사가 일으키고 있는 소동을 보았다.

마틴은 이 큰 몸집의 간호사에게 손짓했다. "이 두 녀석들을 병원 밖으로 내보내세요. 다시는 이 방에 들여보내선 안 돼요." 마틴은 낸의 침대 옆 의자에 털썩 앉았고, 얼굴을 두 손에 묻었다.

브로디와 미나는 병실 밖으로 쫓겨났고 무뚝뚝한 디에드레 간호사는 복도로 그들을 데려갔다. 디에드레는 이들을 건물 밖까지 배웅하며 아주 즐거워했다. 디에드레는 거의 말이 없었지만 브로디와 미나를 완전히 건물 밖으로 내보내고 나서 한마디를 했다. "멍청한 병신. 항상 문제를 일으키지." 디에드레는 의기양양한 미소를 지으며 돌아서서 병원 안으로 들어갔다.

미나는 크게 헉 소리를 냈고, 주머니에서 레이저를 꺼내 디에드레 간호사의 몸을 위아래로 비췄다. 처음에는 아무것도 보이지 않았다. 하지만 곧 그녀의 하얀 유니폼이 가물거리더니 아주 짧은 순간 유니폼 아래 무언가가 보였다. 바로 비늘이었다.

디에드레 간호사가 리퍼였다.

"저 여자야." 미나가 브로디의 셔츠를 움켜쥐며 소리쳤다. "저 여자가 낸을 해치려고 하는 사람이야!"

브로디는 두 팔을 벌려 미나를 당겨 품에 안았다. "우리가 막는다면 못하겠지."

세 시간 뒤에, 아주 크고 럭셔리한 투어버스가 병원 앞 주차장에 차를 댔다. 보도에 앉아 있던 미나와 브로디는 일어나 데드 프린스의 투어버스를 마중하러 갔다. 문이 열렸고 스피커에서 나오는 음악 소리가 쾅쾅 울렸다. 스키니 진과 까만 조끼를 입은 나가는 버스 계단을 성큼성큼 내려왔고 팔을 벌리며 얼마 없는 관중을 향해 말했다.

"키 큰 섹시가이 보러 오신 분?" 나가는 자신을 가리키며 보도로 폴짝 뛰어내리며 소리를 질렀다. 나가는 팬을 찾아 거들먹거리며 주위를 걸었지만 아무도 보이지 않자 어깨가 축 처졌다. 나가는 흰색 줄무늬가 있는 자신의 모호크 머리로 손을 가져가 부드럽게 만졌다.

"걱정 마. 자긴 여전히 아름다우니까." 콘스탄틴이 버스에서 나오며 나가를 놀렸다. "분명 간호사들이 널 보면 뿅 갈 거야." 나가는 이 긴 머리의 밴드 멤버에게 주먹을 날렸지만 콘스탄틴은 아슬아슬하게 피했다.

매그너스는 버스에서 내리자마자 매점이 문을 열었는지 물었고 마지막으로 피터가 나왔는데 그는 거의 죽어가는 모습이었다.

머리는 며칠 안 감은 것 같았고 입은 옷은 잘 때도 그대로 입고 잔 것 같았다. 브로디는 피터에게 다가갔고, 단둘이 얘기할 수 있냐고 물었다. 브로디는 조용히 말했고, 피터는 손으로 머리를 긁적이며 고개를 끄덕였다.

브로디의 어깨가 축 늘어진 것을 보고 미나는 브로디가 피터에게 사고가 난 차를 자신이 운전했었다는 것을 말하고 있는 거라 짐작했다.

피터는 화가 나서 몸이 굳었고, 팔을 들어 올려 브로디의 얼굴로 주먹을 날렸다. 브로디는 갑작스러운 공격에 바닥으로 나가떨어졌다.

피터는 브로디를 내려다보며 소리를 질렀다. "너를 용서할 수 없어. 하지만 지금은 내가 어떻게 낸을 도울 수 있는지 알고 싶어." 피터는 몸을 돌려 깜짝 놀란 미나와 밴드 멤버들을 향해 섰다.

"너희들 좀 시끄럽게 해줄 수 있겠어?" 미나가 기대를 하며 물었다. "이렇게 늦은 시간에는 아마 항의가 들어올 거야. 경찰들도 올 테고."

매그너스는 감자칩 봉지를 들고 감자칩을 아작아작 씹으며 먹고 있었다. 잠시 후 버스 뒤로 벤이 한 대 왔고 무대 스텝들이 무슨 일인가 하고 나왔다.

나가는 어깨를 으쓱했다. "나는 경찰 따윈 무섭지 않아. 그렇게 하면 우리가 TV에 나올 수도 있을 거고. 분명해."

콘스탄틴은 투어버스 아래 짐 싣는 칸으로 가서 첫 번째 칸을 열고 커다란 스피커와 기타를 꺼냈다. "한 번 해 보자." 콘스탄틴이 당당하게 말하며 기다리고 있는 무대 스텝 한 명에게 마이크 코드가 든 상자를 건넸다. "나는 즉석 콘서트를 할 준비가 되었어. 너는 어때 피터?"

피터는 콘스탄틴의 말을 무시하고 미나에게로 걸어왔다. "이게 정말 도움이 되는 게 확실해?" 피터가 물었다. 피터의 눈은 희망과 괴로움으로 가득 차 있었다.

미나는 고개를 저었다. "확실하진 않아. 하지만 이건 내 계획의 전반부일 뿐이야. 후반부는 나중에 나올 거야. 참여할래? 지금은 너희들이 가능한 시끄럽게 해 주는 게 필요해. 모든 관심이 너희한테 쏠려서 내가 병원 안에 들어갈 수 있게. 낸을 위해서 이 일을 해 줄래?" 미나가 애원했다.

매그너스는 주차장 제일 뒤편, 병원 건물을 마주보는 자리에 드럼을 설치하기 시작했다. 나가는 전기 연결선을 끌어내고 있었고, 콘스탄틴은 커다란 검은색 기타 케이스를 들고 걸어왔다. 피터는 기타 케이스를 열고 지난 콘서트에서 썼던 커다란 빨간 기타를 꺼냈다. 피터가 머리 위로 기타 스트랩을 넘기며 기타를 매자 미나는 팔에 오싹한 전율을 느꼈다. 피터는 무대 스텝으로부터 전기코드를 받아 자신의 기타에 꽂았다.

더 많은 무대 스텝이 나타났고, 이동식 음향장치와 조명을 설치하기 시작했다. 브로디도 즉시 달려들어 장비 설치를 돕기 시작했다.

밴드 멤버들은 곧 자신의 악기들을 조율하기 시작했다. 연결코드와 전선들이 버스에서 나와 병원 덤불에 놓아둔 다양한 변압장치에 연결되었다. 병원 경비원 몇 명이 무슨 일인가 하고 보러 왔지만 아직까지는 누구도 밴드에 접근하지 않았다. 미나가 고개를 들어 병원을 보았을 때 낸의 병실의 커튼이 살짝 움직이는 것을 보았다. 누군가 이미 병실 안에 있었다. 미나는 그것이 리퍼가 아니길 바랐다.

"제발, 서둘러줘!" 미나가 애원했다. 미나는 손목시계를 확인했고, 이마에 땀이 났다. 자정까지 15분밖에 남지 않았다.

브로디는 스탠드를 세우고 마이크를 테스트했고, 피터 앞에 그것을 놓았다. 둘은 서로를 노려보았다.

"우린 그럴 시간이 없어." 미나가 지적했다.

피터는 잠시 눈을 감고 떨리는 깊은 숨을 쉬었다. 피터는 눈을 떴고 얼굴에 환한 가짜 미소를 지으며 즉시 밴드의 리드 싱어, 발데마르로 변신했다. "죽은 자를 깨우는 콘서트를 시작합니다." 피터는 입을 열고 노래하기 시작했다.

성공적이었다. 사람들이 창문과 복도로 몰려들었고, 무슨 소동이 일어났는지 보려고 일층까지 내려오는 사람들도 있었다. 미나는 콘서트를 보고 흥분하는 병원 직원들이 얼마나 많은지 보고 놀랐다. 그들에게 이것은 깜짝 선물 같은 것이었다. 게다가 밴드는 주차장에서 공연을 하고 있었기 때문에 사람들은 공연을 멈추게 하려고 하지도 않았다. 하지만 결국 누군가는 할 것이었다.

누군가 경찰을 부를 것이고, 그러면 병원은 경찰들로 득실댈 것이다. 경찰들이 더 많이 있을수록 리퍼가 포기하고 도망갈 확률이 컸다. 미나는 경찰로 둘러싸인 병원에서 소녀를 죽이려고 하는 사람은 아무도 없을 거라고 생각했다. 그렇게 되길 간절히 바랐다. 하지만 만약 리퍼가 간호사라면 그는 낸에게 어떤 종류의 약이라도 주사할 수 있을 테고 그러면 아무도 모를 것이었다.

미나는 데드 프린스 밴드가 관심을 끄는 사이 응급실 문으로 달려 들어갔다. 병원 직원 대부분이 사진을 찍으러 병원 정문에 모여 있었기 때문에 이쪽 길은 통과하기가 아주 쉬웠다. 미나는 엘리베이터를 지나 계단으로 가서 한 번에 두 계단씩 올라 낸의 병실이 있는 층으로 갔다. 미나는 4층 계단에 이르러 복도로 통하는 문을 열었고, 병원 직원들의 소리에 귀를 기울였다. 아무도 없었다. 미나는 안으로 들어가 복도를 살금살금 걸어갔고, 휴게실을 지나기 전 잠시 걸음을 멈추었다. 제라드가 덫이라고 경고했던 말이 계속 떠올랐다. 미나는 자신에게 주어진 선택사항을 살폈고, 낸을 살리기 위해서는 무슨 일이든 할 용의가 있었다.

예상했던 것처럼 당직 의사와 간호사들은 창문에 붙어 아래의 광경을 내다보고 있었다. 미나는 그들이 어떻게 교대를 해서 아래로 내려가 사인을 받을 것인지 흥분해서 속삭이는 소리를 들었다. 디에드레 간호사와 마틴 선생님은 창문에서 멍하게 밖을 쳐다보는 사람들 사이에는 보이지 않았다.

미나는 그들이 근처에 없을 거라고 믿고 운에 맡겨야 했다. 미나는 낸의 병실로 조용히 다가가면서 자신의 계획과 자신의 능력에 의심이 들기 시작했다. 그냥 경찰에 전화해서 누군가 자신의 친구를 죽이려고 한다고 말했어야 하는 것은 아닌지 갈등하기도 했다. 하지만 한편으로 그렇게 말했는데 자신의 말을 믿어주지 않는다면 어땠을까 라는 생각도 들었다. 미나는 좌절감에 고개를 흔들었다. 미나는 경찰이 자신을 심문하고 그 일에 대해 어떻게 알고 있는 건지 물었다면 사실 대로 죽음의 사신이 자정에 낸을 죽일 거라고 거울 속의 소년이 말해줬다고 말할 수는 없는 노릇이라고 결론을 내렸다.

"네가 포기하지 않고 몰래 들어올 줄 알았지." 걸걸한 목소리가 가까이서 들렸다. "너는 여기에 있어선 안 돼."

미나는 뒤를 돌아 디에드레 간호사가 서 있는 것을 보았다. 디에드레는 하얗게 센 머리를 단단히 잡아당겨 올림머리를 하고 있었다. 디에드레는 통통한 팔을 뻗어 미나를 잡으려고 했지만, 미나는 문을 향해 도망쳤다. 미나는 이 페이를 멀리 유인하기를 바라며 낸의 병실에서 나와 복도로 달려 나갔다. 이간호사는 미나를 바짝 따라붙었다. 미나는 계단을 통해 한 층을 내려갔고 복도를 달려 노란색 표지판과 공사 테이프가 쳐진 곳을 통과했다. 미나는 양문을 통과해 도망쳤고 두 개의 비닐 막을 통과해 달려 들어갔다. 석고보드와 먼지, 페인트 냄새가 미나의 코를 강타했다. 미나는 의도치 않게 공사가 덜 끝난 병동으로 달려온 것이었다. 미나는 숨을 곳을 찾다가 석고보드를 쌓아놓은 대형 화물 운반대를 발견했다. 미나는 그 뒤로 숨었고, 거친 숨을 가다듬으려고 애썼다. 얼마 지나지 않아 미나가 지나온 양문이 삐걱하며 열리는 소리가 들리더니 비닐 막이 천천히 옆으로 움직이며 쉬익 거리는 소리가 났다.

미나는 디에드레가 미나를 찾아 시멘트 바닥을 천천히 걸어오는 소리를 들었다. 그러다 뭔가가 변했다. 발소리가 더 커졌고 한 걸음 한 걸음마다 바닥이 진동을 했다. 숨소리가 들렸고 큰 소리였다. 미나는 쌓인 석고보드 모서리로 훔쳐보았고, 디에드레가 있는 쪽에서 먼지가 자욱하게 일어나는 것을 보았다. 그런데 그것은 먼지가 아니라 연기였다.

크렁크렁하는 소리가 났다. 무엇인가가 시끄럽게 냄새를 맡고 숨을 쉬는 소리 같았다. 미나는 극도의 공포감에 얼어붙었고, 머릿속에서 아까 레이저 포인터를 쏘아 보았던 디에드레의 모습과 지금 귀에 들리는 소리를 종합하려고 애썼다. 상황이 좋지 않았다. 땡그랑 쇠가 부딪치는 소리가 났고, 미나는 소리가 난 곳을 바라봤다. 바닥에 떨어진 쇠지렛대가 겨우 보였다. 심장이 쿵쾅댔고 맥박이 뛰는 소리가 들리는 것 같았다.

미나는 자신이 무엇에게 쫓기고 있는지 확인할 필요는 없었다. 디에드레가 자신의 페이 모습으로 변신한 것이었다. 디에드레는 미나가 숨은 곳으로 점점 다가오고 있었다.

미나는 디에드레가 모퉁이를 돌기 직전에 목재보를 높이 쌓아놓은 곳으로 기어갔다. 미나는 새로 숨은 장소에서 그 페이의 모습을 볼 수 있었고, 그 모습에 겁에 질렸다. 디에드레는 용이었다. 동화 속에 나오는 멋진 모습이 아니라 땅딸막한 모습이었다.

용은 두 발로 걷다가 네 다리로 스르륵 기었고, 도마뱀이 움직이는 것과 아주 비슷하게 움직였다. 은색과 검은색의 비늘로 뒤덮인 용으로 연기를 내뿜었다. 용은 몸을 숙여 미나가 방금 전까지 있던 곳을 쿵쿵거렸다.

미나는 이제 죽은 목숨이었다. 미나가 용을 죽일 수 있는 방법은 없었다. 더욱이 그리모어도 없었다. 잘해봤자 용에게 상처를 입히거나 낸을 병원 밖으로 피신시키는 동안 용의 관심을 돌리는 정도를 할 수 있을 것이다. 하지만 미나에게는 시간이 없었고, 숨을 곳도 더 이상 없었다. 용이 점점 속도를 내어 수색하기 시작했다. 마치 더 절박해지고 있는 쪽이 용인 듯했다.

미나는 긴장감에 손에 땀이 났다. 마침내 미나는 자신이 더 유리한 점을 알아냈다. 미나는 이 넓은 공간에서 용이 돌아다니는 모습을 보다 그것의 약점을 알아냈다. 그것은 아주 빨리 움직일 수가 없었다. 천장은 날개를 사용하기에는 너무 낮았고 그래서 용은 네 발로 느릿느릿 기어 다녀야만 했다. 만약 미나가 달린다면 용보다 더 빠를 수 있었다.

미나는 땅에 몸을 붙이고 아까 보았던 쇠지렛대가 있는 곳을 향해 기어갔다. 미나는 손을 뻗어 그것을 쥐었고, 그 옆에 공사 인부가 두고 간 연장벨트를 보았다. 거기에서 미나는 망치를 들었고 셋을 센 다음 양문에서 가장 멀리 떨어진 구석으로 던졌다. 땡그랑 소리가 크게 났고, 미나는 용이 흥분해서 포효하며 구석으로 달려가는 소리를 들었다.

이 공간은 점점 연기로 가득차고 있었고, 미나는 숨 쉬기가 아주 힘들었다. 하지만 심호흡을 한 번 하고는 용이 미나 옆을 지나자마자 양문을 향해 달리기 시작했다.

용이 고개를 돌려 분노로 이글거리는 푸른 눈으로 미나를 쏘아봤고, 방향을 돌려 미나를 뒤쫓아 왔다. 미나는 양문에 이르렀을 때 공포로 비명을 질렀고, 밖으로 나오자마자 문을 닫았다.

미나는 뒤로 돌아 양문의 세로로 길게 난 좁은 유리창을 통해 용이 미나를 향해 돌진하는 것을 보았다. 용이 문을 부수고 통과하려는 순간 미나는 이를 악 물고 쇠지렛대를 양문의 철제 손잡이 틈에 밀어 넣었다.

미나는 공포에 질려 뒤로 넘어졌다. 하지만 거대한 철제 양문은 단단히 닫혀 있었다. 용이 쇠지렛대로 잠근 문을 밀어내려고 할 때마다 문 아래에서 연기가 피어올랐지만 문은 꿈쩍도 하지 않았다. 커다란 파란색 눈이 한쪽 유리창에 나타나 미나를 노려보았다.

미나는 두려움에 침을 꿀꺽 삼켰고, 옷을 털어내고 낸을 향해 계단을 달려 올라갔다. 미나는 낸이 안전해질 때까지 문이 버틸 수 있기를 간절히 바랐다. 일단 4층에 돌아오자 미나는 복도를 빨리 걸어갔다. 창문을 지날 때 빨강 파랑의 경찰차 불빛이 벽을 비추는 것이 보였다. 결국 누군가 경찰을 부른 모양이었다. 이제 경찰이 이 구역에 있으니 미나가 할 일은 낸을 병원 밖의 다른 안전한 곳으로 데려가는 것뿐이었다.

다른 날 리퍼를 다시 찾아서 그리모어를 되찾으면 되었다. 미나는 리퍼가 포기하지 않을 거란 것을 알았다. 리퍼는 끝까지 미나를 찾아 죽이려고 할 것이다. 하지만 그때까지는 미나가 용을 죽일 방법을 찾아낼 것이었다.

미나는 413호 병실로 왔고, 조용히 문을 열고 몰래 안으로 들어갔다. 병실은 어두웠고 커튼이 쳐져 있었다. 빨강과 파랑 불빛이 천장에서 깜박일 뿐이었다. 밖에서는 더 이상 음악 소리가 들리지 않았고, 그것은 즉석 콘서트가 공식적으로 끝났다는 것을 의미했다. 미나는 침대로 걸어가다 바닥에 있는 무언가에 발이 걸렸다. 암흑에 가까운 곳에서 미나는 손을 뻗어 그 물건을 옮기려고 했다. 하지만 미나의 손에 닿은 것은 체온이 있는 사람의 다리였다. 그리고 그 다리 주인은 바닥에 누워 있었다.

미나는 재빨리 손을 뗐고 고개를 들어 낸이 침대 위에 자고 있고 심전도기계가 여전히 조용히 삐삐 소리를 내는 것을 확인했다.

미나는 천천히 침대를 빙 둘러 입구 쪽으로가 전등 스위치로 손을 뻗었다. 두려움에 손이 떨렸다. 미나는 마치 반창고를 떼어내듯 스위치를 탁 켰고, 바닥에 엎드려 누워 있는 몸을 보았다. 마틴 선생님이었다. 마틴의 머리 옆쪽에 커다란 혹이 있었고, 이마에 피가 묻어 있었다.

미나는 손을 뻗어 마틴의 목을 만져 맥박을 확인했다. 마틴은 조용히 신음 소리를 냈다. 마틴은 아직 살아 있었다. 병실 구석에서 작게 삐삐 하는 소리가 들렸다. 미나는 소리가 난 쪽으로 고개를 들었고, 한 남자가 미나를 바라보며 조용히 앉아 있었다.

그는 머리부터 발끝까지 검은색으로 입고 있었고, 긴 가죽 재킷은 바닥까지 닿아 있었다. 그 남자는 손을 뻗어 그의 비싼 손목시계를 만져 알람 소리를 껐다. 미나는 병실 안의 시계를 보았고 다시 의자에 앉은 그 남자를 보았다.

자정이었다. 그는 천천히 자리에서 일어나 벽에 기대놓은 나무로 된 기다란 물체를 잡았고 미나에게 다가왔다.

미나는 자신이 본 것이 이해가 되지 않았고 믿을 수도 없었다. 미나는 혼란스러워 고개를 흔들었다. 미나는 그를 알아보았다. 그는 칼이었다. 잃어버렸던 기억들이 머릿속에 밀려들었다. 하지만 말이 안 됐다.

그는 나무 지팡이의 옆면에 있는 버튼을 눌렀고, 지팡이 끝에서 검이 튀어나왔다. "제 시간에 왔구나." 칼이 걸걸한 목소리로 말했다. "생명을 거둘 시간에!" 칼은 미나의 머리를 향해 검을 휘둘렀다.

제 24 장

용과 거인의 싸움

미나는 또다시 마틴의 엎드린 몸에 발이 걸려 뒤로 넘어졌다. 칼은 잔인한 미소를 지으며 낸이 누워 있는 침대를 가볍게 밀었다. 침대는 미나가 있는 쪽을 향해 오고 있었다. 칼은 언제라도 여기에 있는 아무나 죽일 수 있었다. 미나가 할 수 있는 일은 하나뿐이었다. 바로 시간을 끄는 것이었다.

"왜 지금이야? 왜 네게 처음 기회가 있었을 때 나를 죽이지 않은 거지? 내 말은, 이것 봐. 너는 나를 잡았지만 그냥 보내주었잖아. 그런 것을 보면 네가 유능한 리퍼 같지는 않은 걸." 미나는 실제보다 더 용감한 척하려고 하며 빈정거렸다.

칼은 걸음을 멈추고 화가 나 이를 드러냈다. 그러더니 예상치 못한 행동을 했다. 칼은 웃음을 터뜨렸다. 위협적으로 킬킬

거리더니 웃음소리가 점점 더 커졌다.

칼은 웃는 것을 멈추더니 미나를 보고 씨익 웃었다. "마지막으로 그림을 죽인 지 꽤 됐었는데 솔직히 내가 차로 그림을 칠뻔하리라고는 상상도 못했지."

칼은 왼쪽으로 움직였고, 미나는 동시에 오른쪽으로 움직이며 그의 검이 닿지 않는 곳으로 움직였다.

"하. 보시다시피 우리는 이렇게 살아 있는 걸." 미나는 검을 바라보며 또다시 빈정댔다.

"새로운 그림이 나타났다는 소문을 들었지. 그래서 그림을 찾고 있었어." 칼이 미나를 주의 깊게 위아래로 훑어보았다. "하지만 이렇게 어릴 줄은 몰랐지. 네가 거짓말로 이 여자애라고 말한 것은……." 칼은 침대에 누워있는 낸을 향해 고개로 가리켰다. "아주 재치 있었어."

"네가 누구인지 알았더라면 나는 지체하지 않고 너를 죽여버렸을 거야." 칼은 재킷에 손을 넣고 검은 가죽장정 책을 꺼냈다. 미나는 그것을 보자마자 몸이 굳어버렸다. 그리모어였다. 새 주인에게 맞추느라 모양이 달라져 있었다.

"그건 내 거야." 미나가 말했다.

"네 것이었지." 칼이 책을 휘두르며 말했다. "그날 밤 너를 구해준 것이 이 책이었을지도 몰라. 나는 이것을 찾게 될 줄은 몰랐거든. 나는 처음에는 이것이 뭔지 몰랐지만, 이것이 전설적인 그리모어이고 네가 거짓말을 했다는 것을 알아냈을 때는 이미 늦은 뒤였지. 누군가가 산림경비대에 우리가 있는 위치를 알린 거야. 그래서 나는 내 전리품을 챙기고 너를 보내주었지. 하지만 나는 미끼를 놓고 낸이라는 이 애를 죽이면 네가 나를 찾아올 거란 것을 알고 있었지." 칼은 손을 펼치며 미나를 가리켰다. "그리고 내 생각이 옳았어. 여기 네가 왔잖아."

"네가 페이들을 책 안에 잡아들이던 바로 그 놈이었구나." 미나가 칼을 비난했다.

칼은 무심하게 어깨를 으쓱했다. "다 응보를 받는 거야. 사실 너를 포함해 모든 페이들은 응보를 받는 거야."

"제라드는? 그에게 무슨 짓을 한 거지?" 미나가 소리쳤다.

칼은 혼란스러운 표정으로 미나를 보았다. "나는 제라드는 잡지 않았어. 음, 내가 알기론 말이지." 칼이 웃었다.

미나는 골똘히 생각하며 입을 오므렸다. 시간이 없었다. 복도에서 쿵쾅거리는 소리가 점점 가까이 왔고 리퍼도 들었다.

그 순간 칼은 고함을 지르며 공중으로 검을 높이 쳐들었고 디에드레 간호사가 문을 박차고 들어와 칼이 있는 방향을 향해 몸을 던졌다. 검이 은색 비늘이 덮인 디에드레의 어깨를 내리친 순간 드에드레는 비명을 질렀고, 반쯤 변신한 상태였다. 디에드레의 어깨를 찌른 검이 뼈까지 깊이 박혔다. 디에드레가 바닥으로 떨어졌고 그녀의 비명 소리가 고통스러워하는 포효로 바뀌었다. 검이 두 동강이 났다. 검의 반은 반쯤 용으로 변한 디에드레에게 박혀 있었고, 다른 반은 긴장한 리퍼의 손

에 처량하게 달려 있었다. 심한 공격에 크게 다친 늙은 간호사
는 몸을 일으켜 세웠고, 용의 모습으로 완전히 변신한 다음 칼
을 구석으로 몰아갔다. 칼은 다시 달려들려고 했지만 용은 칼
의 재킷을 발톱으로 할퀴어 그리모어가 든 주머니를 찢었다.

미나는 그리모어가 떨어져 바닥으로 미끄러지는 것을 보았
다. 미나는 그리모어를 향해 달려들었지만, 칼도 마찬가지였
다. 칼이 그리모어를 잡았고, 그 순간 디에드레는 칼의 다리를
물었다. 칼은 비명을 지르며 책을 놓쳤고, 자신의 재킷 안으로
손을 뻗어 다른 무기를 찾았다. 칼은 사악해 보이는 흰 검을
꺼내 용의 주둥이를 찔렀다.

미나는 뒤도 돌아보지 않았다. 미나에게는 시간이 없었다.
미나는 더듬대며 마틴을 일으켜 세워 낸의 침대 발치에 올렸
다. 마틴은 거의 의식이 없었다. 미나는 낸에게서 기계들에 연
결된 선들을 뽑고서 병원 침대를 열린 문을 향해 밀기 시작했
다. 이 새로 지은 병원은 침대는 물론 거대한 용이 다니기에도
충분히 넓었다.

미나는 복도로 침대를 밀고 나갔다. 뒤를 돌아보니 방에서
커다란 불길이 치솟는 것이 보였다. 용과 칼이 싸우는 소리가
들렸고, 용이 내뿜는 연기 냄새가 났다. 미나는 사람들을 병원
밖으로 빨리 내보내야 했다. 벽에 화재경보기가 있었고, 미나
는 그것을 잡아당겼다. 즉시 경보기가 울렸고, 경찰이 온 밖을
구경하러 가지 않고 4층에 남아 있는 몇 안 되는 야간 근무자

들이 병실을 비우기 시작했다. 다행히 이쪽 복도에는 낸의 병실이 유일하게 환자가 있는 방이었다. 한 간호사가 용과 리퍼가 싸우고 있는 불길이 치솟는 방을 향해 뛰어가기 시작했고, 미나는 그녀를 붙잡았다.

"저기요! 그쪽은 가지 마세요. 불이 났어요. 제가 병실 안의 사람들은 다 내보냈으니 데리러 가실 필요 없어요."

맨디라는 이름표가 붙은 간호사는 미나가 가리킨 복도를 바라봤다. 맨디는 공포에 질려 눈이 커다래졌다. 그 순간 맨디는 비상훈련을 받은 대로 낸의 침대를 붙잡고 비상출구를 향해 밀기 시작했다. 걸을 수 있을 정도로 건강한 환자들은 계단으로 안내되고 있었다. 다른 환자들은 승강기에 태우거나 들어서 옮겼다.

미나는 그 간호사가 복도 끝 비상용 승강기에 마틴을 태우고 내려가려던 젊은 남자를 손으로 불러 세우고 낸을 안아들고 승강기에 타는 것을 보았다. 그들이 4층에 남아 있던 마지막 사람들이었다. 미나는 그들이 안전히 빠져나간 것을 보고 안심하고서 낸의 병실을 향해 달려갔다.

바닥이 우르릉 울리더니 병실 벽이 바깥쪽으로 무너져 내리며 디에드레와 칼이 복도로 넘어졌다. 칼은 다시 검으로 용을 찔렀다. 하지만 디에드레는 자신의 거대한 발톱을 이용해 그의 배를 할퀴었다. 놀랍게도 칼은 용이 입은 만큼 큰 상처를 입지 않았다. 용이 칼의 팔을 물었고 금속이 으스러지는 소리가 크게 들렸다.

미나는 벽에서 소화기를 꺼내들고 불타고 있는 병실로 달려갔다. 미나는 소화기를 이용해 불타는 잔해를 헤치고 나갈 길을 뚫었다. 이 잔해더미 어딘가에 그리모어가 있었다. 연기 때문에 눈이 매웠고, 미나는 연기 아래 바닥으로 엎드렸다.

그리모어는 벽 옆의 잔해더미에 있었다. 미나는 그리모어 바로 위에서 불타고 있는 나무잔해에 소화기를 뿌렸다. 그리고 그리모어를 집어 들고 복도로 서둘러 나갔다. 불은 이제 다른 방으로 옮겨 붙고 있었고, 디에드레와 칼은 휴게실에서 싸우고 있었다. 미나는 그리모어를 두 손에 들었다. 책이 안도의 한숨을 내쉬는 것이 들린 것 같았다.

"준비 되었니?" 미나가 책에게 물었다.

"왜 이렇게 늦은 거야." 제라드가 미나 옆에서 큰 소리로 말했다. "나는 네가 나를 잊어버린 줄 알았어."

미나는 어깨너머로 고개를 돌렸고 머리부터 발끝까지 검은색으로 입은 제라드가 서 있었다. "너를 그냥 잊어버리는 건데. 너는 그래도 싸." 제라드가 뭐라고 하려고 했지만 바로 그때 괴롭게 포효하는 소리가 복도에 울렸다.

미나는 소리가 나는 쪽으로 달려가기 시작했다. 용의 배에 칼의 검이 깊이 꽂혀 있었다. 디에드레는 자신의 몸으로 칼을 바닥으로 짓누르고 있었다. 디에드레가 몸을 움직여 배에 박힌 검을 빼내려고 한다면 칼이 도망칠 것이었다. 하지만 지금 그 상태로 계속 있는다면 분명 검이 그녀의 복부를 더 깊이 파고들 것이었다. 용은 고통스러워하며 울부짖었고, 리퍼의 양팔을 물었지만 거의 상처를 입히지 못했다.

"왜 저놈은 죽지 않는 거지?" 미나가 소리 질렀다.

"리퍼는 철로 된 거인이야. 그녀의 발톱이나 이빨, 또는 그녀가 내뿜는 불로는 그를 죽일 수 없어."

"그럼 무엇으로 그를 죽일 수 있단 말이야?" 미나가 울부짖었다.

"아무도 몰라. 하지만 그녀는 우리를 보호하려고 자신을 희생할 거야." 제라드가 슬프게 말했다. 제라드는 늙은 용을 내려다보았고, 그의 두 눈은 눈물이 고인 것처럼 반짝였다.

"어서 해!" 용이 걸걸한 목소리로 울부짖었다.

미나는 디에드레를 내려다보았다. 디에드레는 입을 열어 아주 분명히 말하고 있었다. "지금 해! 책을 사용해!" 디에드레가 지시했다.

용이 말을 하자 칼은 겁에 질려 싸우려고 했다. 칼은 고함을 치더니 도깨비보다 크지만 팔과 다리가 더 호리호리한 거인으로 변신했다. 칼의 피부는 반투명한 은색이었다. 칼은 용에게서 빠져나오려고 하면서 소리를 지르고 비명을 지르면서 용을 때렸다.

"디에드레는 왜 이렇게까지 하는 거지? 그만하고 비키라고 말해." 미나는 그리모어를 열며 말했다.

하지만 제라드는 고개를 저었다. "비키지 않을 거야. 저놈은 우리 둘 중 누구도 이길 수 없을 정도로 강해. 우리는 그를 꺾을 수 없어. 그녀가 그를 풀어준다면 우리는 절대로 그를 잡아서 책에 가두지 못할 거야. 이게 유일한 방법이야." 제라드는 용을 슬픈 눈으로 바라보았고 디에드레를 향해 걸어갔다. 제라드는 용의 옆면의 비늘을 쓰다듬었고, 미나는 용이 기쁨에 한숨을 내쉬는 것을 들었다.

"나는 그럴 수 없어." 미나는 결심했다. 미나의 볼에 눈물이 흘러내렸고, 용에 대한 강한 의리를 느꼈다. 몇 시간 전까지만 해도 미나가 리퍼라고 생각했던 용이었다. 미나는 용이 미나를 해치려 한다고 생각했었지만, 사실 그녀는 미나를 겁주어 병원에서 쫓아 보내려고 한 것이었다. 이제 용은 미나와 제라드를 보호하고 있었다.

제라드는 미나에게 화를 내며 재촉했다. "해야만 해. 하지 않으면 너는 그녀의 죽음을 욕되게 하는 거야. 그럼 그녀의 죽음이 헛되게 될 거야." 제라드는 계속해서 용의 비늘을 쓰다듬었고, 피가 흐르는 용의 주둥이를 만지기까지 했다.

칼은 손을 뻗어 날이 삐쭉 삐죽한 검의 손잡이를 붙잡더니 검을 용의 몸 안으로 더 깊이 밀어 넣었다. 용은 고통으로 울부짖었다. 제라드는 칼로부터 검을 뺏으려고 했지만, 용은 자신의 커다란 머리로 제라드를 쳐서 그를 거인이 닿지 못하는 휴게실 반대편으로 날려버렸다.

제라드가 벽에 부딪치자 미나는 비명을 질렀다. 하지만 제라드는 재빨리 몸을 굴려 일어났고 미나를 노려보았다. "지금해! 그리모어를 이용해서 그들을 가둬버리라고! 그녀는 죽어가고 있어."

"그럴 수 없어." 미나가 소리쳤다. 눈물이 철철 흘러내렸다. 미나는 바닥에 주저앉았고 용과 거인이 싸우는 모습을 보았다. 몇 분 전만해도 미나는 디에드레가 자신의 적인 줄 알았지만 그게 사실이 아니라는 것을 안 지금은 용을 책 속에 영원히 가둘 수가 없었다.

제라드는 미나 옆에 무릎을 꿇고 앉았고, 미나의 팔을 잡고 미나의 눈을 깊이 들여다보았다. 제라드의 회색 눈은 눈물을 흘려 빨갛게 충혈 되어 있었다. 제라드는 미나의 팔을 잡고 부드럽게 흔들었다. "내 말 들어. 그녀는 죽어가고 있어. 그녀도 알고 있다고. 나도 알고 있고. 리퍼도 알고 있어. 네가 지금 그들을 가두지 않는다면, 그러다 그녀가 죽는다면 리퍼는 자유롭게 풀려날 것이고 너를 죽일 거야."

검은 연기가 복도를 가득 채웠고, 미나는 열기가 등 뒤에 닿기 시작하는 것을 느꼈다. 제라드는 미나를 다시 흔들었다. "지금 하지 않으면 결국엔 우리 모두 죽게 될 거야."

미나는 디에드레를 내려다보았고, 그녀의 움직임이 느려지고 그녀가 칼을 물고 있는 입도 힘이 빠진 것을 보았다. 마치 거인을 붙잡아두는 데에만 온 힘을 다하고 있는 것 같았다. 용의 짙은 푸른색 눈이 미나의 눈과 마주쳤고, 용은 동의하듯 고개를 끄덕였다.

미나는 그리모어로 손을 뻗어 책을 열었고 많은 페이지들이 페이들로 가득 차 있는 것을 보고 놀랐다. 미나는 빈 페이지를 발견하고 책에 대고 속삭였다. 책은 빛을 발하기 시작하더니 빛이 쏟아져 나왔다. 미나는 책을 용이 있는 방향으로 향하게 했고 칼은 당황하기 시작했다. 칼은 울부짖었고, 발로 차고 할퀴면서 발버둥 쳤다. 그러나 용은 기대와 희망을 품은 애정 어린 눈으로 책을 쳐다보았다.

방이 빙글빙글 돌기 시작했다. 의자가 날고 종이들이 날라다녔고, 용과 거인 둘 다 서서히 책의 열린 페이지를 향해 끌려가기 시작했다. 거인이 책의 끌어당기는 힘에 저항하자 디에드레는 마지막 남은 힘을 이용해 강철 거인을 세게 물어 눌렀다. 책에서 거대한 소용돌이가 일어나서 그들을 페이지 안으로 끌어들이고 있었다. 의자 하나가 책 안으로 날아 들어갔고, 그다음에는 커피 테이블이었다. 용과 거인은 가구들보다 훨씬 더 컸기 때문에 더 천천히 끌려들어가고 있었다.

제라드는 자신의 몸으로 미나를 덮으며 바닥으로 떨어졌고, 그 순간 불타는 가구가 머리 위로 휙 지나가며 그들을 칠 뻔했다. 미나는 고개를 들어 위를 보려 했지만, 제라드는 미나가 바닥에서 머리를 들지 못하게 했다. 불꽃이 발밑에서 혀를 날름거리다 그리모어 안으로 빨려 들어갔다. 미나와 제라드도 책 안으로 빨려 들어가고 있었다. 시끄럽게 몰아치는 바람 소리, 울부짖는 소리, 비명 소리가 들렸다. 미나는 비명 소리가 자신의 것이란 것을 나중에야 깨달았다. 미나는 그리모어가 이렇게 강하게 끌어당기는 것을 이전에는 본 적이 없었고, 두 사람 다 책에 갇혀 버릴까봐 두려웠다.

병원이 그들 위로 무너져 내릴 것 같았지만 다음 순간 조용해졌다. 제라드는 몇 초를 기다린 뒤에야 미나를 덮었던 몸을 치우고 미나를 일어나게 했다. 하지만 한 팔은 여전히 미나를 보호하듯 감싸고 있었다. 미나는 눈앞의 피해상황에 관심이 쏠려 제라드가 두른 팔을 거의 알아채지 못했다. 그 동 전체가 파괴되어 있었다. 소용돌이쳤던 바람 때문에 불은 꺼져 있었다. 반쯤 타다 만 종이 조각이 공중에서 팔랑이며 미나의 머리 위로 떨어졌다. 미나는 그것을 떼어내며 종이를 슬쩍 보았고 종이 위에 적힌 것이 낸 테일러의 이름이라는 것을 간신히 알아보았다.

"낸! 마틴 선생님! 그들이 괜찮은지 확인해야 해." 미나는 제라드를 쳐다보았다. 제라드는 움직이지 않은 채 그리모어를 바라보고 있었다.

미나는 주저하며 제라드한테서 몸을 떼어내고 책을 집어 들었다. 미나는 그리모어를 열어 마지막 페이지를 폈고 용 한 마리가 거인과 싸우는 아름다운 삽화를 손으로 만졌다. "그녀는 누구였어?" 미나가 속삭였다.

"용." 제라드가 대답했다. 제라드는 책의 페이지를 부드럽게 애정을 담아 만졌다.

미나는 제라드의 손을 잡고 제라드의 얼굴에 흘러내리는 눈물을 닦아주었다. "아니, 너와 어떤 관계였냐고?" 제라드는 미나를 보지 않고 말했다.

"아마도 나를 정말로 아꼈던 유일한 사람." 제라드는 입술을 꽉 다물었다. 미나는 제라드가 차가운 가면 뒤에 숨을 준비를 하며 마음을 독하게 먹는 것을 볼 수 있었다.

"그렇지 않아." 미나는 제라드의 이마에 자신의 이마를 갖다 대며 그를 위로하려고 했다. "나도 너를 아껴."

제라드는 미나의 고백에 눈을 커다랗게 떴고, 미나는 제라드의 아름다운 회색 눈에 빨려들어 갈 것 같았다. 미나는 순간을 음미하려는 듯 눈을 감고 가만히 있었다. 제라드는 주저하며 미나한테서 몸을 떼어냈고 그리모어를 바라봤다.

"그녀는 내 유모였어." 제라드가 말했다. "그녀는 내가 어렸을 때부터 나를 키웠어. 내가 추방될 때까지. 나는 그녀한테 거의 아들과 같아."

"그런데 왜 나를 겁주려고 한 거지?"

"그녀는 네가 그리모어를 갖고 있다고 생각한 것 같아. 게다가 다른 대부분의 페이들처럼 그녀도 그림들을 좋아하지 않거든. 하지만 나는 디에드레가 인간 세상에 온 것조차 몰랐어. 그녀는 내가 여기 온 직후에 나를 따라 온 게 분명해. 디에드레가 저 문을 부수고 들어왔을 때 나도 너만큼이나 놀랐어."

미나는 아무 말 없이 고개를 끄덕였고, 제라드를 같이 일으키며 자리에서 일어났다. 미나는 천천히 비상계단 쪽으로 걸으며 자신의 뒤로 제라드를 끌었다. 그들이 비상계단에 이르렀을 때 미나는 아직도 제라드와 손을 잡고 있다는 것을 깨달았다. 미나는 손을 빼내려고 했지만, 제라드는 미나의 손을 꽉 잡고 놔주지 않았다.

딱히 손을 빼야 할 이유가 없었기 때문에 그들은 손을 잡은 채 계단을 내려갔다. 2층 계단에서 그들은 소방관들을 만났고, 소방관들은 제라드와 미나를 안전하게 안내했다. 병원 주차장은 소방차와 앰뷸런스, 경찰, 병원 직원들로 아수라장이었다. 화마는 4층 밖으로는 옮겨 붙지 않은 것 같았고, 모든 사람들이 안전하게 나온 걸로 확인 된 것 같았다. 디에드레 간호사를 제외한 나머지는 안전했다. 미나는 바퀴달린 들 것 위에 앉아서 응급요원들의 간호를 받았다. 제라드는 미나 옆에 앉아서 미나 곁을 떠나지 않으려고 했다. 미나는 주차장에 있는 투어 버스와, 폴리스 라인 뒤에서 겁에 질린 얼굴로 초조하게 기다리는 브로디와 피터를 보고서야 그들이 기억났다.

미나는 주차장을 가로질러 달려갔고, 브로디는 폴리스 라인 아래로 들어와 미나를 만나러 달려왔다. 브로디는 양팔을 벌려 미나를 꽉 껴안았고, 미나는 브로디의 열렬한 환영인사에 깜짝 놀랐다.

"괜찮아? 다치지 않았어?" 브로디는 미나를 바라보고 나서 다시 한 번 안았다. "네가 그 안에 있다는 것을 알고 얼마나 두려웠는지 몰라. 그리고 네가 낸이랑 같이 나오지 않자 나는 정말 최악의 상황이 일어날까 두려웠어."

미나는 고개를 들고 브로디의 깊은 푸른색 눈을 바라보았고, 그의 눈에서 걱정이 가득한 것을 보았다. 하지만 거기에는 다른 무언가가 더 있었다. 미나가 생각을 할 틈도 없이 브로디는 몸을 굽혀 미나에게 키스를 했다. 미나는 깜짝 놀라 잠시 얼어붙었다가 키스에 빠져들었다. 부드럽고 다정하고 아름다운 키스였다.

누군가 큰 소리로 목을 가다듬어 그들을 방해했다. 브로디와 미나는 얼른 몸을 떼어냈고, 화가 난 제라드를 보았다.

"미안한데, 마틴 선생님이 깨어나서 질문을 많이 던지고 있어. 그리고 사람들이 낸을 다른 병원으로 옮기려고 해. 네가 거기에 가봐야 할 것 같은데. 무슨 말인지 알지?" 제라드가 미나에게 넌지시 알려줬다.

미나는 피터의 손을 붙잡고 그를 끌고 앰뷸런스를 향했다. 미나는 병원 직원에게 낸을 옮기기 전에 낸과 잠시 시간을 보내게 해달라고 애원했다. 응급대원은 좋아하지는 않았지만, 낸이 다친 것은 아니었기 때문에 고개를 끄덕였다.

평범한 환자복을 입었는데도 낸은 아름다웠다. 물론 미나는 낸의 혼수상태가 실제로는 무엇인지 알고 있었다. 낸은 마법에 걸려 잠들어 있는 것이었다. 미나는 낸의 빛나는 피부와 아름다운 안색이 병원의 약이 아니라 페이 마법 때문이라는 것을 아는 유일한 사람일 것이다.

피터는 낸 앞에 섰고 손을 뻗어 낸의 손을 잡았다. 그는 몸을 숙여 낸의 귀에 속삭였다. 하지만 낸은 반응이 없었다. 피터는 미나를 쳐다보았다. "그래서 계획이 뭐야?"

"네가 낸한테 키스를 하는 거야." 미나가 대답했다. "동화처럼 말이야. 진정한 사랑의 키스가 주문을 깨뜨리는 동화."

"미나." 피터는 불편해하며 웃었다. "이건 동화가 아니야. 나는 낸을 정말 좋아해. 하지만 우리는 서로를 잘 몰라. 나는 이런 일이 누구한테도 일어나지 않길 바라지만. 혼수상태에 빠진 사람을 키스로 어떻게 깨울 수 있다는 건지 이해가 안 돼."

"될 거야." 미나가 주장했다. 미나는 의심이 일어나는 것을 느끼며 양손에 주먹을 쥐었다. "될 거야. 피터, 낸은 너한테 미칠 정도로 사랑에 빠져 있었어. 그건 너희 밴드의 광기 가득한 풍자적인 노래들의 주제잖아. 그러니 뭘 기다려? 낸에게 키스해. 낸이 깨어난다면 너는 아주 멋진 새 노래를 쓸 수 있을 거야."

브로디가 다가와 제라드 옆에 서서 이 둘이 다투는 것을 지켜봤다. 결국 브로디가 끼어들었다. "어서 해. 나는 네가 여자한테 키스하는 것을 망설이는 것은 처음 본다." 브로디가 자신의 사촌을 놀렸다.

피터의 이마에 땀이 맺히기 시작했다. 피터는 셔츠 소매로 땀을 닦아냈다. "음, 그건 내가 거의 죽은 여자한테는 키스를 한 적이 없었으니까."

"낸은 죽지도 않았고 거의 죽은 것도 아니야. 그냥 낸에게 키스 해. 그럼 우리 모두 집에 갈 수 있을 거야." 미나가 입술을 깨물었고 초조해서 팔짝팔짝 뛰었다. 미나는 피터가 주저하는 이유를 알 수가 없었다.

미나와 브로디가 한 참을 설득한 뒤에 피터는 앞으로 나아갔고, 양 손으로 낸의 어깨를 잡았다. 그는 심호흡을 했고 몸을 기울여 눈을 감고 낸의 입술에 키스를 했다. 몇 초가 흐른 뒤 피터는 입술을 떼어냈다.

모두가 숨죽이며 변화가 생기길 기다렸다. 어떤 변화도 없었다.

밴드 멤버들이 몰래 폴리스 라인 아래로 들어와 흥미로운 눈으로 처음부터 이 광경을 지켜보고 있었다. "이게 뭐야?" 나가가 중얼거렸다. "공주가 정말로 죽었네."

제 25 장

브로디 왕자의 키스

"이럴 수는 없어!" 미나는 좌절했다. 미나는 제라드를 바라보았다. 제라드는 어깨를 으쓱했다. 미나는 제라드에게 단둘이 얘기하자고 신호했다.

제라드는 태연하게 미나에게로 걸어왔다. 그들은 브로디와 데드 프린스 멤버들과 멀리 떨어진 곳에 있었다.

"뭐가 잘못된 거야? 나는 바보 같은 스토리한테 바보 같은 동화를 완성하는 데 필요한 모든 것을 다 했다고." 미나는 화가 나 제라드의 가슴을 밀었다. "나는 거래에서 내가 할 일을 다 했다고. 나는 그리모어를 찾았고 너를 구했어. 페이트들은 내가 낸을 살릴 수 있도록 싸울 기회를 준다고 했고 나는 싸웠어. 나는 낸을 구했고 왕자를 데려와 낸에게 키스하게까지 했어. 그보다 더 동화 같은 엔딩을 만들 수는 없다고." 미나는 초조해하며 서성거리며 머리를 배배꼬았다.

"페이트들이랑 거래를 했어?" 제라드가 믿을 수 없다는 듯이 물었다. "왕과 여왕 모두와? 그들이 네게 뭐라고 했는데?" 제라드는 당황해 어찌할 줄 모르는 것 같았다.

"음, 여왕이랑만." 미나가 대답했다. "하지만 나는 거래에서 내가 할 일을 다 했어. 그녀가 약속을 안 지킨 거야."

제라드는 오랫동안 곰곰이 생각을 했고, 환자이송용 침대 곁에서 기다리고 있는 다섯 명의 소년들을 훑어보았다. 그들 중 네 명은 긴장되고 부끄러워하는 것 같았다. 단 한 명만이 호기심 어린 모습이었고, 거의 사색에 잠긴 듯했다.

"어쩌면 네가 왕자를 잘못 데려온 건지도 몰라." 제라드는 고개를 들어 나머지 왕자들을 가리키며 말했다. "어쨌든 세 명을 더 고를 수 있잖아."

모든 불안과 의심이 사라졌고, 미나는 희망에 차 고개를 들었다. 물론 미나는 데드 프린스의 멤버 네 명 모두를 설득해 즉석 세레나데를 하도록 병원에 오게 했었다.

"그래 한 번 해보자. 하지만 이번에는 그들이 혼수상태의 소녀에게 키스하도록 네가 설득하는 거야." 미나가 손가락으로 제라드를 가리키며 저 쪽에 서 있는 소년들을 고개로 가리켰다.

"싫어!" 제라드는 기겁하며 뒤로 비틀거렸다.

"해야 해, 제라드. 바로 네가. 넌 나한테 빚을 졌잖아." 미나는 모여 있는 소년들에게 씩씩하게 걸어갔고, 그들 옆에 서서 참을성 있게 기다렸다. 미나는 제라드가 말을 혼자 다 하는 동안 손목시계를 계속 보고 있었다. "아직 새벽 12시 45분밖에 안 되었어?"

왕자들 중 몇 명은 그 생각을 피터만큼이나 좋아하지 않았다. 하지만 충분히 설득한 끝에 콘스탄틴은 몸을 기울여 아주 짧은 뽀뽀를 했다. 미나는 마틴을 계속 곁눈질로 훔쳐보았다. 마틴은 깨어나 이마에 붕대를 감고 있었다. 아직까지는 자신의 미래의 양딸에게 키스를 하려고 줄을 선 소년들을 알아차리지 못했다. 나가가 앞으로 나섰고 살짝 허리를 굽혀 절을 하더니 낸의 손을 집어 들었다. 그는 먼저 낸의 손등에 키스를 했다. 아무 일도 일어나지 않자 나가는 낸의 입술에 키스를 했다.

한 사람, 또 한 사람, 왕자들이 차례로 낸에게 키스를 했다. 하지만 모든 키스는 실패했다. 피터가 한 번 더 낸에게 다가가 키스를 하기까지 했다.

"음, 완전 헛일이었네." 나가가 투덜거렸다.

"기분이 이상해. 이제 우리는 가야 할 것 같은데." 콘스탄틴이 짜증을 내며 하나로 묶은 긴 머리를 어깨 뒤로 넘겼다. "간호사들 몇 명이 이쪽을 봤어. 그들 중 한 명이 경찰한테 이야기하고 있는 것 같아."

콘스탄틴이 손으로 가리켰고 여섯 명 모두가 고개를 돌려 쳐다봤다. 콘스탄틴의 말이 맞았다. 경찰이 그들이 모여 있는 곳을 손으로 가리키고 있었다.

"이제는 뭘 더 해야 할지 모르겠어. 생각이 바닥났어. 나는 진정한 사랑의 키스면 될 거라고 확신했었단 말이야." 미나는 뒤를 돌아 마틴이 그들을 향해 오는 모습을 보았다. 미나는 설명을 하려고 앞으로 몇 발짝 나갔지만, 제라드가 미나의 팔을 잡고 멈춰 세웠다. 제라드는 저쪽을 보라고 고개로 가리켰다.

미나는 몸을 돌렸고 가슴이 철렁했다. 브로디가 낸에게 다가가 낸의 손을 잡고 있었다. 브로디는 자신이 얼마나 미안한지, 모든 일이 자신의 탓이라고 말하고 있었다. 후회와 죄책감이 브로디의 얼굴에 가득했다. 하지만 또 다른 무언가가 더 있었다. 바로 결연한 의지였다. 미나가 브로디에게 멈추라고, 하지 말라고 하기 전에 브로디는 낸의 손을 꼭 쥐고 앞으로 몸을 숙여 입술을 낸의 입술에 갖다 대었다.

미나의 심장이 마치 희망과 절망이라는 죔쇠 사이에 끼어 눌려지는 것 같았다. 미나는 브로디가 낸에게 키스를 하는 동안 숨을 멈추고 초를 셌다. 미나에게는 영원과 같은 시간으로 느껴졌다. 1초…… 2초…… 3초…… 4초.

"제발!" 미나가 속삭였다. "제발 그만해"라고 말하고 싶은 건지 "제발 일어나"라고 말하고 싶은 건지 자신도 알 수 없었다. 익숙한 찌릿찌릿한 느낌이 일어났고, 마법이 일어나고 있다는 것을 미나는 알았다. 미나의 눈에 눈물이 솟았다. 미나는 진정한 사랑의 키스를 차마 볼 수가 없어서 낸과 브로디로부터 몸을 돌렸다.

제라드는 의아해하며 미나를 보고, 그런 다음 브로디를 보고 나서 이해할 수 있었다. 낸 주위로 빛이 생기더니 점점 더 밝아졌다. 제라드는 미나에게 손을 뻗어 미나의 손을 잡았다. 진정한 사랑을 알리는 종소리가 들렸다. 어쩌면 길 아래에 있는 감리교회에서 나는 종소리일지도 몰랐다. 하지만 미나는 그들을 보지 않아도 키스가 효과가 있을 거라는 사실을 알 수 있었다.

브로디가 키스를 계속하는 중에 낸의 눈이 바르르 떨리며 떠졌다. 처음에 낸은 혼란스러운 것 같았다. 그러다 낸도 손으로 브로디의 얼굴을 만졌고, 둘의 키스는 더 진해졌다. 브로디의 숨소리는 거칠어졌고, 낸의 볼은 붉어졌다. 둘 중 누구도 얼른 키스를 멈추지 않았다.

마침내 브로디가 몸을 떼어냈고, 그의 호흡이 떨렸다. 브로디의 입가에 작은 미소가 떠올랐다. 낸도 미소로 답했다. 그러다 낸은 밤하늘 아래 사람들이 자신을 둘러싸고 있다는 것을 알아차렸다. 낸은 얼굴이 새빨개져 자리에서 일어나려고 했지만 기력이 없었다. 브로디는 즉시 낸이 일어나 앉도록 도와주었다.

"우리 왜 밖에 나와 있는 거야? 왜 연기가 나는 거지? 미나? 집에 불냈니?" 낸은 주위를 둘러보았고, 병원건물과 소방차들을 보았다. "아, 실수. 병원에 불을 낸 거구나." 낸은 자신이 얼마나 진실에 가까운 말을 했는지 알지 못한 채 농담을 했다.

미나는 울고 있었다. 너무 많은 이유들 때문이었다. 제라드가 미나를 당겼고, 미나는 소매로 코를 닦고 얼굴에 기쁜 미소를 띠었다. "야, 잠꾸러기야. 낮잠 잘 잤어?" 미나는 감정을 숨기느라 입술이 떨렸다.

낸은 코를 찡그렸다. "아니, 나는 남자애들이 내게 차례로 키스를 하는 이상한 꿈을 꿨어." 낸은 나가와 콘스탄틴, 매그너스를 한 명, 한 명 손가락으로 가리켰다. "너도 있었고, 너도 있었고, 너도 있었어." 낸은 〈오즈의 마법사〉에 나온 유명한 장면을 따라하며 장난을 쳤다. 낸은 피터를 보자 미소 짓던 입이 굳어졌다.

피터는 낸에게 다가갔지만 그는 자신의 값비싼 검은색 신발만을 내려다보았다. "저기, 안녕." 피터가 긴장한 채 낸에게 인사했다.

"야, 너 돌아왔구나." 낸이 상냥하게 말했다. 하지만 낸도 피터의 눈을 쳐다보지 못했다. 낸은 피터의 말에 귀를 기울이려고 했지만, 낸의 시선은 자꾸만 브로디에게로 갔다. 그들은 조용히 대화를 나눴다.

미나는 갑자기 극도의 피로감을 느꼈다. 경찰과 마틴이 다가왔다. 그들은 즉석 콘서트에 대해서 화를 내지는 않았다. 낸이 놀랍게 회복한 것이 그 콘서트 덕분이라고 인정했기 때문이다. 마틴은 기뻐서 어찌할 줄 몰랐고, 즉시 베로니카에게 전화를 했다.

그들이 나눌 말이 많을 것 같아서 미나는 자리를 떠야겠다고 생각했다. 미나는 지치고 아픈 발을 끌면서 주차장을 걸어갔고, 아까 브로디가 차를 댔던 곳에 이르러 자신이 처한 딜레마를 깨달았다. 미나는 브로디의 차를 타고 병원에 왔지만, 다시 그의 자동차를 타고 집에 갈 용기도 힘도 없었다. 낸을 깨운 마법의 키스를 목격하고 나서는 그럴 수가 없었다. 미나는 주차장의 시멘트 턱에 털썩 주저앉았고, 두 손에 얼굴을 파묻었다.

미나는 검은색 가죽장정 책을 꺼내 가장 최근 페이지를 열었다. 바퀴달린 침대 위에 낸이 누워 잠들어 있고 브로디와 네 명의 밴드 멤버들, 제라드, 미나, 마틴 선생님이 유리로 된 병원건물을 배경으로 낸을 둘러싸고 있는 그림이었다. 미나는 빈정대는 미소를 지었다. 그림 속의 등장인물의 머릿수를 소리 내어 세다가 총 일곱 명에, 왕자님 한 명이라는 것을 깨달았기 때문이다. 미나는 다음 장을 넘겼고, 브로디와 낸이 키스를 하는 또 다른 삽화를 보고 자신이 '잠자는 숲 속의 공주'이야기도 완수했다는 사실을 알고 더 놀랐다.

몸이 찌릿찌릿하면서 마법의 힘의 전율이 등골을 타고 올라왔다. 치자꽃 향기가 미나를 둘러쌌다. 페이 세계의 문이 열리고 있다는 분명한 신호였다. 미나는 자신이 아는 그 느낌이 점점 가까이 오는 것을 느꼈다. 불빛이 번쩍였다가 즉시 사라졌다. 미나는 고개를 들지 않았다. 치자꽃 향기가 주위에 퍼졌다.

"이야기 하나로 동화 두 개를 완성했네." 특별히 누구한테 말하려는 것은 아니었지만, 미나는 소리 내어 말했다. "디에드레의 희생이 없었더라면 끔찍한 재앙을 맞았을 거야."

어둠 속에서 한 여성의 목소리가 나왔다. "그래, 그랬을 수도 있지. 하지만 때론 졸을 희생해야 하기도 해."

미나는 소리 나는 쪽을 쳐다보았다. 하지만 너무 지친 상태여서 여왕에게 절하는 것은 물론 일어서지도 못했다. 메이브는 다가와 미나 앞에 섰고, 미나가 예의를 갖추지 않자 한쪽 눈썹을 쳐들었다. 메이브의 드레스는 아름다운 짙은 푸른색 천에 금색의 마크라메 레이스로 장식되어 있었다.

"네가 거래에서 약속한 일을 다 하고 그리모어를 되찾은 것을 보았다." 메이브의 목소리에는 분명한 왕족의 분위기가 났다.

미나는 경멸하며 코웃음을 쳤다. "당신 덕은 전혀 없었지. 사실 나는 우리가 한 거래를 무시하고 그리모어를 방에 놔둔 채 타버리게 할까도 생각했었어. 그럼 우리 모두가 편해질 테니까. 당신네 페이들은 더 이상 책 속에 갇히지 않을 테고, 나는 이 바보 같은 과제들을 끝내지 않아도 되는 거지."

"그런 얘기는 농담으로라도 하지 마. 너는 그리모어가 얼마나 강력한 힘을 가졌는지 전혀 몰라." 메이브는 앞으로 다가왔고 목소리가 높아졌지만, 그녀의 얼굴은 여전히 무표정이었다.

미나는 진저리가 났고 자리에서 일어나 여왕에게 맞섰다. 미나의 분노가 물결처럼 넘쳐흘렀다. "나를 속이려고 하지 마. 나는 바보가 아니야. 그는 당신의 아들이지!" 미나가 소리를 질렀다.

메이브는 몸이 굳었다. 메이브는 여전히 감정을 드러내지 않았지만 목소리가 살짝 떨렸다. "무슨 말을 하는 건지 모르겠구나."

"제라드 말이야. 그는 당신의 아들이야. 그리고 그는 그리모어에 속박되어 있지. 그리모어는 제라드를 다치게 할 수도 없고 잡아들일 수도 없어. 제라드는 그리모어에 이해할 수 없는 방식으로 연결되어 있는 거지." 미나는 두 팔을 마구 휘두르며 왔다 갔다 했고 결국 모든 게 분명해졌다.

메이브는 자리에 얼어붙었고 턱을 위로 쳐들었지만, 미나의 주장에 대해 부정도 긍정도 하지 않았다.

"에버가 픽시들은 도깨비들이랑 어울리지 않는다고 말했을 때부터 조각을 맞추기 시작했지. 제라드를 잘 아는 사람이 있다면 그건 에버일 테니까. 그런 다음 나는 제라드가 왕족의 피를 가지고 있단 걸 알아냈지. 왕족들만이 다양한 모습으로 변신을 할 수 있으니까."

미나는 고개를 뒤로 젖히며 웃었다. "이제 알겠어. 제라드는 병 속에 든 지니 같은 거야. 그리모어가 그의 감옥인 거고. 내 손에 그리모어가 있을 때에만 제라드가 나타났고, 제라드와 말을 할 수 있었지. 바로 그게 그리모어가 사라졌을 때 제라드도 사라진 이유야. 바로 그 때문에 당신이 내가 그 책을 되찾기를 간절히 말했던 거고. 그건 무고한 페이들이 책 안에 갇히는 일과는 전혀 상관없었어. 게다가 리퍼들은 당신을 위해 일을 하고 있지. 그들은 우리 그림들이 과제를 끝내는 일에 가까워질 때마다 나타나 그림들을 죽였어. 하지만 이 한 놈은 당신의 말을 들으려고 하지 않았던 거지. 당신은 이 리퍼를 통제할 수 없었던 거야. 당신은 당신의 아들이 무사히 돌아오기만을 바랐던 거야. 하지만 누구를 희생하면서? 낸? 마틴? 나? 디에드레?"

여왕의 얼굴이 창백해졌고 괴로워하는 것 같았다. 미나는 자신이 한 말 때문이라고 생각했다. 하지만 여왕은 미나 뒤에 서 있는 누군가를 향해 팔을 뻗었다. 미나는 몸을 돌렸고 제라드가 그 자리에 서 있는 것을 보았다. 제라드는 몹시 화가 나 있었다. 제라드는 자신의 어머니를 향해 앞으로 나왔다. 미나는 제라드가 다가와 여왕의 편을 들 거라 생각하고 뒷걸음질 쳤다. 하지만 제라드는 걸어와서 미나 바로 앞에 섰다. 마치 미나를 자신의 어머니로부터 보호하려는 것처럼.

"오랜만이에요, 어머니." 제라드의 목소리에 신랄함이 가득했다.

"오, 제라드." 메이브가 달래듯 말했다. "좋아 보이는구나."
메이브는 긴장하여 손으로 머리를 매만졌다.

제라드는 어머니의 말을 무시하고 말했다. "아버지가 그 리퍼에게 미나를 쫓으라고 지시했나요?"

메이브는 다시 창백해졌다. "아니야. 그가 미나를 발견한 것은 사고였어. 너도 거기에 있었잖니. 네가 나무를 쓰러뜨려 저 애를 구했잖니."

"나도 그건 알아요. 하지만 리퍼에게 무고한 소녀를 죽이라고 한 것은 어머니나 아버지였죠? 내가 미나에게 말할 것이고 미나가 덫 안으로 걸어 들어올 거라는 걸 알고서요." 제라드는 주먹을 쥔 두 손을 부들부들 떨었다. 미나는 제라드의 손가락 관절이 으드득하는 소리를 들었다.

"어린놈이 감히 내게 목소리를 높이는 거야. 네가 추방된 것도 현재의 네 상황에 처한 것도 네 오만함 때문이었어. 나 때문이 아니라. 그런데도 너는 그림을 죽이고 책을 안전하게 되찾으려고 한 네 아빠를 비난하는 거니?"

"그래서, 뭐요? 다음 그림이 나타날 때까지 기다리면서 다시 한참을 림보(limbo: 천당이나 지옥에 가지 못한 영혼들이 머무는 곳)에 갇혀 있으라고요. 더 이상은 못 참아요. 나는 어머니의 졸 노릇을 하는 것에 질렸어요. 나는 어머니와 형이 그저 재미로 미나를 조종하려는 것에 질렸어요. 역겨워요!"

미나는 뒤로 물러나 놀란 채 서 있었다. 제라드가 형에 대해 언급하는 것을 들은 것은 이번이 처음이었다.

"티그(Teague: 아일랜드 사람)가 조금 너무 흥분할 때도 있지. 하지만 너도 그 이유를 분명 알 거라고 생각하는데. 그는 네 형이고 너만큼 티그도 속박된 자신의 상황을 지긋지긋해 한다는 걸." 메이브는 대화가 흘러가는 방향을 불편해하는 것 같았다.

"형이 날뛰지 않게 하세요." 제라드가 말했다.

메이브는 다르게 접근하면서 제라드를 달래려고 했다. "나는 네게 최선인 일을 하려고 했을 뿐이다. 나는 이 여자애가 네게 최선이라고 생각하지 않아. 나는 네가 점점 이 애에게 애정을 느끼는 것을 보았어. 그건 위험—"

"내버려 둬요." 제라드가 메이브의 말을 끊었다. "어머니는 이미 그 애를 충분히 괴롭혔어요. 이제는 그만 내버려 둬요."

여왕의 자존심이 그녀가 떠나기 전에 결국 마지막 말을 내뱉게 했다. "네가 이 아이를 구할 수 있을 거라 생각하지 마라. 내가 말했지. 정을 주지 말라고. 결국 그들은 마지막에는 모두 죽게 돼."

미나는 마치 자신이 그 자리에 없는 것처럼 자기에 대해 이야기를 하는 것에 화가 났고 결국 제라드를 옆으로 밀쳤다. "나는 거래에서 내가 약속한 일을 다 해냈어. 내가 당신의 아들을 구해줬으니 당신이 내게 빚을 졌다고 생각하지만 말이야."

메이브는 화가 나 머리가 휘날리기 시작했다. "나는 네게 어떤 빛도 지지 않았어." 메이브가 반박했다.

"그건 두고 봐야겠지." 미나가 도전적으로 고개를 쳐들고 말했다.

여왕이 손을 흔들자 환하게 빛나는 문이 나타났고, 여왕은 문을 건너갔다.

주차장은 다시 깜깜해졌고, 가로등과 비상등 몇 개를 제외하고는 아무런 빛이 없었다. 제라드는 어머니가 떠나는 모습을 지켜보았고 문이 있었던 자리를 쳐다보았다. 그러고는 얼굴에 슬픈 미소를 띠며 미나에게 몸을 돌렸다.

미나는 어쩌면 경찰한테 집으로 차를 태워달라고 할 수 있겠다고 생각하며 걸어가기 시작했다. 하지만 경찰차를 타고 집에 가면 엄마에게 무슨 일이 있었는지 설명해야 할 것 같았다. 미나는 속으로 아차 했다.

"저기, 기다려!" 제라드가 미나 뒤에서 그녀를 불렀다. 제라드는 더 이상 미나에게 어떤 것도 숨기려고 하지 않았기 때문에 마법을 살짝 부려 자동차가 그의 옆에 나타나게 했다.

미나는 몸을 돌렸고, 새빨간 머스탱 스포츠카 운전석에서 활짝 웃고 있는 제라드를 보았다.

"좀 너무 화려한 걸." 미나가 비꼬듯 말했다.

제라드는 어깨를 으쓱했고 자동차는 도요타 프리우스로 변했다. 미나는 주차장에서 앰뷸런스가 있는 곳을 보았고, 브로디가 낸의 곁에 아주 가까이 서 있는 것을 보았다. 브로디는 낸의 손을 잡고 있었고, 둘 다 놀라고 당황하고 겁먹은 모습이었다. 미나는 눈물이 흐르지 않도록 눈을 꼭 감았다. 미나는 고개를 들고 심호흡을 했고, 제라드의 차를 타고 집으로 갔다.

제 26 장

스토리에게 전쟁을 선포하다

미나의 삶은 정상으로 돌아왔다. 낸은 며칠 뒤 완전히 회복해 케네디 고등학교의 최고 미인으로 다시 돌아왔다. 낸은 정신없이 수다를 떨었고, 그녀가 멈추었던 삶을 다시 시작했다. 낸은 다시 핸드폰으로 문자를 보내고, 수백 장의 사진을 찍고, 심지어 사반나와 프리에 대해 악의적인 말을 다시 하기 시작했다. 하지만 이전과는 달라진 작은 변화가 몇 가지 있었다. 낸은 더 이상 데드 프린스 밴드에 집착하지 않았다. 사실 낸은 갖고 있던 포스터와 티셔츠, CD들을 다 없애버렸다.

미나는 있었던 일에 대해 얘기를 하려고 했지만, 낸은 그 일에 대해 얘기하는 것을 거부했다. 확실하지는 않았지만 낸이 피터와 헤어진 것은 낸을 혼수상태에서 깨어나게 한 사람이

333

브로디였다는 사실 때문인 것 같았다. 미나는 피터가 여자를 사이에 두고 사촌과 경쟁하는 것을 감당할 수 없었을 거라고 생각했다.

또 다른 큰 변화는 미나와 낸의 점심 식사 테이블에 사람이 늘어난 것이었다. 둘만 있었던 테이블은 이제 사납게 날뛰는 픽시와 짓궂은 제라드, 그리고 아주 조용해진 브로디가 더해져 5중주단이 되었다.

미나는 매일 점심시간마다 남자친구에 가까웠던 남자애와 한 자리에 앉는다는 사실에 즐거워해야 했겠지만, 사실 그것은 고문이었다. 브로디는 미나 건너편에 앉아 대부분의 시간 동안 낸이 하는 말에 열심히 귀를 기울이고, 낸의 모든 움직임을 관찰했다. 만약 낸이 발이 걸리면 브로디는 즉시 낸의 팔을 잡아 낸이 다치지 않게 했다. 브로디는 낸이 급식쟁반이나 책가방도 들지 못하게 했다. 브로디는 낸 주위를 맴돌았지만 불편하게 하는 식이 아니라 백마 탄 왕자처럼 행동했다.

미나는 급식쟁반에서 감자튀김 하나를 포크로 찍었다. 미나가 그 맛없는 튀김을 입에 넣으려고 할 때 포크를 쥔 손이 떨렸다. 미나가 먹는 모든 음식들은 재 맛이 났다. 어쩌면 미나의 질투심이 다시 미나의 마음을 갉아먹고 있는 건지도 몰랐다. 미나는 심호흡을 하고서 긍정적으로 생각하고, 질투하지 않으려고 애썼다. 바로 그것이 애초에 미나를 곤경에 빠뜨렸던 원인이었기 때문이다.

낸은 브로디가 보이는 지나친 관심을 어떻게 해야 할지 몰랐다. 낸은 처음에는 브로디를 무시했다. 하지만 곧 낸은 브로디의 매력과 잘생긴 외모에 굴복했다. 낸은 학교에서 제일 예쁜 여자애였기 때문에 학교의 왕자님이 낸의 남자친구가 되는 것은 어찌 보면 당연한 일이었다. 가끔씩 고개를 들었을 때 미나는 둘이 함께했다 잃어버린 것이 무엇인지 아는 듯 혼란스럽고 슬픔에 잠긴 눈으로 미나를 바라보는 브로디와 눈이 마주쳤다. 그들은 둘 다 그 한 번의 키스에서 느꼈던, 사라지지 않는 감정들에 시달렸다.

미나는 깊은 한숨을 쉬었고, 자신의 접시를 내려다봤다. 에버는 음식이 자신이 먹어본 것 중 최고라고 말했다. 미나가 아무런 반응이 없자 에버는 팔을 뻗어 미나의 무방비상태의 접시에서 감자튀김을 하나 집어 들었다.

그들의 테이블에서 에버는 가장 어울리지 않는 추가멤버였다. 대부분의 시간 동안 에버는 뚱하고 침울했고, 종종 미나의 정신없는 상태를 이용했다. 감자튀김을 훔치는 일도 그중 하나였다. 어쨌든 에버는 미나가 제라드를 다시 곁에 두게 된 것을 행복해하는 것이 분명했다. 미나는 이 둘이 도대체 실제로 어떤 관계인지 잘 알지 못했지만 제라드도, 에버도, 자세히 설명하고 싶어 하지 않는 듯했다.

제라드는 더 자주 웃었다. 마치 그의 어깨를 짓누르던 거대한 짐, 아니 거대한 비밀들이 덜어진 것 같았다. 제라드는 행복해보였고, 미나의 손에 그리모어가 다시 들어간 것에 만족하는 것 같았다. 하지만 그것이 실제로 어떤 의미를 가지는지 미나는 잘 알지 못했다. 미나는 제라드가 그리모어의 종으로서 어떤 의무를 갖고 있는지 물어보는 것을 주저했다.

제라드는 햄버거를 한 입 크게 베어 물고는 미나를 보고 미소 지었다. 미나는 심장이 빨라지는 것을 느꼈다. 제라드가 미나의 손을 잡고 위로했던 것이 떠올라 얼굴이 빨개졌다. 에버는 이 막간을 포착해 농담을 하며 끼어들었다. 미나는 테이블 건너편에서 브로디가 또 쳐다보는 것을 보았고, 가슴이 철렁했다. 더는 참을 수 없었다. 미나는 쟁반을 들고 남은 음식을 쓰레기통에 버리고는 제라드를 뒤에 남겨둔 채 학교식당을 떠났다.

미나는 재킷 주머니에 손을 넣어 가죽 장정된 그리모어를 만졌다. 미나의 손이 닿자 그리모어가 따뜻해졌다. 미나는 결코 완전히 혼자는 아니었다.

미나는 그날 밤 옥상 위 야외용 접이식 의자에 앉아서야 마침내 휴식을 취하며 지난주에 일어났던 일에 대해 생각해볼 수 있었다. 미나는 중고품 할인점에서 또 다른 땅속요정 인형을 찾아내 그녀의 늘어나는 수집품에 더했다. 미나는 노머 경에게 친구, 특히 여자친구가 필요할 거라고 생각했다. 미나는 이 여자 땅속요정을 노머 경 옆자리에 놓았고, 노미타 공주라고 이름 붙였다. 미나는 다정하게 놓인 둘의 모습에 웃지 않을 수 없었다.

"정말 시시한 취미군." 남자 목소리가 미나를 비웃었다.

미나는 음흉하게 미소를 지으며 재빨리 대꾸를 하려고 몸을 휙 돌렸다. 제라드에게 심술궂은 말로 공격을 할 준비가 되어 있었다. 하지만 미나의 은신처를 살펴보면서 걸어 다니고 있는 사람은 제라드가 아니었다.

그는 제라드처럼 엄청 잘생겼고, 많은 면에서 제라드와 닮아 있었다. 키가 크고 호리호리했고, 머리색은 살짝 더 밝았다. 그는 머리부터 발끝까지 검은색 옷차림이었지만 그의 옷은 수백 년은 된 것처럼 보였다. 그가 몸을 돌려 미나의 얼굴을 똑바로 쳐다보았고, 미나는 그가 제라드와 다르다는 것을 알았다.

미나 앞에 서 있는 사람은 독선적이고 능글맞은 미소를 짓고 있었고 제라드의 폭풍 같은 회색 눈과 달리 짙은 푸른색 눈이었다. 즉시 미나는 자신이 누구를 상대하고 있는지 알았고 주체할 수 없는 미움으로 분노가 치밀었다.

"뭐야, 인사도 안 해줘?" 그가 환영하듯 두 손을 펼치며 거만하게 웃었다.

"전혀 안 반갑거든." 미나가 말했다.

"아, 내가 누구인지 아는 모양이군." 그의 눈빛이 더 어두워졌고 얼굴에서 웃음기가 사라졌다.

"그래, 너는 티그가 분명해." 미나의 말은 딱 부러지고 절제

되어 있었다. "이 모든 일에 책임이 있는 사람." 미나는 천천히 그리모어가 든 재킷 주머니로 손을 가져갔다.

티그는 미나의 의도를 알아채고 미나의 손목을 아프게 꽉 쥐었다. "아! 내 동생은 잠시 이 일에서 빼두지. 내가 할 이야기는 너와 나 사이의 일이니까."

미나는 손목이 아팠지만 움찔하지 않으려고 하며 반항적으로 티그를 노려보았다. 티그는 미나의 강한 힘에 미소를 짓더니 손목을 잡은 손을 놓았다.

"내 어머니가 나를 티그라고 부르는 것을 들었단 말이지. 하지만 내가 다른 이름으로도 불린다는 것을 알고 있나?" 티그가 약을 올렸다.

미나는 다 안다는 듯한 미소를 지었다. "알아. 도서관에서 찾아봤어. 티그는 많은 이름을 갖고 있지. 하지만 가장 흔한 것은 스토리텔러(Storyteller: 이야기꾼이라는 뜻), 네 경우에는 스토리지." 미나는 티그가 놀라서 양 눈썹이 올라가는 것을 보았다. 미나가 티그의 허를 찌른 것이었다.

"훌륭해. 감동받았어. 내가 너를 과소평가한 것 같군. 우리의 비밀을 알아낸 그림은 네가 처음이야." 티그는 손을 천천히 들어 올려 손등으로 미나의 볼을 쓸어내렸다. 티그의 손이 닿자 소름이 끼쳤다.

티그는 키득거리며 말했다. "내 엔딩 선물은 마음에 드나? 한 번쯤은 네가 원하는 것을 주는 것도 좋을 거라고 생각했지.

내가 네 친구들의 기억을 지워버려서 지난 몇 주 동안 네가 너무 비참하게 지냈었지. 나는 네가 맥없이 불쌍하게 돌아다니는 것을 보는 것에 질렸어. 그래서 이번 엔딩을 네가 더 좋아할 거라 생각했지. 네 남자친구와 네 제일 친한 친구가 영원히 행복하게 사는 것." 티그는 자신의 말에 지나치게 즐거워하며 활짝 웃었다.

미나는 티그가 자신을 무너뜨리고, 자신의 친구들을 그의 게임에 이용하려고 하는 비열한 책략을 알고 분노가 일었다.

"나쁘진 않아." 미나도 약을 올렸다. 미나는 앞으로 다가가서 티그의 가슴을 밀었다. 티그는 몇 걸음 뒷걸음질 쳤다. "나도 이 게임을 어떻게 해야 하는지 알아. 그리고 점점 잘하고 있지."

미나는 키득거리기 시작했고, 티그의 잘생긴 얼굴에서 미소가 사라졌다.

"왜 그러는 거지?" 티그가 두려워하며 물었다. "뭐가 그렇게 재밌지?"

"아무것도 아니야." 미나가 새침하게 대답했다. "내가 극복해야 하는 대상이 너라는 것을 아니까 이제는 훨씬 쉬울 것 같아. 페이 세상에 있는 어떤 마법의 책이 아니니까. 네 상황도 제라드와 비슷한 것 같으니까, 너도 스토리 책에 속박되어 있겠지. 다른 말로 하면 네가 죽으면, 내가 스토리를 죽이는 것이 되고, 그럼 과제들과도 굿바이, 저주와도 굿바이인 거지."

미나는 옥상 저쪽으로 걸어가 식물을 화분에 옮길 때 썼던 삽을 집어 들었다.

미나가 그의 비밀을 말하자 티그의 얼굴에서 핏기가 사라졌다. 미나는 손에 든 삽의 손잡이를 손 안에서 돌려 잡으며 무게를 가늠했다.

"네가 감히 그렇게 할 수 있겠어!" 티그는 초조하게 농담을 했다. "페이트들은 리퍼들을 더 많이 풀어서 너를 쫓게 할 거야. 사실 모든 페이들이 너를 죽이려고 할 거야." 티그는 뒷걸음질 치다가 미나의 야외용 의자에 걸려 넘어지며 의자를 부서뜨렸다. 티그는 어색해 하며 자신의 몸을 바로 세웠다.

"내가 모르는 얘기를 좀 해봐. 페이들은 처음에 그림형제를 속여 거래를 했고, 수백 년 동안이나 그림 가문의 사람들을 괴롭혀왔지. 하지만 어떤 그림도 너희들과 싸우려고 한 적은 없어. 하지만 이제는 모든 것이 바뀔 거야. 바로 지금부터."

미나는 티그를 향해 진격했고 삽을 휘둘러 티그의 몸통을 향해 내리쳤다. 티그는 뒤로 펄쩍 뛰어 피했고 옥상 다른 편으로 도망쳤다.

"여기 이 그림은 더 이상 그 규칙들을 따르지 않을 것이거든." 미나는 당당하게 말했다.

"너는 지금 네가 무슨 짓을 하려는 건지 몰라. 너는 전쟁을 선언하는 것이라고!" 티그는 겁에 질려보았다. 하지만 미나가 들고 있는 삽 때문이 아니었다. 티그는 미나가 선언한 말에 겁을 먹고 있었다.

"그렇다면 전쟁에 대비하렴, 스토리." 미나는 삽을 끌며 옥상 시멘트 위에 분명한 선을 그었다. "전선(戰線)이 그어졌어. 네 왕과 여왕에게 행운을 빈다고 전해. 왜냐하면 이 이야기는 이제 새로 쓰여질 것이거든."

3권에서 결판을 내기 위해 페이의 지하 동굴에 들어간 미나는
과연 어떻게 될까?

제26장 스토리에게 전쟁을 선포하다

마법을 쓰는 자들 – 2권

리퍼: 죽음의 사신

찬다 한 지음 · **조한나** 옮김

발 행 일 초판 1쇄 2015년 7월 18일
발 행 처 평단문화사
발 행 인 최석두

등록번호 제1-765호 / 등록일 1988년 7월 6일
주   소 서울시 마포구 서교동 480-9 에이스빌딩 3층
전화번호 (02)325-8144(代)   FAX (02)325-8143
이 메 일 pyongdan@hanmail.net
I S B N 978-89-7343-418-3 (04840)
          978-89-7343-412-1 SET

* 잘못된 책은 바꾸어 드립니다.

이 도서의 국립중앙도서관 출판시도서목록(CIP)은 서지정보유통지원시스템
홈페이지(http://seoji.nl.go.kr)와 국가자료공동목록시스템(http://www.nl.go.kr/kolisnet)에서
이용하실 수 있습니다.
(CIP제어번호: CIP2015016576)

저희는 매출액의 2%를 불우이웃돕기에 사용하고 있습니다.